당진 김씨

우애령 소설집

창작과비평사

당진 김씨

초판 발행/2001년 12월 20일

지은이/우애령
펴낸이/고세현
편집/유용민 염종선 박신규 최은숙
펴낸곳/(주)창작과비평사
등록/1986년 8월 5일 제10-145호
주소/서울 마포구 용강동 50-1 우편번호 121-875
전화/영업 718-0541, 0542 · 701-7876
편집 718-0543, 0544 · 기획 703-3843
독자사업 716-7876, 7877
팩시밀리/영업 713-2403 · 편집 703-9806
홈페이지/www.changbi.com
전자우편/changbi@changbi.com
지로번호/3002568

ISBN 89-364-3662-7 03810

* 이 책은 한국문화예술진흥원의 지원을 받아 간행하였습니다.

* 책값은 뒤표지에 표시되어 있습니다.

당진 김씨

작가의 말

지난달 서울에서 치른 큰아이 결혼식날, 식장 앞에 멎은 작은 버스에서 낯익은 얼굴들이 하나씩 내려섰다. 추수철인데도 어렵사리 틈을 낸 당진 사람들은 풍상에 절고 햇볕에 그을린 얼굴 가득히 웃음을 담고 있었다. 큰 잔치 마당에 오는 사람들처럼 정성껏 차려입은 모습이었다.

어린 시절에 여읜 아버지의 고향을 찾는다고 남편이 십여년 전 마련했던 허름한 농가에서 시작된 인연이 그렇게 먼 길을 오게 만든 것이다.

그곳 농촌의 풍광, 그리고 마을 사람들과의 만남이 이제 『당진 김씨』라는 한 권의 책으로 그 모습을 드러내게 되니 사람살이 인연의 깊이에 새삼 숙연해진다.

도시에 살면서 관념적인 불행과 가까운 사람들과의 불화에 짓눌려 있는 사람들을 볼 때면 이곳 사람들 생각을 많이 하게 된다. 이제 우리 곁에서 사라져가는 가난하지만 인정 많은 마음씨, 그리고 자연 속에서 삶과 화해하는 모습이 그들에게는 아직 남아 있기 때문이다.

참된 삶의 모습은 과연 어느 곳에 담겨 있는 것일까.

이 마을에서 보고 들은 진솔한 삶의 이야기들은 화두처럼 내게 다가왔고 나는 그 화두를 붙잡고 한 편씩 글을 써나갔다. 어떤 경우에도 삶은 계속된다는 것을 소박하게 터득한 사람들의 이야기를 다른 이들과 함께 나누고 싶어서였다.

격변하는 사회에서 천재와 인재 때문에 그들이 겪는 어려움과 막막함이 바닥 모르게 크고 깊어서 가슴 저릴 때도 많았다.

그러나 이제 반딧불 하나씩을 모아 등불을 켠 것처럼 마음이 훈훈하다. 사람들이 각박한 삶에 지쳐 고향이 그리울 때 이 책을 고향 친구처럼 찾는 꿈을 지닐 수 있게 되었기 때문이다.

첫번째 창작집을 창작과비평사에서 내게 되어 기쁘다.

어려운 여건에도 선뜻 출판을 맡아주신 분들께 깊은 감사를 드린다.

2001년 11월 23일
우애령

차 례

수술실 문앞에서 김씨는 서투르게 마누라의

이마를 짚어보았다. 병구완이라고 아는 것은
이마를 짚어보는 것이 전부인 김씨였다.

"이거 봐, 기운 내여." 김씨는 마른침을 삼키고

당진 김씨

어젯밤에 병실에 앉아서 혼자 되풀이
곰삭이던 말을 있는 힘을 다 내어서 말했다.

"…내게는 임자가 젤루 이쁜 각시여…"

감겼던 마누라의 눈이 가늘게 뜨이더니

눈물이 핑 돌며 입가에 보일 듯 말 듯 미소가 번졌다.

그러고는 홑이불 밑으로 손을 내밀어서 김씨
의 손을 꼭 쥐었다. 그 손을 마주 꽉 쥐며

김씨는 울음이 터져나오는 걸 참느라고 어금니를

물었다.

당진 김씨

“아 또 웬 부지런이여. 식전부터……”

김씨는 잠자리에 든 채로 새벽부터 방문을 드나드는 아내에게 냅다 소리를 질렀다.

“암것두 아니유. 그냥 주무시유.”

마누라는 미안스러운 듯 목소리를 낮추며 어둑어둑한 방 한귀퉁이에서 무엇인가를 찾아 들고 방을 나갔다. 가을걷이도 끝내고 이제 겨우 좀 늦게까지 눈을 붙일 수 있게 되었건만 마누라의 새퉁맞은 부지런 때문에 다시 잠이 들기는 틀렸다. 솔가지가 불에 탈 때 들리는 탁탁 튀는 소리나 방바닥이 뜨뜻해져오는 감으로 보아 이 여편네가 또 두부를 한솥 만들고 있는 것이 틀림없었다.

김씨는 혀를 차며 일어나 앉아 불을 켰다. 밖은 밝을 염도 안하는 걸 보면 이제 댓시나 되었을까…… 시골 구석에서 아들 딸 여의도록 살면서 안해본 고생이 없는 마누라지만 이제는 논밭 좀 마련하고 집도 새로 손을 보아 살 만했다. 그런데도 배운 도둑질 남 못 준다고 애들 기르며 노상 장에 내던 두부 만드는 일에서 손을 떼지 못하는 게 가슴이 짠하기도 하고 밉살스럽기도 했다. 주섬주섬 머리맡에 성냥을 찾아 담배를 피워물며 김씨는 버릇처럼 구시렁거렸다.

"그렇게 말려두 안 들으니, 원…… 생기기는 꼭 뭣같이 생겨가지구 고집은……"

김씨가 마누라에게 온갖 퉁을 다 주면서도 앞에서 대놓고 하지 않는 게 생긴 것에 관한 이야기였다. 젊었을 때 다툼 끝에 생기기도 못생겨가지고 성미도 못돼먹었다고 퉁기자 돌 된 아이를 업고 집을 나가 친정에서 돌아오지 않겠다고 버티는 걸 달래서 데려오느라고 얼마나 애를 먹었던가. 그렇게 고분고분하고 무슨 지청구를 먹어도 씩 웃고 말던 마누라가 이 말 한마디에 불에 덴 황소처럼 성을 내고는 입을 꾹 다물고 아이를 들쳐업더니 그냥 집을 나가버렸던 것이다.

지금은 한물갔지만 당진 읍내에서 서해안 개발 바람에 단단히 한몫 잡았다고 소문이 짜아하게 난 불알친구 덕칠이가 그때만 해도 같이 땅을 뒤집던 신세라 의논을 놓아봤더니 절대로 데리러 가서는 안된다는 거였다.

"그저 기집 성미는 초장에 박살을 내놓아야 하는 거여. 아니 한대 쥐어터진 것두 아닌데 뽀르르 신발 꺾어 신는 버릇은 그저 지 발루 기어들어와서 기가 콱 죽어야 떨어지는 것이니께……"

그래 제풀에 오려니 하고 기다려보았지만 사흘이 지나도록 소식이 없자 마누라도 마누라려니와 한창 벙긋거리며 재롱을 떨던 아이가 눈에 밟혀 견딜 수가 없었다. 이게 혹시 어디 가서 잘못된 것이나 아닐까 하는 사위스러운 생각까지 들자 더이상 참을 수가 없어서 나흘째

되는 날 새벽에 집을 나서지 않을 수 없었다. 그것도 한창 들에서 일하고 있을 덕칠이에게 들켜 병신 소리 들을세라 큰길을 피해 집 뒤 야산을 넘어 읍으로 한 시간 남짓 걸어나가서 버스로 두어 시간 가는 처갓집을 찾아간 것이다.

건어물 몇마리하고 고기 두어 근을 사들고 처갓집 문을 삐죽 들어서다가 아이를 업고 펌프 우물에서 빨래를 하던 아내와 눈이 딱 마주쳤다. 그때 자기를 바라보는 마누라의 눈에 그렁그렁 넘치는 눈물을 보며 김씨는 속이 뜨끔했다. 그러고는 마음이 안된 속에서도 원망과 감사가 뒤섞인 그 눈이 '꼭 소같이도 생겼다'는 한탄이 드는 것이었다. 혼자된 장모가 미안해서 어쩔 줄을 모르며 해준 저녁을 먹고 막차도 끊기어 들어앉은 방안에서 마누라가 더듬더듬 하소연을 했다.

"지가 못생긴 건 지두 알어유…… 지 겉은 걸 거두어줘서 고맙게 생각허구 있구만유. 이쁜 각시랑 살아보구 싶은 맴이 있는 것두 다 알구유……"

그러고는 고장난 수도꼭지처럼 눈물을 좌르르 좌르르 흘리는 것이었다.

"아, 화나면 무슨 소린들 못혀. 원 속은 좁아터져가지구……"

김씨는 퉁을 주면서도 속을 훤히 들여다보인 것 같아 켕기고 미안했다. 아닌게아니라 김씨 마누라가 못생기기는 했다. 남자같이 투박하고 꺽진 허우대에다가 부자연스럽게 큰 눈과 사발코 때문에 싹싹하고 어여쁜 맛은 약에 쓰려고 해도 없었다. 하지만 몸 아끼지 않고 장정 몫의 일을 해내고, 논일 밭일에 지치고 돌아온 저녁에도 반찬 한가지라도 더 해놓으려고 부엌을 휘돌며 애쓰던 마누라였다. 게다가 생긴 것이야 자기 잘못도 아니고 어쩌랴 싶었지만 김씨는 어려서부터 내내 지녀왔던 꿈을 쉽게 버릴 수가 없었다. 전쟁통에 고아가 되어 큰집에 얹혀서 자란 김씨는 어머니나 누이의 애틋한 손길을 받지 못해서 그랬던지 얼른 돈을 벌어 예쁘고 다정한 각시와 사는 것이 꿈이었다.

꿈속의 각시는 설날 읍에서 본 영화의 가련한 여주인공이기도 했고 구판장에 굴러다니던 잡지 속의 여배우들이기도 했다. 그러나 스무살이 넘어 부딪친 현실은 꿈과 거리가 멀었고 몸이 부서지도록 일해도 이렇다 할 여축을 가지기가 어려웠다.

큰아버지나 큰어머니가 그래도 무던한 사람들이라, 마치진 못했지만 중학교에도 넣어주고 밭도 몇백 평 나누어준 것이 도움이 되기는 했지만 어디에도 떳떳이 혼담을 넣어볼 처지가 되지 못했다.

그렇게 고된 들일에 지치고도 새벽녘이면 들고일어서는 아랫도리를 붙잡고 몸부림을 치면서 김씨는 차츰 꿈과 현실을 구별할 수 있게 되었다. 옛날이야기처럼 뒷산 냇가에 올라가봤자 목욕하는 선녀가 있는 것도 아니었고, 집에 와보니 우렁각시가 생긋이 웃으며 자기를 맞아주는 것도 아니었다. 그러면서 어렴풋이 예쁜 각시는 돈 많고 배운 것 많은 도시사람들에게나 합당한 것이로구나 하는 생각이 들기 시작했다.

비슷한 때 함께 군대를 다녀온 단짝 덕칠이는 어떻게 해서든지 돈을 거머쥐어 사는 듯이 살아볼 것이라고 농사일에 진저리를 내면서 너도 정신차리라고 김씨를 윽박지르고는 했다. 하지만 김씨는 땅을 떠나서 살고 싶은 생각은 꿈에도 해본 적이 없었다. 땅의 푸근함과 다정함은 어느 계절에나 그에게 따뜻한 삶의 온기를 주었다. 그는 도시로 떠나는 또래 처녀들을 볼 때마다 안타까움을 금할 수가 없었다. 덕칠이에게도 어쭙잖게 농사일이 얼마나 중요한 일이냐고 설득하려 들다가 타고난 촌놈이라는 놀림만 싫도록 들었다. 이제 대한민국에서 농사는 다 끝난 일이라는 게 덕칠이의 지론이었다.

예쁜 각시는 고사하고 여자라는 걸 보듬고 자보기도 다 틀렸구나 하고 한탄을 하던 끝에 들어온 읍내 건어물상 할머니의 중신을 망설이다 받아들여서 얻은 색시가 지금의 마누라였다. 갯가의 홀어미네 없는 집 딸이지만 튼튼하고 농사일 마다 않으며 마음씨 하나는 무던하다고 건어물상 할머니의 입에 침이 말랐다.

색시감이 너무 인물이 없는 게 영 마음에 걸리기는 했지만 팔자에 없는 걸 어쩌랴 싶어 이럭저럭 단념하고 혼례를 이루자 이농해 나간 마을의 빈집을 한 채 주선해서 살림을 장만하고 살게 되었다. 새색시가 워낙 부지런하고 영등같이 받드는 바람에 김씨의 신수도 펴고 동네에도 김씨가 마누라 하나는 잘 얻었다는 소문이 자자했다. 그럴 때마다 김씨는 속으로 중얼거렸다.

'속 모르넌 소리덜 허지 마시유……'

그러고는 그 참고 참던 한마디 '못생겼다'를 터뜨렸다가 된통 혼이 난 이후로 둘 사이에 생긴 아들 딸들이 다 이십이 넘도록 마누라 앞에서 다시 그 이야기가 거론된 적은 없었다.

그래도 큰아들은 고등학교까지 마쳐주고 군청에 말단이지만 취직이 되어 몇년 전에 장가를 들여 읍으로 따로 살림을 내주었고 둘째딸은 재작년에, 막내는 올 봄에 시집을 보내고 둘이만 남게 된 터였다. 다행스럽게도 딸들은 엄마를 닮지 않아 그런대로 보통은 되는데 큰아들은 지 어미를 빼다박았다. 그래서 그런지 아들이라 그런지 둘 사이도 각별했다.

쥐꼬리만한 월급으로는 셈이 닿지 않아 읍내에 조그만 가게라도 하나 냈으면 싶다고 아들이 지난 봄에 운을 뗐다가 김씨한테 불호령을 듣고 말았다.

"내 애시당초 말했드끼 그저 땅 팔 놈은 땅이나 파는 게 상수여. 도대체 제 손으로 하루종일 돈을 만지고 돈 소리 절렁절렁 내고 다니넌 놈덜 중에 혼백이 지대루 백인 놈은 별반 본 적이 읎으니께…… 내 사실 분가허는 것두 탐탁지 않았지만 젊어 한때 경험두 좋으리라 싶어 큰 반대는 못했다만, 그렇게 행편이 어려우면 아주 군청 일을 작파허구 들어와 농사짓구 함께 사는 것이여."

아들은 불만이 가득 차서 대꾸를 하려다가 참는 기색이었다.

눈치를 보며 저렇게 한솥씩 두부를 해서 읍에 내는 속셈이 김씨가 보기에는 뻔했다. 듣기에는 무공해 두부니 집에서 만든 두부니 해서 값도 꽤 쳐주는 모양이었지만 또 적금인지 무엇인지를 들어서 소롯이 큰아들에게 내리 부을 것이 틀림없지 싶으니까 부아가 치밀었다. 그 무거운 짐을 이고 새벽같이 뒷산을 올라 읍으로 좇아가는 일은 장정에게도 쉬운 일이 아니었다.

이제 오십이 다 된 제 나이도 생각해야 할 것이 아닌가. 아들이 이제는 제 앞가림을 할 나이가 되었건만 어미 눈에는 노상 도움이 필요한 아이로만 보이는 모양이었다.

김씨는 방문을 냅다 열고 소리쳤다.

"아, 속쓰려 죽겄구먼. 괜헌 잠은 깨워놓구……"

마누라는 치마에 손을 씻으며 부엌에서 나오던 길에,

"왜 더 주무시잖구유……"

그러고는 혼잣소리같이 중얼중얼한다.

"새벽 담배가 나쁘다던디…… 고만……"

"아, 시끄러. 자기 몸이나 지대루 돌봐. 그놈의 새벽 두부 좀 그만 내구."

"알았시유."

언제나와 마찬가지로 마누라는 맞서서 거역하는 법이 없다. 그렇다고 자기가 마음먹은 바를 그만두는 법도 없다. 질겨먹은 마누라다.

"배고파 죽겄어. 얼른 아침이나 내여."

둘이 밥상을 마주하고 앉아 먹다가 보니까 마누라가 뜨는 시늉만 하지 별반 먹지를 않는다.

"아, 왜 안 먹는디야?"

"글씨, 이즈막엔 입맛이 읎구먼유."

"촌놈이 밥맛으로 먹는 게지, 되지 않게 입맛은 무신 입맛이여."

밥상을 물리다가 생각해보니까 이 마누라가 근래 들어 시원스레 밥 먹는 꼴을 못 보았다. 그러고 보니 안색도 시원찮다.

"왜 그려? 어디 아픈 거여?"

"아니유. 그저 속이 쓰리구 당기질 않는 걸유……"

이때가 김씨가 마누라 병을 눈치챈 시초였다.

일요일에 며느리와 들렀던 아들이 한사코 마다는 어머니를 욱대겨서 그 주에 읍내 병원에 다녀오는 기색이더니 김씨에게 통명스럽게 전했다.

"의사선상님 말씀이 심상치 않다구유. 대처 병원에 가봐야겄다는데유."

"무엇이여? 아니 왜? 잘 못 먹는 것 외엔 멀쩡한 사람을 보구…… 그 걸핏허면 들구나는 알량한 읍내 젊은 의사덜이 무얼 알어서 되알진 소리여."

"엄니 안색을 좀 보셔유."

그러고 보니 마누라 안색이 며칠 새에 눈에 띄게 파리해지고 혈색은 시들부들 죽어 있었다. 김씨는 겁이 덜컥 났다.

"대처 병원이라니 어딜 이르는 거여?"

"선상님 말씀이 서울에 가기 어려우면 수원 도립병원이라두 가보라는데유."

기가 막힐 노릇이었다. 그저 마누라는 병도 나지 않는 무쇳덩어리라고 생각해왔던 김씨는 눈앞이 캄캄해져올 뿐이었다. 의사가 그렇게 말할 때에야 병이라도 보통 큰병이 아닌 모양이었다.

"덕칠이아재 말씀대루 그때 좋은 작자 나섰을 때 산을 한자락 떼어 팔았으면 엄니두 덜 고생하셨을 텐디……"

"어디 누구 가슴에 불질할 일 있는 거여? 얼런 집으로 가. 지금 말 겉지 않은 소리 대꾸헐 기분이 아닌께……"

눈치빠른 며느리가 두살배기 딸애를 들쳐업고 남편에게 눈짓을 건네 인사를 마치고 떠난 뒤로도 김씨는 한참 넋나간 듯이 토방에 앉아 있었다.

"춘디 얼런 들어오시유."

마누라가 방안에서 문을 열고 채근을 하자,

"알었어."

하고는 그제야 정신이 든 듯 담배를 꺼내 무는 김씨였다.

우여곡절 끝에 수원 큰 병원에 며칠 입원하고 오만가지 검사 끝에 나온 병명은 말기 위암이었다.

"암이라니유? 그런 병에 걸릴 이유가 없구먼유."

김씨의 항변에 젊은 의사는 딱하다는 듯이 김씨를 바라보았다.
"어디, 암이 꼭 이유가 있어서 걸립니까."
"아니유, 그렇들 않지유, 이유 읎는 병은 읎지유. 상헌 걸 먹어야 배탈이 나구, 찬바람을 쐬믄 감기가 들구 허드끼……"
"이즈음에는 스트레스 때문에 암에 걸린다는 학자들도 있긴 하지요."
"스트레스라니유?"
"쉽게 말하자면 말 못할 고민이나 혼자만 끙끙 앓는 속상한 일이지요."
"……?"
김씨는 어안이벙벙했다.
"아무튼 현재 상태로는 워낙 병이 진전이 많이 되어 있어서 수술을 해도 큰 희망을 걸기 어렵지만 가족들이 동의하면 빨리 수술을 하시는 것이 좋겠습니다."
"지금 당장에유?"
"물론 빠를수록 좋습니다만 지금에 와서 하루이틀을 다투는 건 아니니까요. 이쪽 수술 스케줄도 잡혀야 하고 또 정리하실 일이 있으실지 모르니까 일단 퇴원을 하셨다가 준비되는 대로 곧 수술을 받도록 하시지요."
김씨는 병실에서 하회를 기다리고 있는 아들에게 얼버무려서 퇴원 절차를 밟게 하고는 집에 가서 자세한 이야기는 하리라 마음먹었다.
당진 택시를 대절해서 마누라와 아들을 집에 내려놓고 기다리던 며느리와 딸들에게 마누라를 당부하고는 곧 돌쳐서서 읍내로 나왔다. 어렵게 장만하여 죽어도 팔고 싶지 않았던 뒷산 한자락을 내놓아서 어쨌든 수술비를 마련할 결심이었다.

택시로 나서면 당진읍까지 이십분밖에 안 걸리는 거리였지만 가는 길 내내 여기저기 부동산 간판들이 심심치 않게 눈에 띄었다.

그 앞에 서울 번호를 달고 있는 미끈한 차들도 간혹 보였다. 운전기사만 앉아 있는 차들도 보였고 성장한 중년 여자들이 뒷자리에 파묻혀 있는 차들도 있었다.

어떤 여자는 카폰을 들고 손짓을 해가며 열을 내어 떠들고 있었다.

"아이구, 저것덜 꼴뵈기 싫어서…… 집에서 살림이나 제대루 허구 자빠져 있지 않구서……"

급한 일이 있으면 으레 불러 쓰는 단골기사 장씨가 병원에서부터 무거운 분위기에 눌려 잘하던 농담도 하지 않고 차만 몰다가 불쑥 한마디 내뱉었다.

"뭘 그려, 지덜두 한밑천 잡아서 살림에 보탤려구 허는 모양인디……"

김씨가 눙치는 어조로 반 농담조로 받자 장씨가 들입다 열을 내었다.

"모르시는 말씀 마셔유. 지가 군대 갔다와서 차 모는 게 육년짼디 그 사이에 이 근처 반반한 땅치구 서울 놈덜 손에 안 넘어간 땅이 읎시유. 그 왜 아저씨 마을께 서너 집 빈집 있지유. 것두 애저녁에 서울 사람덜이 다 말아먹었시유."

"농토는 여기메께 살지 않는 사람에겐 팔지 못허게 법으루다 묶여 있을 텐디……"

"하이고, 그 법 겉은 말씀 좀 마셔유. 그놈덜이 다 법을 요리조리 주물러대는 수를 익힌 놈덜유. 그저 어리삥삥해가지구 적은 돈 가지구 막차 타보려던 송사리덜이나 거기 걸려서 팔딱거리는 꼴이지유……”

“그래두 농사짓넌 사람덜이 으떻게든 땅을 지켜야지……”

“아, 정부에서 농민덜이 땅을 지키두룩 도와준달새 말이지유…… 높으신 양반네덜은 입만 살아가지구 농민을 위허는 정책이니 뭐니 나발을 불지만 농산품 수입이니 뭐니 허는 꼴덜을 좀 보셔유. 게다가 땅까지 죄 서울 놈덜께 뺏기구 게 잃구 구럭 잃구 갈데없이 소작인 꼴이 된 우리 형님을 보면 속에서 천불이 나유, 천불이…… 기름밥 먹기두 진절머리날 때가 많지만 농사를 지으려두 땅두 없는데다가 무슨 희망이 있어야 짓지유, 짓기를……”

김씨는 마음이 점점 더 무거워지기만 했다.

“워디 내려드릴까유?”

“여기메께 시장 앞에 내리지 무어……”

“되돌쳐가실 때는 워떻게?”

“버스를 타던지 이따 봐서…… 오늘 애먹었소.”

돈을 치르고 살펴가시라는 인사를 들으며 김씨는 왼쪽 길로 꺾어들었다. 원래 덕칠이네 서울부동산 앞에서 내릴 작정이었지만 동리 사람들에게 떼로 욕을 먹고 있는 그에게 가는 걸 기사 장씨에게 알리고 싶지 않았다. 서울 사람들에게 붙어서 제 고장 사람들을 등쳐먹고 땅장사를 해서 돈을 모은 시러베아들놈이라는 게 비난의 골자였다.

서울부동산 앞에 서서 잠시 망설이고 있는 김씨 뒤에서 호기있는 목소리가 들려왔다.

“이게 누구여? 이거 해가 서쪽에서 뜨겄구먼.”

막 물방개 같은 차에서 양복을 뽑아입고 내리는 건 덕칠이였다.

“하여튼 들어가세.”

쉰이 넘었다는 게 거짓말처럼 피둥피둥한 신수를 하고 덕칠이는 김씨를 밀어붙이듯이 부동산 사무실로 밀고 들어갔다. 번듯하고 넓은 사무실에서 잡지를 보던 젊은 여자가 얼른 일어서더니 전화가 왔던 곳들을 줄줄이 고해바쳤다. 덕칠이는 건성 듣는 시늉을 하며 김씨에게 큼직한 소파에 앉도록 권하고 자기도 앉았다.

"그래, 제수씨두 안녕허시구?"

다른 때 같으면 형수님이지 왜 제수씨냐구 실없는 실랑이라도 주고받을 테지만 오늘은 그런 소리를 주고받을 계제가 아니었다. 김씨는 소파에 구겨지듯이 앉으면서 무거운 근심이 담긴 한숨을 자기도 모르게 내쉬었다. 덕칠이는 살피듯 그를 건너다보며 그답지 않게 말소리를 낮추었다.

"왜 무슨 일이 있는가? 자네 서 있는 뒤꼬라지가 하두 을씨년스럽기에……"

"……암이라네."

김씨는 밑도 끝도 없이 불쑥 말을 내뱉었다.

"……제수씨가?"

"………"

김씨는 말없이 고개를 끄덕였다.

"……중헌가?"

"그려."

주머니를 뒤지며 담배를 찾는 김씨에게 덕칠이가 얼른 담배를 내밀었다. 김씨는 담뱃불을 붙여 갈증을 축이듯 한 모금을 빨아 내뿜었다.

"전에 왜 우리 뒷산자락 사백평을 살 작자가 있다구 하지 않았는감."

"그게야, 뭐, 그런디 돈이 많이 들게 생겼는가?"

"큰수술을 받어야 헐 것 겉으네."

덕칠이는 성큼 큰 몸집을 일으켰다.

"우리 어디 가서 술이나 한잔 허지."

술을 얼근하게 걸치고 차까지 얻어타고 돌아온 김씨는 새삼 덕칠이가 고마웠다. 마음 같아서는 아무라도 끌어안고 엉엉 울고 싶었지만 차를 멀찌감치서 돌려보내고는 읍에서 산 과자봉지를 안고 짐짓 쾌활하게 집 문을 들어섰다.

집에는 불이 환하게 켜 있고 아들, 며느리, 딸들이 다 안방에서 나와 김씨를 마중했다.

"아니, 니덜두 아직 안 갔니야?"

"야, 기별을 놓았시유, 낼 돌아간다구유."

큰딸이 애기를 안은 채 조용히 말했다. 울었는지 막내하고 둘 다 눈이 부석부석했다. 둘 다 서산 근처 갯가에 시집이 있기 때문에 아닌게 아니라 돌아가기에는 좀 반지빠른 시간이었다.

"잘되었다. 이리루 다덜 들오니라."

번잡하게 사람들 소리며 애기 우는 소리가 들리니까 새삼 사람 사는 집 같고 아까 의사하고 나눈 이야기도 까마득하게 먼 옛날 이야기 같았다.

그가 들어서자 마누라는 힘겹게 일어서려고 했다.

"그대루 앉아 있어. 고연스리 애쓰지 말구……"

"워딜 다녀왔시유?"

김씨는 마누라와 눈이 마주치는 것을 피해 딴청을 하며 대답했다.

"그저, 읍내에 긴한 볼일이 있어서."

"혹 땅을 내놓은 것 아니지유?"

김씨는 잠시 당황했지만 그냥 얼버무렸다.

"뭐, 꼭 그런 건 아녀……"

"서울부동산 권씨네 들렀시유?"

"임자는 그저 이런저런 걱정 말구 병이나 얼른 나아서 몸을 추스를 생각이나 혀."

마누라가 정색을 하고 단호하게 말했다.

"난 수술 안 받어유."

"이건 또 무신 소리여?"

김씨는 엉뚱한 소리를 하는 마누라를 쳐다보았다.

"내 병은 내가 아니께 아무렇지두 않아유."

"뭘 아무렇지두 않어. 물도 삭이지 못하면서."

마누라는 입을 꾹 다물었다. 보통 결심이 아닌 것 같았다.

"하여튼 안 받어유. 내 몸에 절대 칼 안 대유."

김씨 머리에 의사의 말이 떠올랐다.

'수술 받아도 장담하긴 어렵지만 지금 이 상태면 금년을 넘기기 어렵습니다.'

아들 딸들이 번갈아 달래도 마누라는 막무가내였다.

"글쎄, 왜 이러는 거여 이러길……"

"수술은 안 받어유. 그 복덕방 권씨헌티 땅 내놓은 거 거둬들이셔유."

"아따, 그 고집은……"

"아녀유. 이번만은 나두 고집을 부려야겄시유. 수술 받아두 소용없시유. 나만 더 고생하구 돈만 날리는 거유……"

"자, 피곤헐 텐디 좀 자구 다시 이야기허지…… 니덜두 건너가 자거라."

김씨는 속이 숯덩이 같았다. 아이들을 물리고 조용히 달래볼 참이었다.

둘이만 마주앉자 김씨가 차근차근하게 말문을 열었다.

"이봐, 내 이얘기 좀 잘 들어봐."

"글쎄, 별일 아녀유."

"아니긴 뭘 아니여. 아, 수술 받지 않으면 거시기……"

하마터면 수술 받지 않으면 해를 못 넘긴다는 말이 나올 뻔했다.

"알어유."

마누라는 체념한 듯 순순히 말했다.

"그냥 펜안히 사는 날까지 살다 갈게유."

"지 혼자 사는 게여? ……나는 워치게 허여."

김씨는 말 끝으로 목이 메었다. 마누라는 힐끔 김씨를 보더니 기어들어가는 목소리로 대꾸했다.

"더 늦기 전에 이쁜 각시 얻어 조금이라두 재미있게 살아봐유."

"뭣이여? 아니, 뭣이여?"

김씨가 눈을 부릅뜨고 대서자 마누라는 움츠러들며 더 조그맣게 말했다.

"그냥 그런 생각이 드는구먼유."

김씨는 맥이 탁 풀렸다. 이 마누라가 이런 생각을 먹고 여태껏 이십여 년을 살아왔다는 말인가? 그렇다면 그 젊은 의사가 이야기하던 스트레슨가 뭔가에 노상 시달려왔다는 말이 아닌가. 스트레스라는 게 말 못하고 속으로 끙끙 앓는 속상한 일이라고 안하던가.

'그렇다면 이 마누라가 시방 얻은 이 큰병이 전수 내가 귀애하고 살뜰히 대해주지 않아서 생긴 병이라는 말인가……'

김씨는 어안이벙벙했으나 그럴 리가 없다고 고개를 저었다.

"뭔 소리여, 내가 누구덜처럼 기집질을 허기를 했나. 한눈을 팔길 했나 무슨 애먼 소리여."

"그건 알어유. 맴속 깊이깊이 고맙게 생각허구 있어유."

마누라는 사이를 두고 떠듬떠듬 말했다.

"내가 거기 보답헐 길은 몸이 부서지게 일허는 것뿐이었구먼유. 이제 나두 가구 허믄 증말 달리 생각 말구 이쁜 각시 얻어서 사는디끼 살아봐유. 이건 내 진정이어유."

그러고는 장 밑을 더듬더니 낡은 통장을 꺼내서 자랑스러운 듯이 김씨 앞으로 밀어놓았다.

"이리저리 여축헌 게 삼백은 넘었시유. 잘 지니구 기시다가 요긴헌디 쓰셔유."

김씨는 가슴이 치받히며 숨이 막히는 것 같아 방문을 열고 밖으로 나와버렸다.

보름이 가까운 달은 낮처럼 밝아서 앞에 펼쳐진 논밭이 그림처럼 한눈에 드러났다.

집 가까운 밭두둑에 앉아 담배를 꺼내 피우면서 김씨는 속이 담배처럼 타드는 것을 감당하기 어려웠다.

"원, 못난 것 같으니라구……"

김씨의 꺼칠한 양 뺨으로 눈물이 주르르 흘러내렸다. 마누라가 수술을 안 받겠다고 버티던 거며 이런저런 자질구레한 일들이 주마등처럼 떠올랐다. 찌는 듯이 뜨거운 땡볕 아래서 둘이 땀으로 미역감으며 밭을 매던 생각도 나고, 목이 내려앉게 무거운 두부모판을 이고 아이를 업은 채 장으로 가는 지름길인 뒷산을 허위허위 오르던 마누라의 뒷모습도 떠올랐다.

그러고 보니 자기가 언제 한번 마누라를 살뜰하고 따뜻하게 대한 적이 있는지 의아스러웠다.

"다덜 그렇기 사는디 무얼…… 나만 그런감……"

그렇게 뇌어봐도 속이 시원하지가 않았다.

김씨는 모질게 마음을 먹고 다음날 아침부터 밥숟가락을 들지 않았다. 아들은 출근하고 며느리와 딸들만 심란하게 웅성거리는 속에서 선언을 했다.

"니덜 엄니가 수술 받지 않으면, 나두 다시는 숟가락을 들지 않을 거여."

점심을 거르고 저녁때가 되자 배가 졸아붙는 듯이 아프고 견디기가 어려웠지만 김씨는 애소하는 딸, 며느리를 다 물리치고,

"밥상 썩 못 내가겄냐!"

하고 호통을 쳤다. 마누라가 건너와서 사정을 했지만 들은 체도 하지 않았다.

마침내 마누라가 항복을 하고 수술을 받겠다고 약속을 한 뒤에야 밤늦어서 밥상을 받고 못 이기는 듯이 밥을 먹었다.

며칠 후 병원으로부터 연락을 받고 수술에 하루 앞서 입원한 마누라는 밤중부터 물 한모금 못 마시게 단속을 받은 후에 새벽에 수술실로 실려가게 되었다.

병원 카트에 실린 채 하얀 홑이불을 목까지 둘러쓰고 양팔에 링거 바늘을 꽂고 있는 마누라를 보자 김씨는 목이 메는 것 같았다. 자식들

이 선 틈을 제치고 수술실 문앞에서 김씨는 서투르게 마누라의 이마를 짚어보았다. 병구완이라고 아는 것은 이마를 짚어보는 것이 전부인 김씨였다.

"이거 봐, 기운내여."

김씨는 마른침을 삼키고 어젯밤에 병실에 앉아서 혼자 되풀이 곰삭이던 말을 있는 힘을 다 내어서 말했다.

"……내게는 임자가 젤루 이쁜 각시여……"

감겼던 마누라의 눈이 가만히 뜨이더니 눈물이 핑 돌며 입가에 보일 듯 말 듯 미소가 번졌다. 그러고는 홑이불 밑으로 손을 내밀어서 김씨의 손을 꼭 쥐었다.

그 손을 마주 꽉 쥐며 김씨는 울음이 터져나오는 걸 참느라고 어금니를 물었다.

"이제 죽어두 한은 읎시유."

"쓸데읎는 소리 말어……"

간호사가 시간 늦는다고 재촉을 하며 카트를 끌고 들어간 수술실의 문 두짝이 한동안 서로 엇갈리며 흔들렸다.

김씨는 자식들의 눈을 피해 흐르는 눈물을 닦으며 복도의 창 쪽으로 몸을 돌렸다.

그러고는 다시는 혼자서라도 입 밖에 내지 않으리라던 소리를 자기도 모르게 중얼거렸다.

"수술하는 참에 울기는…… 원…… 못생겨가지구……"

달빛이 어찌나 좋은지 옆으로 뻗어나간 자두

나무에 흐드러지게 달린 검자줏빛 자두들이

빛깔까지 알알이 떠올라 보일 것만 같았

다. "자두두 참 실허게두 됐네유."

가 감탄을 하며 하나

자두

치마에 문질러 성큼 베어물자 신맛에 섞인
달콤한 향내가 입안을 가득 메웠다.

"실하면 멀해유." 새마누라가 퉁그러지게

받았다. "지난번 장에 자두를 한

광주리나 내었는데 단돈 만원밖에 안 주더라

구요. 저이 아버지하고 둘이 읍에서 돈까스

한번 칼질하고 나니까 다 없어졌시유."
박씨네는 맥이 탁 풀렸다. 이 여편네야, 시골구석에서
무신 돈까스 칼질이여 소리가 곧장 나오려

는 걸 참고 속으로 밀어넣었다.

자두

자두나무 집 김씨가 재취 처를 얻어오던 날 마을 사람들은 모두 숨을 죽였다.

“그려두 버젓이 결혼식 하겄다구 뎀비지 않는 거만두 다행으루 알어야지 무어……”

“으떤 여자래유?”

“누가 그 속을 알겄어. 서산 워디메께서 눈이 맞었대니께, 그러려니 허는 게지.”

마을 부인네들은 여기저기 모여서 쑥덕거렸다.

김씨 아랫집에 사는 박씨네하고 천씨네는 더더욱 분개를 하였다.

그렇게 자기들하고 살갑게 지내던 김씨네가 죽은 지 열달밖에 안되어서 부득부득 재취를 들이려는 김씨의 작태가 마땅치 않기는 둘 다 마찬가지였다.

새 마누라가 온 지 며칠 후에 김씨가 그래도 섭섭타고 그 두 집과 이장네, 또 가끔 글 쓰러 서울서 내려와 아랫집에 박혀 있는 소설가 심선생을 저녁이라도 하자고 불렀을 때 둘 다 입이 댓발이나 나와서 안 간다고 했다가 남정네들한테 혼이 났다.

박씨는 마누라를 그런대로 달래려다가 마침내 부아를 내었다.

"거 속아지덜허구는…… 아, 그래 빈집에서 오십이 다 된 나이에 혼자서 조석 끄니를 끓여먹기에 지쳐서 그렇게 된 것 가지구 먼 사단덜을 내구 야단이여."

"허지만 간 사람 생각을 해봐유. 살아볼려구 그렇기 나대다가 간 여편네 생각을 조금치래두 헌대문……"

박씨네는 눈물까지 핑 돌았다.

"아, 시끄러. 그럼 아래윗집 살면서 뭇 간다구 해야 옳겄어?"

하긴 그렇다.

그리고 은근히 어떤 여편네가 뻔뻔한 낯짝을 들고 죽은 마누라 첫 제사가 돌아오기도 전에 들어섰는지 알아보고 싶지 않은 바도 아니었다.

저녁 무렵에 공들여 머리를 감은 박씨네는 한껏 돋뵈는 옷을 꺼내 입고 남편 뒤를 마뜩치 않게 따라 콩밭 길을 가로질러 김씨네로 들어섰다.

문밖에서부터 기분이 잡친 것이 웬 앙바틈하게 생긴 낯선 개가 앞발을 들고 일어서면서 기절을 하게 짖어대는 것이었다.

노르끄레한 갈색과 흰색 긴 털이 뒤섞인 개는 유난히 유리같이 말간 눈을 뜨고 쇠줄을 곧 끊기라도 할 듯이 팽팽하게 당기면서 짖어대었다.

순하고 덩치만 커다래가지고 어리어리하게 굴다가 복날이 되면 자기 할 일을 다 마치고 여름 밥상 위로 올라가던 토종개한테만 익숙해 있던 박씨네는 자기도 모르게 눈살을 찌푸렸다.

"이건 또 뭐랴……"

"원 별나게 생긴 종자두 다 있네 그랴."

연초록색 새순이 막 돋아나는 자두나무 옆을 지나 마침 문가에 같이 들어서던 천씨가 그 말을 받았다.

"시끄럽네, 어이 시끄러워."

박씨가 두 손을 훠이훠이 내저었지만 이 개는 아랑곳도 없이 더 맹렬하게 짖어댈 뿐이었다. 그러자 안에서 낭랑하고 야무진 목소리가 날아왔다.

"포올!"

그 소리를 듣더니 이놈의 개가 집 안쪽으로 몸을 납작 엎드리더니 꼬리를 살살 흔들면서 좋아서 죽는 시늉을 하는 게 아닌가. 그러자 부엌에서 깡똥한 앞치마를 두르고 나타난 복숭아씨처럼 자그마하고 도톰한 아주머니가 붙임성 있게 웃으면서 상냥하게 인사를 건넸다.

"어서들 오세유. 처음 뵙겠어유."

무뚝뚝하고 뻣뻣한 아낙네들한테만 눈이 익어 있던 박씨와 천씨는 자기들도 모르게 허리를 굽히며 벙긋이 웃었다.

"인사가 늦어서 예가 아니구먼유."

박씨네의 눈이 양쪽으로 살긋이 올라가면서 자기 서방을 노리듯 하는 기색이었지만 천씨네가 옆구리를 쿡 찌르는 바람에 설핏하게 억지 웃음을 지으며 겨우 인사 거래를 마쳤다. 그러나 심사를 참기 어려운 듯이 박씨네가 기어이 한마디 하고 말았다.

"이 동리메께는 그런 종자가 없는디 으디서 독이 올러두 참 많이 올런 개 걷구먼유."

"포멜라니안이라구 순종이어유."

새마누라짜리가 한껏 자랑스러운 듯이 말을 받았다.

박씨는 입바른 자기 마누라가 혹시 말실수라도 있을까 해서 연방 헛기침을 넣으며 눈으로 제압을 하려 들었다.

이 어색한 상봉을 어우르려는 듯이 그 사이 신수가 훤해진 김씨가 방문을 열고 나서며 어제도 본 사람들에게 저승에서 자기 어미 만난 듯이 깜짝 반색을 하는 시늉을 내었다.

"어서덜 들오슈. 이장님허구 심선상님은 아까메께 오셔서 벌써 한 잔씩덜 하셨슈."

김씨네와 더 각별히 언니 아우같이 지내던 박씨네는 속에서 천불이 치밀어올랐다.

새장가 덕에 얻어입었는지 햇살이라도 튕겨낼 기세의 연두색 새 비단 조끼가 장히 눈꼴이 시었다.

박씨네는 몇백 번을 더 되뇌던 소리를 속으로 중얼거렸다.

'그저 사나덜이란 멀쩡 잡도적놈덜이여. 도적놈덜, 하이고. 으떤 과숫댁이 이런 행실을 저질러부아. 기집 조상덜꺼정 싸잡어 타매를 헐 주제들에…… 저 웃는 꼴덜을 좀 보지. 그저 너남 읎이 그 뻔뻔헌 심뽀허구는……'

그러면서 박씨네는 모쪼록 오래 살아서 이런 꼴은 안 당하리라는 심사가 더욱 굳어졌다. 친정 동생이 그렇게 권하던 영지버섯인가 뭔가를 사다가, 남들이 이래도 저래도 다 좋다는 물러터진 서방은 제쳐놓고 자기 혼자만 장복을 하리라곤 여무진 결심을 하는 것이었다.

'나버텀 죽었다가는 곧 새어미를 들여 여의지도 뭇헌 두 새끼덜의

꼴이 어찌 될지 눈에 훤히 보이듯 허는구먼.'

힐긋 건너다보니 천씨네의 기색도 썩 편치는 않아 보였다.

김씨도 자기깐에 어색한 듯 잠시 새마누라가 국을 뜨러 나간 새에 짐짓 비감한 표정을 지었다.

"다덜 아시겠지유만 지도 가버린 사람 생각하면 이래서 안될 일이다 싶었지유. 헌데 저 사램도 안 그러면 이곳을 곧 뜨려구 차비를 내던 참이라 그만 서둘러서 일이 이렇게 되었구먼유. 거시기 심선상님두 많이 거들어주시구유."

그러면 그렇지, 박씨네는 아랫목에 앉아 술기운에 벌써 얼굴이 불콰해진 심선생을 곱지 않게 바라보았다.

티를 내는구먼, 티를 내. 글줄이나 쓴다고 설치는 것 보니께 그 순진해빠진 김씨를 요절낸 게 저 위인이구먼 싶자 미운 생각이 치받쳤다.

"글만 잘 쓰시는 줄 알었더니 끼일 데 아닌 중신두 여벌나게 스시느먼유."

박씨네의 가시 돋힌 소리에도 심선생은 그저 히물히물 웃으며 쓰다 달다 대꾸가 없었다. 그러고는 젓가락을 내밀어 미나리에 오징어에 또 무엇인가를 둘둘 감아놓은 자발맞은 안주를 고추장에 쿡 찍어서 메기같이 큰 입에 넙죽 밀어넣었다.

아닌게아니라 상도 여느 시골 상 같지 않게 깔끔하게는 보았다. 비록 어디 하나 푸짐하게 젓가락 갈 데 없이 단작스럽게 차려놓기는 했지만 그 뭐라나 텔레비전에서 노다지 보여주는 도시 사람 흉내를 제법 내었다. 감고 썰고 꿰고 한 꼴이 제법이었다.

"똑 기상집 안주상 같구먼유."

"허어, 저 입질……"

박씨는 제법 매운 눈으로 마누라를 다스렸다. 불복하기는 하면서도 박씨의 성깔을 아는지라 박씨네는 입을 딱 다물었다. 그러고는 국을 떠 들고 들어온 새마누라의 모습을 눈에 불을 켜고 바라보았다.

둥그스름한 얼굴에 뒤로 곱게 묶어 올린 머리에다 쌍꺼풀 없는 눈이 은행알 같은 게 제법 귀염성스러운 데도 있는 얼굴이었다. 도대체 나이를 종잡을 수가 없는 게 한 사십이 되어 보이기도 하고 어떻게 보면 오십이 다 되어 동갑내기 뻘로 보이기도 했다. 말하는 데도 붙임성이 있어서 어디라 딱히 흠을 잡기 어려웠다.

박씨네의 눈이 돌연 한 군데 가서 못박혔다.

이 여자의 두 귓밥에 뚫린 구멍 위에 보일 듯 말 듯 쌀알만한 귀고리가 보란 듯이 올라앉아 있는 것이 아닌가.

여염집 아낙은 아니로구먼.

이 시골구석에서 귀 뚫은 여편네하고 아래윗집에서 지내볼 생각을 하니까 저절로 숨이 턱 막혀올랐다.

"지가 원래 솔직헌 걸 좋아허니께 깨놓구 말씀드리겄는데 이 사람이 저 서산 쪽에 다방에서 커피 끓이든 사램이유. 나이두 나랑 동갑이구유."

방안이 조용해졌다.

"허, 이 나이에 무에 따질 건 아니지만 결혼에두 실패허구 자녀두 생산을 뭇헌 사램이유. 이번에 다 작파허구 인천 사촌 동생네 식당을 낸 집에 의탁하러 가겠다는 걸 인연이 닿았는지 심선상님이 외로운 마음덜이 의지허구 지내는 게 으떠냐구 대리를 놓아주세서…… 간 사램 첫 지사라두 지내구 델구 오넌 게 도리일 듯헌디, 워낙 여물게 떠나기루 이애기가 되었든 사램이라, 기던지 아니던지 흐연부연헐 수가 없어 급작스리 이렇기 되었네유. 민구스럽기두 허구…… 아주먼네덜 볼 낯이 읎기두 허구 그런디…… 빈집에 혼자서 우두커니 앉아 있다가 곧 미쳐서 으떻게 될 것 같았시유……"

김씨의 어조가 비감해지면서 눈께도 축축해지는 듯했다.

"그만 잘했시유. 안 그렇게 생각허는 사램이 뉘 있겠슈."

이장이 나서서 이렇게 말하자 박씨와 천씨도 당황스리 얼른 따라서 말을 이었다.

"하먼유, 잘허셨지유."

"오래 끌 거 없이 맴에 드는 사램 나섰을 때 작파를 허신 게 잘허셨지유. 한두살 난 아덜두 아니구……"

천씨는 고개까지 주억거리다가 어디를 물리기라도 했는지 갑자기 왼쪽 넓적다리를 부여안으면서 비명이라도 지를 듯하다가 겨우 참는 기색이었다. 그리고 곁에 앉은 천씨네에게 매운 눈총을 쏘았지만 마누라가 딴청을 하고 있자 꼬집힌 자리를 슬슬 어루만지며 어물쩍 넘어갔다.

그날 밤에 어두운 들길을 잔뜩 취한 남편 곁에서 연방 플래시를 비쳐대며 돌아온 박씨네의 입은 한치나 나온 채 들어갈 줄을 몰랐다.

조금 높직한 데에 자리잡은 박씨네 집에서 저 멀리 건너다보이는 천씨네도 늦도록 불이 안 꺼지는 걸 보면 뭔가 다툼질이 있는 게 분명했다.

소설가 심선생이야 원래 밤귀신처럼 불을 켜놓고 앉아서 잘난 글줄을 써제끼는 줄 아는 터이지만 야산들 틈새 한모퉁이에 소롯이 들어앉은 네 집 중에 세 집이 불빛을 반딧불같이 보내고 있는데 김씨네만 손님이 나선 뒤에 배웅하던 신자락이나 제대로 벗었는지 불을 끄고 깜깜 무소식이었다.

뒷설거지를 하러 마당에 나와 닭장이며 돼지우리 문단속을 여물게 하던 박씨네는 저절로 욕설이 터져나왔다.

“잘덜 놀구 있구먼. 무신 신혼이라구 끌어안구 자빠질 일이 급혀서 손님 뒤꼭지가 꺼지기두 전에 불덜은 끄구 자빠졌는감.”

그리고는 마음속으로 눌러놓았던 화가 다시 열불을 하게 치밀어오르는 것이었다.

“그 꼴덜을 좀 보지. 젊은 거나 늙은 거나 그저 허이허이하구 히죽히죽허는 꼴덜이라니…… 잘했시유? 하면 잘했시유? 흐이구, 천하 되적넘덜.”

박씨네의 앞으로 다정한 소리 한마디 못 듣고 소처럼 일만 하던 김씨네가 윗가슴께가 쓰라리게 떠올랐다.

다음날 아침상을 받은 박씨가 아무 말 없이 달게 먹고 이른봄 밭을 돌보러 나갔으면 아무 일도 없었을 것을 한마디 한 게 화근이 되었다.

젓가락을 들고 상을 이리저리 둘러보던 박씨가 아쉬운 듯이 입을 떼었다.

“거, 겉은 음식이래두 모양내게 놓으니께 맛두 달러 뵈이더만.”

“달러 뵈겠지유. 달러 뵈겄어. 내헌티 불만 있으면 둘러대지 말구 시언시리 말하여볼 것이지 무신 딴청은……”

다른 때 같았으면 또 반찬투정이려니 하고 예사로 넘어갔을 일인데도 박씨네 입에서 가시 돋친 소리가 튀어나오자 박씨는 상 위에 젓가락을 딱 소리가 나게 내려놓았다.

“허어, 이 여편네가 이즈막에 못 묵을 걸 묵었는감. 워째 새새껀껀

이 말투가 공손시럽질 못허구……"

'공손시러워보아라, 지 속만 끓이다가 간 김씨네 짝밖에 더 나겄느냐, 그러면 얼런 새각씨를 얻어올 것덜이 하이고, 입덜은 살아서……' 박씨네는 속으로 온갖 찍자를 다 털어놓았다.

'그렇지 않아도 아침녘에 닭장 문을 열러 나갔다가 쨍쨍한 소리가 "포올!" 하고 얕은 산을 울려대는 바람에 오장육부가 다 뒤틀리려는 걸 참구 있는 판에 꼴에 사내 깜냥을 하느라구……'

박씨는 잔뜩 눈을 내리깐 채 부어터진 마누라에게 무어라고 한마디 더 하려다가 쩟 하고 혀를 차고는 밥에다 된장 푸성귀국을 그대로 부어넣어 몇 순갈에 다 퍼넣고는 가타부타 말이 없이 휭허니 밖으로 나가버렸다.

뒤에 남은 박씨네는 공연스레 서럽기도 하고 분하기도 해서 눈물이 솟구쳐올랐다. 손이 갈퀴가 되도록 살아온 자기 자신이 새삼 어리석어 보여 아무 일도 하기 싫고 만사가 다 귀찮았다.

텔레비전에서 눈이 시도록 보아온 어중간한 나이의 여편네들이 편한 아파트에 들어앉아, 하나 탓할 건덕지도 없는 남편을 붙들고 인생의 허무니 어쩌고 해가면서 자기를 발견하네 어쩌네 하는 수작들이 다 웃기는 얘기더니 이제 어렴풋이 그 심정이 이해가 가는 것 같기도 했다. 이래저래 심사가 사나워져서 하루종일 일이 손에 붙지 않았다. 그저 해뜨면 일어나 수걱수걱 일하는 것을 당연한 일로 여기던 박씨네에게 그런 일은 별로 없던 일이었다.

그나저나 김씨가 한두 달 동안은 뒷모습에도 생기가 돌고 걸음걸이도 청년 뺨치게 빠르더니 봄 밭갈이에 지레 지쳤는지 때아닌 밤일에 사단이 났는지 안색이 점점 시원치를 않았다.

밭고랑에서 마주친 박씨 부부에게 파종한 후에 밭에 비닐 씌우는 일을 조금만 거들어달라고 하면서 김씨가 내쉬는 한숨이 하도 깊어서 박씨 부부는 김씨가 둘둘 펴나가고 있는 비닐 끄트머리를 밭의 양 귀퉁이에서 하나씩 눌러쥔 채로 서로 바라보며 의아해했다.

박씨네가 농담삼아 말을 건넸다.

"아, 새마나님이랑 한 끝씩 잡고 잽혀가며 재미지게 비닐을 치실 일이지 워째 혼차서 이 애럴 쓰신대유."

"밭일은 몸에 안 굳어 못허겠다는군유. 또 봄바램에 얼굴이 타게 되믄 기미가 너머 심해지구 뭐, 그렇대지 않는개비유."

김씨의 얼굴은 한껏 심란했다.

"하이고. 누구덜은 뭐 얼골 애낄 줄 몰라서 봄바람 앞에 노다지 서는감유."

"글씨나 말이유."

마뜩치 않는 얼굴로 받는 품이 자기도 속으로는 화가 단단히 난 깜냥이었다.

박씨네는 속으로 고거 고소하다, 원, 마누라 무덤에 흙도 마르기 전에 오줌 마려운 강아지처럼 촐랑대더니 하고 시원한 듯하면서도 길 잃은 아이처럼 키보다 더 큰 비닐판을 둘둘 말아 들고 섰는 김씨가 가엾기도 하고 마음에 안되기도 했다.

"하기사 갑재기 생일에 질이 안 들어서 그럴 수도 있지유."

박씨가 위로삼아 거들었다.

"하, 워디 질드넌 놈덜이 따루 있간유."

볼멘소리가 곧바로 나오는 걸 보니 뭔가 단단히 틀어진 모양이었다. 갑자기 김씨가 허리를 뒤로 제치며 아구구 신음소리를 냈다.

“워쩐 일이유? 워디 걸리셨시유?”

박씨가 눈이 휘둥그래지며 잡고 있던 비닐자락을 놓고 김씨 곁으로 가서 비닐판을 받아안았다.

“괜찮유. 접때 산자락에 흙덜을 파서 길을 깔을 적에 한번 삐긋헌 게 오래 가느먼유.”

“아, 그럼 좀 쉬세야지.”

“워디 쬐께 아프다구 쉴 넘의 팔자가 되남유.”

하면서도 김씨는 손을 털고 밭두덕에 매어둔 자기네 염소 곁에 가서 허리가 아직 결리는지 조심스럽게 앉았다.

“아, 냅들 둬유. 내 담배 한참 피고 좀 쉰 댐에 두루룩 씌우면 되니께.”

박씨 부부가 밭 양쪽 고랑에서 재빨리 비닐뭉치를 풀며 걸어가 밭 끄트머리에서 비닐을 자르고, 바람에 날리지 않게 흙으로 비닐 끝을 톡톡하게 눌러 밭 전체를 씌우는 동안 김씨는 서너 차례나 만류를 하면서도 고마운 기색을 감추지 못했다.

그러다가 한숨을 꺼지게 내쉬더니 담배를 찾아 주머니를 뒤졌다.

“참 좋겄시유.”

김씨의 말에 박씨 부부는 그를 돌아보았다.

김씨는 담배 연기를 한숨처럼 뿜어내며 한탄을 하였다.

“그렇기 둘이 한맴으로 일허믄 월매나 힘두 덜허구 좋겄시유.”

“돌아가신 형님의 부지런이야 지가 그 끝자락이라두 따라갈 수가 있남유.”

박씨네는 김씨가 미운 생각은 다 사라지고 길 잃은 늙은 염소처럼 가엾어만 보였다.

"그 사램이야 정말 사램이 진국이었지유. 다 지가 죄가 많구먼유."

"워디가 그려유. 우리덜이 장이 아버님 이해 못허는 사램은 없시유. 워디 숭칙헌 맴으로 그러신 건가유. 그저 조석 끄니도 어렙구……"

박씨네는 바로 어제도 천씨네하고 둘이 입이 부르트도록 김씨의 숭칙헌 심보를 흉본 것은 까맣게 잊은 모양이었다.

"수박밭, 채마밭, 고추밭, 허이구, 헐 일은 눈앞에 상전 겉은디 허리는 아프지유. 마누라래는 건 집 안에서 쓸고 닦고나 하면서 화초래나 머래나 허는 것덜 잎새기덜만 닦구 앉아 있으니. 하, 이 사방천지가 다 화초구먼. 자두나무, 감나무가 신선 겉구먼. 쨰쨰헌 도시 눔덜이 아파튼가 머인가에서 헐수헐수 읎이덜 길르는 화초덜을 머시기 자기가 애끼던 것이라구 여남은 개나 느런히 끌구 와서 맨날 물을 주고 앉아 있으니. 원 속에서 불이 나는구먼유."

그동안 창피해서 누구에게도 털어놓지 못하던 하소연을 하고 앉아 있는 김씨를 보니 미상불 딱하기는 했다.

"포올!"

바람을 가르고 낭랑한 소리가 나무 잎새들 사이로 들려왔다.

"저너메 강아지 새끼."

김씨가 열을 내었다.

"저걸 보기만 허문 밥맛이 다 떨어지는구먼. 눈알은 유리알 겉애가지구. 뇌런 털에…… 맛없게 생겨서 개장수도 집어가지 않을껴."

"그 으째, 이름이 이런 촌구석에선…… 좀……"

박씨가 더듬더듬 의견을 내었다.

"박씨. 우리 이번 복에 저눔을 몰래 먹어치우는 게 으떨까."

두 사람은 한참 나오지도 않는 헛웃음을 웃었다.

"아, 그렇기 맴에 들지 않으믄 치우라구 하지유."

"사년간을 기른 강아지라구 질색을 허는디 그눔의 새끼는 아직두 날 보믄 용을 쓰구 짖어대니…… 허허, 참 이거 늘그막에 무신 변인지."

두 집이 헤어져서 몇걸음 걸어가다가 박씨네가 뒤돌아보니 김씨가 남은 비닐판을 한 곁에 끼고 염소 두 마리를 몰면서 집 쪽으로 가는 모습이 측은해 보였다.

며칠 후 박씨네가 수박 모종을 바쁘게 심고 있는데 밭두덕 위에서 누가 인기척을 내었다. 폴인가 뭔가 하는 재수없는 양강아지를 줄에 끌고 나와 서 있는 건 김씨네 새마누라였다.

"하두 적적해서 나왔어유. 바쁘시지유."

"야아."

메떨어진 대답을 하면서도 박씨네는 속으로 되알지게 구시렁거렸다.

'적적하다니, 원 그러면 일을 하지, 일을 해.'

게다가 그 끝에 붙여놓은 듯한 유우 소리는 다시 붙여놓은 도마뱀 꽁지처럼 들을 때마다 비위에 거슬렸다. 이 근처에서 굴러다니며 살았다지만 태생이 서울이라믄서 서울말을 쓸 테면 쓰고 충청도말을 쓸 테면 쓰지 아무데나 유우만 갖다붙이면 되는감.

박씨네는 수박 모종을 내는 손이 자기도 모르게 거칠어졌다.

"그렇게 애를 쓰셔도 막상 장에 내면 돈푼도 되지 않는대믄서유?"

"아, 에미가 지 새끼덜 끼구 기를 적에 뭔 이문 볼라구 그류?"

이 여편네는 애도 못 낳아본 것이 흰소리하고 있다는 식의 비아냥거림을 못 알아들었는지 못 알아들은 체하는 건지 새마누라는 한마디를 더 보태었다.

"이 땡볕에 허리가 휘이두룩 일을 할 적엔 이문이 생기기를 바라서지유. 안 그런가유?"

박씨네는 입을 댓발이나 내놓은 채로 수박 모종을 심어나가며 말문을 꽉 닫아버렸다.

"농산품 수입인가 뭐 때문인가, 아제 농사일덜은 싹이 다 글렀구먼유."

놀구 있네, 놀구 있어. 한참 유식을 떨구 있구먼. 그렇게 잘 아는 게 왜 농촌에는 제 발로 걸어들어오는감.

박씨네는 속에서 튀어나오려는 말을 삼켰다.

"그래두 공기 하나는 맑어서 좋긴 한디……"

"좋긴 헌디, 머 다른 일이 걸리적거리는 거라두 있으시유?"

박씨네가 시답지않게 묻자 새마누라는 새삼스럽게 한숨을 푸욱 내리쉬었다.

"원래 이얘기로는 그저 삼시 조석만 끓여주면 논밭 일은 다 자기 한손에 달렸으니까 별로 할 일이 없다고 하더니만 이즈막엔 밭일을 안 한다구 저렇게 심사가 편치 않아 있으니, 낸들 안하던 논밭 일까지 죄다 하려면 멋 땜에 이런 시골구석까지 따라 들어오겄어유."

"그야, 남정네덜이야 지 맴에 드넌 각시헌테 입을 열기만 허문 그짓말이 쏟아져나오기 되어 있는디 그걸 아이덜처럼 몰러가지구 따라 들어오셨단 말이유?"

박씨네는 저절로 코웃음이 나왔다.

"하기사 그렇지유. 그려두 이렇게 갑갑헌 곳인 줄은 몰랐어유."

"팔을 걷어붙이고 일을 하러 들 양이면 적적할 틈은 새 꽁댕이만큼

두 없구먼유."

밉다 밉다 하니까 고깔을 거꾸로 쓰고 덤빈다더니 이 여편네가 그 짝을 낸다고 생각하니까 말투가 더 퉁명스러워졌다

"일두 원래 몸에 붙어야 하는 게지, 밭을 한 이랑만 따라가구 나면 현기증이 나구 허리가 뻣뻣해지는걸이유."

박씨네는 일어서면서 머릿수건을 벗어서 왼손에 감아쥐고 호미며 낫들을 챙기기 시작했다.

"우리집에 가세서 국수래두 말아잡수세유."

새마누라짜리는 한껏 상냥하게 제안을 해왔다.

"됐어유. 우리집 냥반은 아직두 더운 즘심 안해놓으믄 승질내넌 사램이유. 얼핏 들어가서 즘심 준비해야겄시유."

낭군을 섬기는 법을 제대로 가르쳐 타이르기라도 하는 듯이 박씨네는 점잖게 말했다.

'이제 수박모는 내었으니 비나 한번 알맞추 와서 땅에 잘 들러붙게 되어 쑥쑥 잘 자라야 헐 텐디……'

박씨네는 혼자 기원하며 밭두덕을 가로질러 집으로 향했다.

뒤에 남은 김씨네 새마누라가 머쓱한 표정을 짓거나 말거나 아랑곳없이 집 마당에 들어서던 박씨네는 심란한 표정으로 툇마루에 걸터앉은 남편을 보고 얼핏 서둘러 말했다.

"수박모를 내니라구 좀 늦었구먼유. 시장하시지유."

부엌으로 들어서는 박씨네를 박씨가 불러세웠다.

"이부아. 모두덜 수박을 심어제끼는 걸 보니께 올해두 품값 건지기두 어려울 뻔새여. 아, 작년엔 애꿏은 양파덜이 개값이 되어 길가에서 발에 밟혀 썩어나더니 올해덜은 오면서 보니께 다덜 수박으로 바꾸어

심더니만.”

박씨가 주머니를 더듬어 담배를 찾아서 불을 붙이더니 한숨을 꺼지게 내리쉬었다.

“작년메께 농협에 빚 갚을 엄두도 못 내고 있는디, 워디 사방 구석에 돈 나올 구녕이 보여야제.”

“워디 그것이 어제오널 일인가유. 자, 얼런 더운 점심 해먹구 기운 내서 뒷밭에 수박모 마저 내러 가지유.”

박씨네는 애써 밝은 표정을 지어 보였지만 속이 상하기는 남편 속이 유가 아니었다.

“이넘에 정부라는 건 무얼 허는 구신인지 선거 때만 열을 내쌓는겨. 이거 심어라, 저거 길러라 허구 들입다 열을 내놓구서는 걸핏허문 양파 꽁댕이덜이 밭에 굴러다니게 개끔을 만덜지덜을 않나, 돼지파동을 내지덜 않나.”

박씨는 치받치는 열을 식히기 힘든지 벌떡 일어나더니 잰걸음으로 마당을 가로질러 걸어나갔다.

“워디 가신대유. 즘심 곧 될 턴디……”

“얼런 올 게여. 이 아래 심선상님이 아까 참에 내려오신 모양이던디 가서 같이 즘심이라두 허자구 해봐야겄어. 이북에 쌀 보내느니 머니 허는 이얘기두 좀 들어보구…… 글줄이나 드신 냥반이니께 무신 이야기래두 우리덜버덤이야 나을 테지.”

박씨네는 내키지 않았지만 오죽 속이 터지면 저러랴 싶어 군소리 않고 수저를 하나 더 챙겨 상머리에 올려놓았다.

전에도 심선생이 별로 마음에 들었던 건 아니지만 이즈막에 김씨네 중신 선 것을 안 다음부터는 더구나 희떠운 생각이 들었다.

지난해 초 이 근처 빈집에 이장을 통한 알음알음으로 심선생이 글 쓰러 내려와 있기 시작했을 때는 한껏 우러러보이고 남편이 초라해 뵈기도 했었다. 하더니 점점 보면 귀신 도깨비놀음인지 밤에도 근방을 빙빙 돌아다니고 집 주위에 돌아가면서 촛불을 켜놓지를 않나, 아침해가 하늘을 찌를 때까지 게으르게 누워서 빈둥거리지를 않나, 그뿐인가. 남정네들 불러다가 술 추렴하느라고 밤늦게까지 끼고 앉아 있는 걸 보면서 점점 존경심이 사그라들기 시작했다. 게다가 남편 말을 언뜻 듣자니 간곡하게 사람들에게 민족의 갈 길을 이야기한다고 하지 않는가.

민족이 발이 달렸는감. 가기는 워디로 간다는 게여.

이러고 불퉁하던 박씨네 마음이 김씨네 중신 건에 들어서서는 혹시나 했던 마지막 존경심이 여지없이 무너져버린 것이다.

'그 냥반이 소설가래니 글 쓰넌 이덜은 다 그렇게 되어먹은 건지 모르겄네.'

박씨네가 상상했던 글 쓰는 사람은 이도령처럼 훤한 인품에 선비의 옥골 선풍을 갖추고 말씨 하나 행동 하나에 위엄이 뚝뚝 떨어지는 사람이었다.

그런데 이 심선생은 하고 다니는 거며 허술하게 옷 입는 거며 하는 짓거리가 시골 무지렁이들보다 조금도 나은 데가 없어 보였다. 듣기엔 제법 이름 있는 소설가라고 하던데 도시 사람들 수준이 그런 사람이나 좋아하는 정도밖에 안되는지 알다가도 모를 일이었다.

"안녕하십니까."

박씨 뒤로 따라 들어오면서 심선생은 목청도 좋게 인사를 건네었다.

“안녕하셨시유.”

박씨네도 부엌에서 나와 목례를 건넸다.

“얼런 즘심 내여. 그렇지 않어두 시장허시던 참이라구 허시네.”

박씨는 툇마루에 신을 벗어놓고 방으로 들면서 신칙을 했다.

“그런디 시방, 이장님네 막내 처남이 죽었다고 허시는 말씀이 참말이유?”

박씨네가 들어보니까 남편이 무슨 말의 중동을 잘렸었는지 다시 묻고 심선생은 침울한 음성으로 대꾸했다.

“오다가 들었는데 어제 농약을 마시구 죽었다구 헙디다. 이장님 내외분이 서둘러 처가로 떠나면서 마을엔 남부끄럽다고 알리지 말라고 당부한 모양이던데…… 이장네 아들이 울먹울먹하면서 그러던 걸요…… 허, 참 이놈이 세상이 어찌될라구 이러는지.”

“아니 왜 작년메께 혼사를 이뤄서 노총각 면했다구 그 집에서덜 좋아하든 것 같던디……”

“그게 사기결혼이었는지 연변색시가 한달 만에 패물을 다 챙겨가지구 도망가버렸대지요. 그리구는 술만 마시면 색시를 찾는다구 여기저기 떠돌면서 농사는 다 망쳤답디다. 어제 그 마을 구판장에 와서 술을 마시며 넋을 놓고 앉아 있다가 갑자기 자기 집 쪽으로 달려가서 소식이 없길래 따라가보니까 툇마루에 농약을 마시구 쓰러져 있더래지 않습니까. 경운기로 읍내 병원으로 날랐는데, 가니깐 벌써 숨이 끊어졌다던데……”

이장댁이 벌써 몇년째나 노총각 신세를 면치 못하던 막내동생이 드디어 혼사를 이루게 되었다고 입이 함박만하게 좋아하던 게 얼마 전 일인 것 같은데 무슨 영문인지 알 수가 없었다. 그러고 보니까 어쩐지 그후에 동생 소식을 묻기만 하면 딴청을 하던 게 지금 와서 생각을 해보니까 수상쩍던 노릇이었다.

서둘러 밥상을 방안으로 들이자 박씨가 입을 떼었다.

“거시기 이장님 댁에 뭔 일이 있는 것 겉은디 가서 좀 애덜이라두 거둬멕이구 오지. 여기는 걱정 말구 말이여.”

“알았시유.”

박씨네는 서둘러서 달려내려가 천씨네를 불러내어서 함께 이장네 집으로 향했다.

“원, 뭔 일이랴. 가슴이 다 떨리는구먼. 왜 이리 시상이 즘즘 더 험악해진대유.”

천씨네는 순해 보이는 눈에 가득 겁을 먹고 있었다.

“그 뭣이랴. 윗집에 온 그 사람도 증말 살려는 맴으로 여기를 찾아들었을까. 젊은 것들두 다 도리머리를 흔드는 시골구석에……”

“원, 아무리 그렇기야 허겄시유.”

천씨네는 무슨 험한 상상을 했는지 큰 눈을 더 크게 뜨면서 머리를 흔들었다.

그날 밤 박씨네는 저녁을 치우고 나서도 잠이 오지를 않았다. 건넌방에 고등학생짜리 막내는 아직 공부하는 기색인데 박씨네는 이 생각 저 생각을 하면서 가슴이 답답해왔다.

세상 돌아가는 이치를 배우지 못해서 잘은 모르겠지만 읍에서 점원 일을 하고 있는 큰딸애나 남편이나 자기나 하나같이 몸이 두세 개가 되지 못하는 걸 한하면서 열심히 일하는데 살림은 나아지는 요량이 없었다. 공부를 제법 잘하는 막내도 은근히 대학을 가고 싶은 모양이었지만 어림도 없는 소리였다. 시골 공부가 마련이 없기도 하려니와 그 엄청난 돈을 당할 재주가 없었다.

그렇다고 시골서 썩일 수도 없는 게 오늘도 이장집에서 아이들 밥을 해먹이면서 이리저리 모여든 사람들의 말을 듣고 있으려니 농촌총각들이 장가를 들어보려고 무진 애를 쓰다가 자살하거나 사기에 걸려드는 경우가 한두 건이 아니라지 않던가. 텔레비전을 보면 젊은 계집애들이 사방에서 서울로 몰려들어 숫제 벗다시피 하고 몸들을 흔들며 요란하게 돌아다니는데 어째 이리 농촌에는 젊은 여자 씨가 말랐는지 알다가도 모를 노릇이었다.

이건 시난고난 죽어가는 곳에서 살고 있는 것 같아 심기가 불편했다.

사람이 짝짓고 사는 것은 천하의 인륜인데 결혼도 못하는데다가 일은 황소 저리 가라고 밀려터지지, 읍에만 나가도 사람대접을 못 받지, 한창 젊은 나이에 따뜻이 마누라라도 보듬고 누워 하루의 피곤을 달랠 수 있어야 일할 기분이라도 날 것이 아닌가 말이다.

윗집 김씨도 그렇지, 아닌게아니라 아들은 읍에 분가해 나가 살고 있지, 시집간 딸들은 마음뿐이지 명절에나 겨우 들르는 형편이니 혼자서 파김치가 되어 들어온 저녁에 찬밥을 뒤지고 앉아 있으려면 이 괴괴한 산속에서 참 미칠 뻔하기도 했겠다는 생각이 들기도 하는 것이었다.

"달리 생각 말구 윗집 새아주머니헌티 좀 도탑게 해드리어. 그려두이 시굴구석을 사람 사는 데라고 찾아들어온 그 맴씨를 그저 고맙구 귀하게 알어야지, 워째."

생각하는 마음이 통했는지 말없이 누워 있던 박씨가 앞도 뒤도 없이 불쑥 한마디를 던졌다. 아마 같은 생각을 하고 있었던 게 틀림없었다.

"그건 그려유."

다른 때와 달리 박씨네의 말이 순하게 나왔다. 그리고 실제로 기왕지사 이렇게 된 거 내일부터 자기가 마음먹고 좀 돌봐주고 이리저리 나서서 동리 아낙들하고도 좀 인사를 트게 다리를 놓아주리라는 결심이 드는 것이었다.

다음날 점심 전에 윗집을 올라가보니 문앞에 매여 있던 양강아지가 보이지를 않았다. 이리저리 살펴보니 복날에 맞춰 팔겠다고 벌써부터 김씨가 기르고 있던 송아지만한 누렁이 두 마리가 있는 축사 한구석에 바랜 털 빛깔을 한 채 매여져 있었다.

유리알 같은 눈도 흐려져 보였고 짖을 기력도 없는지 박씨네를 물끄러미 올려다보기만 했다. 누렁이 두 마리가 컹컹대고 짖어보다가 슷 하고 입으로 소리를 내며 때리는 시늉을 하자 꼬리를 배 아래로 사려넣으며 슬슬 눈치를 보았다.

"어쩐 일이세유."

뒤에서 기척이 나면서 김씨 새마누라가 개 밥그릇을 들고 나타났다. 그렇게 보아 그런지 안색이 창백해 보이고 기운도 없어 보였다. 주인과 개가 꼭 무슨 병에 걸린 짝이었다.

박씨네는 겁이 덜컥 났다.

"그냥 워찌 지나시나 싶어서유. 그런디 그 폴인가 허는 개는 워째……?"

박씨네는 한껏 살가운 목소리를 내려고 애썼다.

"새끼를 밴 것 같기도 하고…… 얼마 전에 웬 잡종하고 흘레를 붙었는데 그때 씨가 들은 모양인지. 그렇기 지켰는디 눈 깜짝헐 새에 그리 됐어유."

그러고 보니 그 개의 옆구리가 묵지근하게 가라앉아 있는 것 같기도 했다.

"글쎄, 이게 화초용 갠대 꼴이 말이 아니게 되구 자꾸 어두운 데 파고들고는 해서 이 안에 아주 넣어놨어유. 비싼 순종인데 이 꼴이 되니 미운 생각이 드는구먼유."

새마누라는 별로 시답지 않은 기색이었다.

"허지만 델구 들어온 짐생이 새끼를 낳으믄 복이 터진다는데유."

"그게 정말이여유?"

새마누라는 솔깃한지 박씨네를 바라보았다.

"그러먼유. 저기 아래메께 최씨네두 며느리가 데블고 온 돼지가 새끼를 낳더니 아주 그 뒤루 을매나 가세가 뻗치는데유."

박씨네는 이왕에 내친김이라 싶어 자기도 들어본 적이 없는 얘기를 한껏 우겨볼 참이었다.

그 집에 끌려들어가 점심으로 국수를 얻어먹고 도란도란 얘기를 나눠보니 제법 괜찮은 사람을 공연스레 미워했다는 자책감이 들었다. 자녀 하나 생산을 못하고 이리저리 떠돌며 늙어가는 몸이 남자들의 눈앞에 얼찐거리는 것도 다 괴로워서 이리 들어왔는데, 사람들이 자꾸 옆눈을 두고 보니 너무나 속이 터져나가고 병이 날 것 같다는 하소연을 들으며 박씨네는 몸이 스물스물해왔다.

얘기하면서도 내내 고무나무 잎을 윤이 나게 닦고 있는 이 마누라를 자기가 동네가 떠나가게 흉을 보고 다닌 걸 빗대고 얘기하는 것 같은 생각이 들어서 짐짓 껄쩍지근한 감을 안 느낄 수가 없었기 때문이었다.

그후부터 반상회도 같이 나가고 자잘구레한 농촌 일들도 일러주면서 박씨네가 나서서 새마누라를 감싸고 돌자 마을 사람들의 눈길도 많이 부드러워졌다.

새마누라도 이제는 마음이 좀 붙는지 서투른 대로 이일 저일에 나서서 배워보려고 애를 쓰는 듯했다. 모내는 날은 공들여 장만한 음식도 이고 나오고, 보온병에 커피도 타가지고 나와서 커피맛이 기가 막히다는 칭찬도 들었다. 김씨도 애쓰는 자국을 보이는 마누라가 그런대로 대견스러운지 벌죽벌죽 웃기만 했다. 새마누라는 수줍으면서도 조금은 자랑스러운 듯이 조심스럽게 말했다.

"커피는 이 댐에두 저한테 맡기셔유. 그려두 그건 지 전문이니까유."

수박밭에 잡초를 매고 있는 박씨네한테 와서 잡초 고르는 법을 잘 알려달라는 것도 박씨네 눈에는 전에 없이 흐뭇하고 좋아 보였다.

보르르한 솜털에 싸여 연하디연하고 물기 많은 수박덩굴은 밟기만 하면 부러져나가, 그 아랫부분이 다 못쓰게 되기 때문에 그 사이사이를 비켜나가는 방법이며 잡초 아래 대궁이를 쥐고 호미를 슬쩍 갖다 대며 힘 안 들이고 뽑는 방법들을 하나하나 일러주자 새마누라는 열심히 들은 대로 잡초를 뽑으며 박씨네를 따라왔다.

"정말 이렇게 하니까 힘도 안 들고 재미있네유. 저이 아버이는 조곤조곤 일러주지도 않고 꽥꽥거리기만 하니까 더 못 배우지유."

박씨네가 중늙은이 농촌 신입생을 데리고 신이 나서 설명을 하며 앞으로 나가다보니까 이 마누라가 따라오는 기척이 없었다. 호미를 들고 일어나서 뒤를 보니까 두어 자나 떨어져서 이 마누라가 무언가 호미로 조심스럽게 파내고 있는 것이 보였다.

"뭘 허신대유?"

새마누라는 손에 들고 있는 풀을 위로 들어 보였다.

"이건 다 자란 봉숭안데유. 잡초가 아녀유."

박씨네는 저절로 웃음이 나왔다.

"그게 다 잡초유, 잡초. 밭을 맬 때면 콩이면 콩, 채미면 채미 아닌 건 다 뽑아버려야 곡석이건 과일이건 다 기가 나서 살지유. 뽑아 팽개쳐유. 이 근처에 봉숭아는 지천으로 널렸시유."

"아녀유. 이쪽 한구텡이에 모아서 심을래유. 저도 얼마나 애써서 핀 꽃일 텐데유."

정성껏 봉숭아를 모아서 한쪽에 심고 흙을 다독거리고 있는 걸 보면서 박씨네는 참 팔자다 싶으면서도 이상하게 마음이 찡했다.

며칠 후에 박씨 부부가 저녁 무렵에 밭일을 끝내고 돌아오는데, 멀리 자두나무꽃이 흐드러지게 핀 김씨네 초입 언덕에 자주색 바지를 입은 새마누라가 염소 세 마리를 데리고 한가하게 풀을 뜯기고 있는 모습이 눈에 들어왔다.

"홀아비가 염소 끌구 댕길 젠 을씨년스럽드니 보기가 괜찮구먼 그리여."

박씨가 실쭉 웃으며 한마디를 던졌다. 전에 같았으면 듣기 싫었을 텐데 미상불 박씨네도 자기 제자가 일취월장 시골 일을 배워나가는 게 신통해서 별로 걸리적거리게 들리지 않았다.

"아까메께는 보니께 김씨네 리야까 뒤를 밀고 흙을 파러 따라가드먼. 잘된 일이여."

박씨는 거듭 고개를 끄덕거렸다.

"나두 사실은 심선상님이 씰데없이 중신을 나선 게 아닌가 하구 걱정이 부단히 되더만. 원래 속이 짚으신 냥반이라 궁량은 있으시려니 했지만서두."

새마누라는 봄 여름 내내 밭일을 배우는 사이사이 염소 세 마리는 꼭 자기가 열성으로 몰고 다니며 풀을 뜯기고 보살폈다. 더구나 암놈 염소의 몸이 무거워지기 시작하자 지극정성이었다.

새끼가 든 게 아니라 병이 났었던 것인지 이럭저럭 추서고 일어선 폴은 사나운 기색도 줄고 끈도 매지 않은 채 자기 주인 뒤를 순하게 줄렁줄렁 따라다녔다. 매미가 울어대는 버드나무숲을 지나다니며 주인과 강아지가 다 시골 재미가 조금씩 드는 기색이었다.

한여름 달이 동산같이 밝은 밤에 박씨네가 깜빡 잠에 취했는데 마당에 자박자박 발자국 소리가 달려들었다.

"주무시유? 거시기 주무시유?"

김씨네 새마누라의 달뜬 목소리였다.

"야. 웬일이셔유?"

박씨네가 옷매무새를 추스르며 방문을 나서자 김씨 새마누라가 한껏 흥분한 소리로 외쳤다.

"우리 염소가 아들을 셋이나 낳았어유. 아들을……"

올려다보는 새마누라의 간절한 얼굴에서 한번도 자녀를 생산하지 못했던 여자의 슬픔이 가슴에 짠하게 그대로 느껴져서 박씨네도 덩달아 기쁜 소리를 내며 툇돌을 내려섰다.

"그래유? 그거 큰 경사네유. 얼핏 같이 가보게유."

달리듯이 앞장을 서면서 새마누라가 말했다.

"짐승은 언제나 암놈을 더 친다던디……"

"무신 소리유. 사램이구 짐승이구 그저 아덜이 최고지유. 와서 아덜을 셋이나 받으셨으니 이제는 운수대통이유. 운수대통……"

달빛을 새로 온 첫눈같이 밟으며 두 사람은 빠른 걸음으로 윗집으로 향했다.

이제 이 마누라가 좀 있으면 암놈의 금새가 수놈의 두 배가 나간다는 걸 알고 실망할지도 모르지만 그거야 나중 일이 아닌가. 그리고 박씨네는 아닐 말로 그놈의 금새니 돈 이야기에 신물이 났다. 사람이 살다보면 이문 따지지 않고 신나는 일도 좀 있어야 하지 않는가 말이다.

달빛이 어찌나 좋은지 옆으로 뻗어나간 자두나무에 흐드러지게 달린 검자주빛 자두들이 빛깔까지 알알이 떠올라 보일 것만 같았다.

"자두두 참 실허게두 됐네유."

박씨네가 감탄을 하며 하나를 따서 치마에 문질러 성큼 베어물자 신맛에 섞인 달콤한 향내가 입 안을 가득하게 메웠다.

"실하면 뭘해유."

새마누라가 퉁그러지게 받았다.

"지난번 장에 자두를 한 광주리나 내었는데 단돈 만원밖에 안 주더라구유. 저이 아버이하고 둘이 읍에서 돈까스 한번 칼질하고 나니까 다 없어졌시유."

박씨네는 맥이 탁 풀렸다.

돼지고기 한근을 살 때도 몇번을 망설이던 김씨네가 확 눈앞으로 다가왔다.

이 여편네야, 시골구석에서 무신 돈까스 칼질이여 소리가 곧장 나오려는 걸 참고 속으로 밀어넣었다.

'하기야 하루아침에 사램이 바뀔 수야 있겄는가. 아무래두 시간이 좀 걸리겄지.'

마음을 다잡아먹고 김씨네 문을 들어서며 박씨네는 짜장 쾌활하고 들뜬 목소리를 내었다.

"장이 아버님. 경사난 집에 아덜 염소 세 마리 귀경하러 왔시유. 한턱 단단히 내셔유."

논둑길을 지나 작은 돌다리를 건너기 전에 박씨는
거기 서 있는 가로등이 달린 전주를 어루만졌다.

익숙지 않은 술을 얼마나 마셨던지 술기운이

가로등

[illegible]도 가시지 않았다. "기운 내라, 엉?

기운 내. 너두 여기 서 있어야 좋잖어.

아, 저 안짝에 콱 틀어백혀 그 답답한
영감태기덜이나 비추구 있으믄 갑갑해서
너두 못 사는겨. 기운내서 여기서 어뗳게든

버텨부아, 엉?

곡석이구 채소구 값이 개값이라두

고것덜이 다 내 새끼들이여, 알아들었어?
옳지, 내가 너 기운 나두룩 비료를 좀

주구 갈 것이구먼." 박씨는 고의춤을 풀어헤친 채
참았던 막걸리 오줌발을 가로등 발 앞에 쏟아

부었다. 몸을 부르르 떨며 고의춤을 여미는

박씨 앞에서 깜빡거리며 가로등불이 들어왔다.

가로등

“그 참, 담뱃잎 한번 윤이 자르르 나네유.”

연신 당나귀 귀보다 더 큰 담뱃잎을 따던 마누라가 흐뭇한 어조로 말을 건넸다.

“아마 모르긴 몰러두 이 골에선 우리집 담뱃잎이 제일 일등품일겨.”

손을 더 재게 놀리며 박씨가 구성지게 노래 한가락을 뽑았다.

한 많은 이 세상 야속한 님아, 정을 두고 몸만 가니 눈물이 나네……”

“하이고. 이 냥반은 기분이 들 때두 날 때두 만날 그 한 많은 이 세상 노래유.”

“그게 말여. 목돈을 좀 만져볼 수 있으니께 담배농사를 짓긴 허지만 담배라는 게 사실 사램 몸에 좋은 것두 아니잖여.”

“그릏긴 그류. 근디 이게 웬 자동차 소리랴.”

마누라가 똑 자기 키만한 담배나무 잎새를 제치고 소리나는 쪽을 내다보자 박씨가 퉁을 주었다.

"아, 뭔 대낮에 여기 올 차가 있을께미 그려. 기다리는 사람이래두 있남."

"그게 아녀유. 차가 이쪽 모텡이루 꼬부라졌슈."

마누라는 저쪽으로 고개를 더 빼었다.

"씰데읎는 소리 말어."

반신반의하면서 박씨도 담뱃잎들 사이로 고개를 내밀어보았다. 아닌게아니라 저쪽 모퉁이를 돌아 커다란 노란색 전주(電柱) 트럭이 이리로 접어들고 있었다.

"뭔 일이랴. 전기공사헐 철두 아니구먼."

시멘트 전주를 삐죽허니 실은 트럭은 승용차나 겨우 지나다닐 좁은 길로 조심조심 거북이걸음을 하며 이쪽으로 오고 있었다.

"얼레, 뭔 일이랴."

갑자기 마누라가 이제 생각이 난다는 듯 왕방울 같은 목소리를 내었다.

"맞유. 가로등 설치하러 온 게 틀림없슈."

"때 아니게 무신 가로등은?"

"접때 장이네 아버지가 지나가는 말처럼 그러든걸유. 요새 군에 신청해서 운 좋으믄 가로등을 설치해준다구유."

"아, 이 산골짜구니에 무신 가로등이 필요하다는 거여, 필요허길……"

"김씨네 새마누라가 도시 물을 오래 먹든 사램이라 그른지 밤이면 깜깜절벽이라 답답해서 못 살겄다구 노래를 부른다는 거 아녀유."

"온 별 해괴헌 꼴을 다 보겄네. 어쨌든 여기메께는 안되어. 다 우리 논밭 아니여."

새로 얻은 쉰줄의 각시가 깜깜한 밤길은 질색이어서 김씨가 솔찮이 군청을 드나들었다는 얘기는 박씨도 귓결에 들은 듯했다. 하지만 이렇게 민원을 받자마자 전주차가 들이닥칠 줄은 상상도 못했다. 선거바람이 좋기는 좋은 모양이었다.

공교롭게도 가는 날이 장날이라고 김씨 내외하고 윗집 최노인은 마침 읍으로 볼일 보러 출타하고 없었다.

"가로등 설치를 어디다 할까요?"

사십 이쪽저쪽 나이에 살집 좋은 운전기사는 땀을 뻘뻘 흘리고 몰고들어온 전주차 운전석에서 고개만 내밀고 밭에 있는 박씨 쪽을 향해 냅다 소리를 질렀다.

"아, 이른 시굴바닥에 가로등은 해서 뭇헌디야."

박씨는 옥수숫대처럼 버티고 선 담배나무 뒤에서 아무 소리도 못들은 척 혼자 구시렁거렸다.

기사는 더 묻지도 않고 박씨와 김씨네 집 사이에 엇비슷이 삼각형으로 경계선을 이룬 길모퉁이에 시선을 박더니 그 앞에다 차를 세우고 뛰어내렸다. 조수석에 있던 젊은이도 문을 열고 내렸다.

"여기, 이 자리가 좋겠구먼유."

조수가 한마디 건네자 기사도 고개를 주억거렸다.

"거기 밭고랑으로 바짝 붙여서 가로등을 세우면 되겠다."

이 말이 끝나기가 무섭게 박씨는 선불 맞은 노루처럼 펄쩍 뛰어 밭고랑에서 달려나갔다.

"안되유. 거기메께는 절대루 안되유."

기사는 말도 안되는 소리만 골라서 하는 시골 사람들에게 질렸다는 기세로 챙 달린 파란 운동모자를 벗더니 손가락을 갈퀴처럼 만들어 머리를 확 쓸어넘겼다.

"날두 더운데 여기 기어들어오느라구 땀을 한 바가지나 흘렸구마는, 뭐가 또 안된다는 겁니까?"

조수는 박씨 말은 한 귀로 흘려들었는지 어느새 백묵을 꺼내 콩밭과 고추밭이 어울려 있는 바로 앞 흙길 위에 커다란 수박 한 개는 앉힐 만한 동그라미를 그리고 있었다.

"어런 말이 말 곁지 않은가 부네. 아 오며가며 낯도 익은 총각이구먼."

박씨는 일변 화를 삭이며 어리무던하게 말을 건넸다.

"은젠가 와보니 여기가 깜깜절벽이드구만유, 전주 심고 가로등 하나 척 뽑아노면 아저씨두 좋지 멀 그류."

그러고 보니 그 발랑까진 태도가 어쩐지 낯이 익다 싶은 게 헛대중이 아니었다. 여기 와본 적이 있다니 읍에서 점원으로 일하는 딸이 집에 올 때 촐싹거리고 두어 번 따라붙었던 그 애송이가 틀림없었다.

"아무튼 거기는 안되유. 절대루 안되유."

박씨는 어금니에 절로 힘이 들어갔다. 이럴 때 남편 어깨에 콱 힘을 실어주어야 할 여편네는 따라나서지 않고 뭘 하고 있는지 담배밭 고랑에서 기척이 없다.

"아, 어째서 안된다는 겁니까?"

기사의 말에 짜증과 시비조가 함께 묻어나왔다.

"그건 안되유. 거시기 가로등이나 켜면 개화하는 줄 아는감. 사램이구 짐생이구 간에 밤이 되면 엎어져 자야지 불은 뭇허러 벌겋게 한밤중에 써놓겠다는 거여."

기사는 칙 하고 입술 한켠으로 침을 뱉었다.

“야, 이건 장마끝이라 그런지 날씨 한번 드럽게 찌는구만. 아, 아저씨, 밝은 거 싫으면 집 안에 불 다 끄구 조용히 주무시면 될 거 아닙니까. 원, 나 이참 저참 전주 심으러 다녔어두 어딜 가나 칙사 대접만 하드구만, 이건 어떻게 된 동넨지 모르겠네. 아무튼 도와달라구두 대접해달라구두 안할 테니까 얼른 일이나 마치구 가게 방해나 하지 마슈.”

기사가 트럭 발디딤판을 딛고 껑충 뛰어 운전석에 올라앉자 박씨는 황급히 기사가 닫으려는 문을 잡고 매달렸다.

이제 싸울 일이 아니라 꾀를 써야겠구나 하는 생각이 언뜻 들어서였다.

“아, 그렇담 이 윗집 김씨가 노다지 부탁을 했던 바로 그 가로등 설치하러 온 것이 맞어유?”

“글쎄, 그렇다니까요.”

박씨는 짐짓 어색한 웃음을 머금으며 엉너리를 쳤다.

“진즉 그렇게 일렀으면 공연스리 헛심 빼지 않지유. 그거 심을 자리는 내게 다 일러놓구 갔시유.”

기사는 조금 미심쩍은 눈으로 박씨를 내려다보았다.

박씨는 과장된 몸짓으로 이리로 올라오는 길 아래 작은 개울의 조붓한 돌다리를 가리켰다.

“바루 저기유. 저기메께 벗나무 서 있는 디유. 바루 그 옆에 세우믄 손님맞이 삼아 아주 좋을 거라구 했시유.”

기사는 반신반의하는 기색으로 그쪽을 바라보았다. 저쪽 밭고랑에서 담뱃잎을 따던 마누라는 어쩌려고 저러는가 싶은지 입을 벌린 채 눈을 화등잔만하게 뜨고 이쪽을 보고 있었다.

그러고 보니 아닌게아니라 그쪽이 가로등 세우기는 딱 맞는 자리 같기도 했다. 키 큰 미루나루가 군데군데 서 있는 논둑길이 끝나면 이쪽 산밑에 옹기종기 모여 앉은 다섯 집이 다 거기를 지나야 들어갈 수 있을 테니 이치상으로도 거기가 더 맞을 것 같았다. 그것보다도 더 중요한 건 그쪽은 평지인데다가 차가 이리저리 몸을 돌릴 여지가 좀 있어서 이 산비탈에 걸친 옹색한 자리에서 뭉그적거리고 일하기보다는 훨씬 더 수월할 것 같은 점이었다.

"틀림없는 거지요?"

"그럼유. 봐유. 저기 저 자리에 스기만 하믄 앞뒤를 다 번듯허게 비출 것 아니겄시유."

조수도 차가 운신하기 어려운 여기보다는 그쪽이 더 나으리라는 요량이 서기는 한 모양이지만 어물어물 한마디 거들기는 했다.

"거기가 나은 자리 겉기는 허구만유. 헌데 윗집 아제가 바루 집 앞에다가 떡허니 달아야 한다구 당부한 것 같은디……"

"뭔 소리여. 아 저기가 바루 집 앞이 아니믄 그럼 집 뒤란 말이여?"

박씨는 짐짓 목청을 돋우었다.

"우리는 어쨌든 민원을 받고 나와서 직접 물어보고 심는 거니까 행여 나중에라도 딴소리하시면 안됩니다."

기사는 땀에 젖은 수건으로 이마를 훔치며 마지막 다짐을 했다.

"암유. 이게 다 마을사람덜 좋자구 하는 일인디 모두 다 좋은 게 좋은 거지유."

조수는 좁은 길에서 손짓으로 차를 당기는 시늉을 하며 오라이 오라이 고함을 치고 트럭은 큰 몸집을 감당 못해 요동치면서 후진을 했다. 박씨는 담뱃잎 따는 일도 걷어치우고 혹여라도 차가 콩이나 깻잎이나 고추를 건드리고 지나갈까봐 조수보다 더 큰 목소리로 왼쪽 오른쪽 지시를 했다. 박씨는 차바퀴가 고춧잎 하나만 건드려도 죽는 소리를 해가며 차 뒤를 따랐다. 차는 얼추 십여분 죽을 고생해서 벚나무 아래까지 갔다.

담배밭에 돌아온 박씨는 뭐라고 한마디 하려는 마누라를 눈빛으로 단속한 연후에 담뱃잎을 훑으면서도 마음속으로는 보통 걱정이 아니었다. 전주를 다 심고 가로등을 설치하기 전에 김씨나 그 윗집 노인네 최씨가 돌아와 도로아미타불이 될까봐 목에서 쓴내가 나도록 애가 탔다. 최노인한테도 언젠가 가로등을 달려면 바로 집 앞에 달아야 쓰겠다고 하던 소리를 들은 적이 있기 때문이었다. 최노인은 신경통이니 뭐니 해서 몇해를 거의 자리보전하다시피 하며 비실비실했었다. 그런데 하나밖에 없는 중늙은이 아들이 당진 읍내 아파트 짓는 현장에서 현금을 쥐어보겠다고 노동을 하다가 비계(飛階)에서 떨어져 죽은 후부터 항우 귀신이 씌었는지 자리를 털고 벌떡 일어나 장정 몫의 일을 해댄 지가 벌써 이년이 넘었다. 늙고 비쩍 마른 몸 어디에서 그런 강단이 나오는지 지게를 지고 걸을 때 보면 양쪽 장딴지가 설마른 알배기 명태처럼 불끈불끈 일어섰다. 마을 사람들이 모두 죽은 아들 일귀신이 노인에게 씌었나보다고 수군거릴 지경이었다.

전주 작업을 다 마치고 사람들이 돌아간 지 얼추 시간 반이나 지나 해질 무렵에 돌아온 김씨는 처음에는 전주차가 와서 가로등 전주를 심어놓고 갔는지도 모르는 모양이었다. 박씨는 집에서 마누라하고 서둘러 푸성귀 된장국에 보리밥을 말아 저녁을 먹었다. 그러고는 어른 손가락만큼 잘아서 내다팔지도 못한 검자줏빛 찰옥수수를 두어 대 뜯은 후에 밤바람을 쐬러 나가지도 못했다. 그저 방안에서 뒷문만 열어놓은 채 자는 듯 마는 듯 전등불도 켜지 않고 숨을 죽이고 있었다.

갑자기 윗집 쪽에서 김씨가 살 맞은 짐승처럼 고함치는 소리가 들렸다.

"이게 뭔 일이랴. 아니, 저기 저건 가로등 아니여?"

날이 어두워지면서 자동인가 뭔가 하는 자기 혼자 힘으로 빌어먹을 가로등의 불이 깝신 켜진 것이었다.

박씨네 집 앞으로 금세 발소리가 다가들었다.

"자구 있슈? 아, 선돌 아범 자능겨?"

김씨 목소리였다.

박씨 내외는 꿀 먹은 벙어리처럼 아무 대꾸도 하지 않았다.

"아, 자드래두 좀 깨봐유. 보통 일이 아니구먼……"

김씨의 나머지 말은 거의 한탄조였다.

"읍에 있다는 것들은 다 말짱 저 모양들이여. 밥까지 멫번 사멕여가며 그렇게 신신당부를 했건만두 아니 워딜 저기다 휙 박아놓구 갔능가 말이여. 밤중에 마누라 머시기도 지대루 못 찾을 인간덜 겉으니……"

김씨는 목소리를 돋우었다.

"아, 선돌 아범은 오늘 하루종일 담뱃잎 거두느라구 아무데두 안 간댔으니 봤을 거 아녀. 얼른 좀 깨봐. 내 이 읍내눔덜을 낼 새벽겉이 올라가 그대루 두들 않을겨……"

만만히 돌아갈 기세가 아니라 박씨는 과장스러운 선하품에 눈까지 비벼가며 마루로 나섰다.

외양간의 소가 눈을 슴벅거리며 박씨를 마주 보았다.

"제우 잠들었는디, 웬 소란이랴."

"뭔, 다 늦게 아덜 낳을 일이라두 있는감. 이 더운데 바람두 안 쏘이게 방구석에 처박혀설라무니……"

"근디 뭔 일이유?"

김씨는 불끈 성을 내었다.

"아, 읍내 놈덜이 와서 장님 뭐 어디다 박듯이 아무데나 전주를 세워놓구 갔네 그리여. 오늘 낮에 이 밭에서 빤히 보았을 거린데 못 봤슈?"

박씨는 어물어물 대답을 돌려 넘겼다.

"아, 그눔의 전등이야 여기나 저기나 다 매한가지지 무얼. 그 등불 아래서 바느질을 할규, 장원급제헐 무신 글공부라도 할규."

박씨는 툇돌을 내려서며 김씨를 끌고 사립문 밖으로 나섰다.

"집사람이 몸살 기운이 있어 정신을 못 차리구 까부러졌슈. 좀 조용조용 말허믄 워디가 덧나남유. 인전 우리 마누라꺼정 잡구 싶남유……"

김씨는 벌컥 역정을 냈다.

"거, 오이소박이겉이 속 박인 소리구먼. 그럼 시방 내가 마누랄 잡었다 그 말이여?"

새사람을 얻긴 했지만 해 전에 위암으로 죽은 아내 때문에 마음고생하는 걸 아는 박씨는 아뿔사 싶었다.

"장이 아버님이 이제 농도 못 받구 사램이 아주 못쓰게 되었구만 그류."

박씨가 뭉뚱그리자 김씨는 얼른 삐친 기색을 접고 가로등 얘기를 다시 다그쳐 물었다.

"아, 봤어, 뭇 봤어?"

"무얼 말이유?"

"젠장메끼, 귀에다 추수헌 콩을 다 들이부었나, 밥 먹기 전에 반찬으루다가 귀버텀 먹었나. 아, 저기메께 가로등 말이여."

박씨는 차마 거짓말이 나오지 않아 몰래 꿀 훔쳐먹은 애기중처럼 양볼이 나온 채 고개만 흔들었다. 김씨는 발을 구르며 한을 하다가 내일 날만 밝으면 읍내 놈들을 그대로 두지 않을 거라고 되풀이하고는 돌아갔다.

다음날 박씨가 아침부터 마누라하고 마당에 멍석을 펴고 앉아 파촛잎처럼 너풀거리는 담뱃잎을 하나씩 잡아 정신없이 끈 사이사이에 넣으며 꼬며 하고 있는데 어느새 읍에 다녀왔는지 분이 머리끝까지 오른 김씨가 오토바이를 탄 채 마당으로 들이닥쳤다.

"내, 이런 경우가…… 아 선돌 아범이 거기다 심으라구 했다믄서?"

"내, 내가 언제, 그저 워디 좋은 디다 적당허니……"

"아, 어제메께는 보지두 못했다구 잡아뗀 건 무슨 경우여?"

"어제야 잠결에 어리어리해서 무신 소린지 잘……"

김씨는 대꾸도 하지 않고 오토바이를 탄 채 휭하게 가버렸다. 박씨는 손이 생으로 떨려 담뱃잎이 매끈하게 엮어지질 않았다. 엮은 담뱃잎을 말리느라 비닐하우스에다 줄줄이 내다 걸고 한 줄 두 줄 세면서도 마음이 편치 못했다.

김씨는 그러고도 며칠을 군청 사무실에 매달려서 가로등 전주가 잘못 심겼으니 한번만 바꿔 심어달라고 사정사정했지만 바쁜 사무실에서 들은 척하는 사람은 아무도 없었다. 그래도 어리무던한 주사 한 사람이 그러지 말고 그곳 사람들이 모두 연명해서 탄원서라도 하나 내면 일이 좀 쉬워지지 않겠느냐고 넌지시 뚱겨주었다. 마침 선거 때라

탄원서 아래 도장이라도 줄줄이 찍혀 있는 건 표 떨어지는 소리 날까봐 무시를 못한다는 거였다.

김씨는 집에 돌아와 우선 윗집 최노인부터 말거래를 텄다.

최노인도 혀를 차며 박씨를 나무랐다.

“원, 촌눔은 워쩔 수 읎네 그랴. 대명천지에 다 밝게 살자는 것인디 무슨 심사랴. 아 가서 물어봐야 쓰겄네. 뭔 자초지종을 알아야 탄원서든 뭐든 쓸 거 아녀.”

최노인과 김씨가 박씨를 닦달해서 얻어낸 대답은 기가 막혀서 말도 안 나오는 소리였다.

“거기 불이 서 있으문 안되유, 안되구말구유. 아, 그 콩이며 깻잎이며 벼며 전부 다 밤에 어둔 디서 푹 자야 지대루 큰단 말이유. 그런디 밤새두룩 불을 켜놓으믄 원제 자믄서 부쩍부쩍 크지유?”

최노인이 한숨을 푹 내리쉬었다.

“이 사람아, 자네가 그려두 남들은 시집올 때 다 소 타구 고개를 넘어오는디 자네 마누라는 트럭 타구 호사하구 시집왔다구 뽐내든 사람인감? 지금 시절이 은젠데 무슨 호랑이 생똥 싸는 소릴 하는 겨, 허길……”

“지 말 틀린 덴 없시유.”

황소 고집 같은 박씨의 불퉁한 대꾸였다. 부부가 어쩌면 그리 똑같은지 미숫가루물을 널찍한 사기사발로 세 그릇이나 타서 내오던 마누라도 한마디 거들었다.

“그건 아이 아범 말이 맞구먼유. 아 곡식덜두 낮에는 해 아래서 놀믄서 크지만 밤이믄 몸이 다 펴지게 실컷 자야지유.”

김씨가 입바른 소리를 했다.

"허. 거 전생에 두 사람이 똑 오누이짜리였겄구먼. 아니 그렇다문, 내가 전번에두 서울 갔다왔지만 사람덜은 고만두구 거기선 나무덜버텀 씨가 말라버려야 하는 게 이치 아닌감?"

"내 보기엔 밤새두룩 환한 도시에 서 있는 나무덜은 다 병들었시유. 다 지정신이 아니유. 도시에서 건강한 나문 내 본 적이 없시유."

"지정신이 아닌 건 나무가 아니라 바루……"

최노인이 윽박지르려는 김씨를 눈짓으로 말렸다.

"허, 거 참. 경로당에 가두 이제 선돌 아범 겉은 촌놈 소리 하는 노인넨 없네 그려. 아무튼 유식한 말루다 허자믄 결자해지라 했으니 이제 선돌 아범이 읍에 가서 힘써서 가로등을 원래 자리루 돌려놓아야 쓰겄네."

박씨의 두 눈이 동그래지며 말이 뒤퉁스러워졌다.

"원래 자리라니유. 깻놈의 돌덩어리 전주가 원래 자리가 어딨남유. 이제 자리잡구 섰으문 그게 다 팔자에 타구난 지 자리지유."

"원래 여기메께 심기루 다 약조가 돼 있던 걸 선돌 아범이 헤살을 놓은 거 아니여."

"난 그거 이 앞에 심자구 한마디두 약조한 적이 읎시유."

"허, 그거 참……"

김씨와 최노인은 박씨네 대문을 나서며 장탄식을 했다.

"거 경우 바른 사람인 줄 알았더만 황소 고집일세 그랴."

"그 사람 제쳐놓구 빨리 손을 써야 하겄시유. 선거철 지나가믄 그눔덜이 으떤 놈들이간유, 오리발 내밀지유. 복이 할아버님이 얼른 탄원서 하나만 써주시믄 지가 이리저리 들이밀어 도장 받아 읍에 갖다 내지유."

최노인은 나지막이 헛기침을 했다.

"내가 젊은 시절이라문 몰러두 이제 그런 글은 못 쓰네."

"아, 누가 문장을 보남유. 선은 이릏구 후는 이릏다. 여차저차해서 이러저러허니……"

"그렇기 훤허믄 장이 아범이 쓰는 기 워떠……"

김씨는 두 손을 다 내저었다.

"농사일말구 뭘 손에 잡구 쓰는 거하군 담 쌓은 지 오래 됐시유."

갑자기 김씨가 왼손으로 모기 잡듯 넓적다리를 쳤다.

"아까메께 그 소설 쓰신다는 심선상님이 서울서 내려오신 걸 봤구만유. 그분헌테 부탁드리믄 염라대왕의 맴이라두 움직일 그럴듯헌 글을 써주실 게유."

"그 잘됐구먼. 장이 아범이 부탁해보지 그랴."

"그도 좋지만 복이 할아버님이 한 말씀만 즘잖게 하시믄 군말 읎이 써주시지 않을까 싶구먼유."

최노인은 입을 다물고 한참 생각에 잠겼다가 고개를 주억거렸다.

그런데 천만뜻밖이었다.

심선생이 최노인의 부탁을 정중하게 거절한 것이었다.

"드리기 죄송한 말씀이지만 이런 사이좋은 마을에 분란이 생기도록 하고 싶지는 않습니다."

"이거 보시게, 분란이 아니라니까는……"

최노인은 두 사람이 나란히 앉았던 툇마루에서 빤히 바라보이는 세 갈래 오솔길을 가리켰다.

"아 저기메께 가로등이 서믄 심선상님두 허전허지 않구 밝아서 밤길 걷기두 날 것이구먼."

심선생은 쓴웃음을 지었다.

"뭐, 거기 가로등이 서도 반대할 입장은 못됩니다마는 저도 어쩐지 선돌 아버지 심정이 이해가 갑니다. 도회지가 지겨워서 여길 와서 한참씩 지내는데 여기까지 환하게 해놓고 앉아 있고 싶지는 않은 게 솔직한 제 심정입니다."

심선생이 공손한 어조로 말하고 약주도 반되나 따라올렸지만 최노인의 심정은 언짢았다.

"이봐유. 내 맴은 말이지유, 생전 벌러지처럼 일하다 널브러졌다 밥 한술 먹고 또 일하다 널브러져 자구 문만 열면 깜깜 동산이구 이러믄서 사는 데 인전 지쳤슈. 이게 뭔 사람 사는 꼴이유. 몇해 더 살지두 모르지만 밤에 대문을 열어두 바깥이 좀 훤한 꼴을 보다가 가구 싶은 게 내 소원이유. 양해가 가시유?"

심선생은 고개를 깊이 숙였다가 들었다.

"물론 선상님은 식자두 들구 경우두 밝은 분이니께 그렇기 밝은 기 좋으문 지 돈으루라두 하나 전등을 켜 달지 왜 그러나 하실지두 몰러유. 허지만 나 죽기 전에 이 나라 돈으루다가 문 앞이래두 좀 환히 밝혀주는 꼴을 보구 싶단 말이유."

심선생은 고개를 크게 끄덕거렸다. 그러나 탄원서를 쓰겠다고 하지는 않고 그저 죄송스럽다는 말만 되풀이했다.

저 아래 천씨네는 자기 집으로 들어가는 산모퉁이 입구에 서 있는 벚나무 옆에 가로등이 생겨서 어둑한 골에 접어들 때마다 무섬을 타던 마누라가 좋아라 하여 형편이 더 나아진 셈이라 무어라 말을 붙여볼 계제가 되지 못했다.

김씨는 생각할수록 다 된 밥에 재를 뿌린 박씨가 미워서 복통이 날

지경이었다.

'거 읍내 놈덜이 하필이면 그 소 죽은 귀신 같은 선돌 아범만 있는 날 들이닥칠 건 뭐여.'

분란을 일으키기 싫다는 그 입장이 이해는 가면서도 탄원서를 안 쓰겠다는 심선생에게도 서운한 마음이 들었다. 항상 별을 보느니 글을 쓰느니 하면서 멀쩡한 전등불을 마다하고 초를 켜고 앉아 있는 궁상을 오며가며 못 본 터도 아니라, 은근히 가로등이 가까운 데 서는 게 싫어서 훼방을 놓는 것 같기만 했다. 새로 얻은 마누라가 집 앞이 너무 깜깜해 구덩이에서 사는 것 같다고 한 말이 마음에 걸려 오만가지로 손을 써서 겨우 가로등 하나 집 앞에 세우게 된 판에 이게 무슨 낭패인가 싶었다.

김씨는 박씨 집 앞을 지날 때면 고개를 외로 꼬고 지나가게 되었고 박씨도 어쨌든 떳떳하지는 못한 심정이라 김씨와 공공연히 마주칠 기회를 은근히 피하게 되었다. 최노인은 원래 높은 지대에 자리잡고 있어서 박씨네 집 앞을 지나지 않고 뒷길로 다니던 터라 일부러 내려와서 지나가지 않으면 마주칠 일이 없었다.

농담 잘하던 천씨도 어느 쪽 편을 들기가 이제는 어색해졌다. 눈 크고 겁이 많은 천씨네도 박씨네 집에 마실 올 때면 혹여 김씨네 눈에라도 뜨일까봐 앞뒤를 한번 더 살펴보고는 했다. 야트막한 산모퉁이 아래 소롯이 자리잡고 그런대로 의초있게 지내던 다섯 집이 가로등 하나 때문에 어찌 되어도 의가 나게 생긴 판이었다.

그래도 봉황의 꼬리보다 닭의 머리가 낫더라고 체격도 크고 서글서글한 마을 이장이 그릇이 큰 사람이라 자기 동생이 새로 집을 짓고 지붕을 올리는 상량식에 다섯 집을 하나씩 하나씩 간곡히 그 집만 부르는 듯이 해서 함께 마주치게 했다. 소설 쓰러 내려와 있던 심선생도 와서 막걸리 잔에 입맛을 다시고 앉았고 볍씨만한 귀고리를 귓전에 살짝 얹은 김씨네며 박씨네도 와서 음식 장만을 거들었다. 박씨는 공연히 어색한지 이리저리 겉돌았다.

상량식이 끝나자 상에 올렸던 돼지머리에 이장댁이 칼을 갖다대었다.

"멋버텀 썰을까유? 귀유? 주둥이유?"

귀가 좋으니 주둥이가 좋으니 코부터 자르라느니 왁자한 소리 속에서 이장댁은 선뜻 귀부터 도려내었다. 돼지는 귀 있을 때도 잘생긴 얼굴은 아니었지만 두 귀를 잘리고 나자 정말 볼품이 없어져버렸다.

마당에 큰 솥을 걸고 동태에 무에 두부를 넣어 끓여낸 찌개를 한 사발 차지하고 멍석에 앉았던 김씨가 썰어놓은 돼지귀 위에 소금 얹은 접시를 건네받고, 엉거주춤 반 등을 돌려대고 앉은 박씨에게 접시를 내밀며 우스갯소리를 건넸다.

"저 돼지가 귀를 자르니 꼭 내가 들고날 때 보는 집 누구 상판하구 영락없이 닮았구먼 그려."

박씨는 성내는 기색을 보이려다가 피식 웃고는 손을 저어 사양했다.

"아, 절루 가유. 돼지귀를 보니 비위 상허는구먼유."

"절루 가라니 날 보구 중이 되란 말이여. 허, 거 참 고연 이웃이구먼 그려."

숭덩숭덩 자른 귀를 담은 접시를 땅바닥에 그냥 내려놓은 김씨는 숟가락이 꽂힌 그대로 찌개그릇을 내밀었다.

"그럼 이거나 들지. 뭇나게 꿍허구 있들 말구……"

박씨는 못 이기는 척 그릇을 받고 국물부터 마셨다.

"잘 마시는구먼 그리여. 촌눔이, 바루 집 밖에 가로등 불쓰는 것두 질겁허는 걸 보믄 마누라허구 밤일을 노다지 벌리는 모양인디 우선 잘 먹구 기운을 내야 허겄지. 내 그눔 가로등을 세상 읎어두 꼭 우리 집 앞에 세우구 말겨. 알겄어?"

"말조심허슈. 촌눔 촌눔 허지 말구유. 그러는 장이 아버지는 도시 사램이나 되기나 허믄……"

김씨는 저쪽에 뒤늦게 온 천씨가 언뜻 모습을 보이자 소리소리질러 불렀다. 공연스레 눈치를 보며 다가오는 천씨에게 김씨가 소주잔을 건넸다.

"이즘 어뗘? 환한 불이 집 들어가는 길에 생겼으니 마누라 고운 얼굴도 더 잘 보이구 좋겠구먼 그리여."

천씨는 어렵사리 잔을 받으며 면구스러운 듯이 말했다.

"하이구, 지야 뭘 아남유. 그저 처분만 바랠 뿐이지유."

"그렇담 그 가로등을 옮겨달라구 탄원서를 써낼 마음이 있슈?"

천씨는 난감한 듯 어물어물 술잔을 비우고는 쓰다 달다 말이 없이 애꿎은 돼지귀만 소금에 찍어 꾸물꾸물 씹었다. 하긴 그럴 만도 했다. 자기 잘못은 아니지만 가지를 심은 건 누군데 거기 엎어진 건 옆집 과부더라고 애는 김씨가 다 쓰고 덕은 자기가 보았으니 말이다.

박씨는 어색한 김에 김씨가 건네는 잔마다 받아마시고 이장이 건네는 잔도 받아마시고 최노인이 건네는 잔도 받아마시고 심선생이 건네는 잔도 받아마시고 해서 술이 잔뜩 취해 횡설수설했다.

"미안해유, 다덜…… 촌눔 곁에 사는 바람에 밝은 꼴 못 보게 해서 미안허게들 됐시유. 허지만 말유. 허지만 말유. 복이 할아버지, 어르신, 정말 죄송허게 됐지만유, 난 곡석들이 자석덜 매한가지유. 고것들이 자구 깨는 새새덕거리는 소리가 내 귀엔 들린단 말유. 아시겄슈? 그류, 난 촌눔이유. 타구난 촌눔이라 이거유. 오널 온 사램들 중에 촌눔 아닌 눔덜은 다 나와 일렬루 스라 그래유……"

정신이 왔다갔다하는지 아무나 붙잡고 주절거리던 박씨는 술기운을 못 이겨 집 짓다 만 나무토막들 중에 하나를 찾아 턱 베더니 몸의 반은 멍석에 걸치고 반은 그대로 땅에 걸친 채 쓰러져 코를 불며 자기 시작했다.

남자들이 다들 돌아간 후 땅거미질 무렵에야 혼자 느지막이 잠이 깬 박씨는 뒷설거지를 하는 마누라한테 뒤따라오라고 이르고는 혼자 휘적휘적 집 쪽으로 걸어가기 시작했다.

논둑길을 지나 작은 돌다리를 건너기 전에 박씨는 거기 서 있는 가로등이 달린 전주를 어루만졌다. 익숙지 않은 술을 얼마나 마셨던지 술기운이 아직도 가시지 않았다.

"기운내라, 엉? 기운내. 너두 여기 서 있어야 좋잖여. 멀찍이 저기메께 여기메께 다 바라보구 말이여. 아, 저 안짝에 콱 틀어백혀 그 답답한 영감태기덜이나 비추구 있으믄 갑갑해서 너두 못 사는겨. 기운내서 여기서 어떻게든 버텨부아, 엉? 선거 끝날 때까지만 있는 힘을 다해 버텨보믄…… 선거만 끝나믄 김씨구 뭐구 아무리 드나들어두 들은 척두 안할겨. 곡석이구 채소구 값이 개값이라두 고것덜이 다 내 새끼덜이여. 알아들었어? 옳지, 옳지, 내가 너 기운 나두룩 비료를 좀 주구 갈 것이구먼."

박씨는 고의춤을 풀어헤친 채 참았던 막걸리 오줌발을 가로등 발앞에 쏟아부었다. 몸을 부르르 떨며 고의춤을 여미는 박씨 앞에서 깜빡거리며 가로등불이 들어왔다.

"옳거니, 알아들었다 이거여? 잘했구먼. 조금만 더 버티구 있어라, 잉? 기운내여. 착허니께 내 한번 안어줄 거구먼."

박씨는 가로등이 달린 전주를 있는 힘을 다해 부둥켜안고 기어오르려다가 제풀에 땅에 나동그라졌다. 넘어진 김에 쉬어간다고 한참을 앉아 있다가 궁둥이께를 털고 일어난 박씨는 어기적어기적 집 쪽으로 걸어가며 한 많은 이 세상을 흥얼거리기 시작했다.

꺼내는 걸 보니 순베도 아닌데다가 노리끼리한 게 풀이 죽어 있는 수의는 태가 나지를 않았다. 큰오라비는 비닐봉투에 무성의하게 집어넣은 수의를 꺼낼 때부터 마땅찮아하는

표정이 심상치 않았다.

"오메, 죽겄네. 버선이 왜 없슈. 월매나 꽁꽁 싸두었는디……" "월매나 꽁꽁 싸두었는지 우리덜이야 모르지유. 아무튼 버선 한짝이 없슈." 직원이 심드렁한 말에 둘째올케가 곧바로 맞대꾸를 했다.

"그거 없으면 워떡허지유?" 직원은 어이없다는 듯 실쭉 웃었다. "워떻게 하다니유. 버선도 안 신고 워찌케 염라대왕 전에 나아가겠어유. 나아가기를……"

수런수런 음성이 일어났다. 좀 나이 젊은 직원이 큰 비책이라도 알켜주듯 말했다.

"얼른 누가 아래 내려 가세서 웃돈 주구라두 베로 만든 버선 한 켤레 사가지고 오시슈."

수의

박씨네 친정어머니 서산댁이 세상을 떠났을 때는 자녀들도 이미 늙어 있었다.

아마 죽는 일이 그 노인에게는 모질게도 어려운 일인 것 같았다. 염라대왕이 사는 문턱까지 갔다가 돌아온 게 몇해 사이에 두번이나 되었다. 두해 전에는 문턱이 아니라 아예 염라대왕이 사는 안방까지 쳐들어갔던 셈이었다. 의식도 없고 아래위로 다 피를 쏟아내 의사들까지 근엄한 폼을 잡으면서 마음의 준비들을 하셔야겠다고 했던 것이다. 그래 수의까지 다 장만하고 온 일가친척이 다 모여 오늘내일 하고 준비를 했었는데 노인은 부스스 살아났다.

"두구 보아. 난 그릏게 쉽게는 안 죽을 거여."

노인은 이렇게 장담을 하며 예정된 삶의 매듭을 지을 정거장을 지나쳐버렸다. 그러니 내려야 할 정거장을 잊어버린 시골 처녀처럼 갈 바를 모르고 공중에 붕 떠버린 셈이 되었다.

"어무니, 오래오래 사셔야지유. 우리 딸 시집가는 거꺼정 보시게는 사셔야지유."

이렇게 병상에서는 말했었지만 다시 어머니를 집으로 모시고 가게 된 둘째올케는 내놓고 싫은 기색을 했다. 그런들 차마 드러내 행패를 부리기도 어려운 처지라 모시고 돌아가기는 했다. 그렇지만 박씨네가 보기에 언제 무슨 소리가 나올지 몰라 아슬아슬해 보였던 건 사실이었다.

"아, 그만허문 수를 누리셨지유. 너무 섭섭해허시문 욕심이지유."

"과히 슬퍼허시믄 망자가 편히 못 떠나신다고들 하시잖유."

영안실을 찾아온 문상객들은 여든을 넘기셨으니 그만하면 호상이라고 위로의 말들을 건넸다.

박씨네가 보기에 오십 중반 언저리에 두살 터울인 두 오라비는 극진한 위로가 필요할 만큼 슬퍼 보이지는 않았다. 죽음과 엇비슷이 친구처럼 된 나이라 긴 이별 같은 생각이 덜 들어서인지도 몰랐다.

울산에서 올라온 막내남동생은 사십이 훠칭 넘어 초로의 기색이 떠도는 얼굴이 붓도록 많이 울었다. 서산댁의 막내시누이인 작은고모가 제일 섧게 울었다. 큰오라비와 거의 비슷할 때 태어난 막내고모는 갓나서 어머니를 잃고 계모 손에 길러져 올케였던 서산댁에게 마치 친어머니처럼 깊은 정이 들었던 터였다.

둘째올케와 동생댁, 조카딸이며 며느리들이 좁다란 당진병원 영안실에서 돼지머리며 전이며 안줏감을 마련하고 들통으로 국을 끓여대며 장례 준비를 갖추고 손님들을 맞았다.

집에서 임종을 했기 때문에 병원 영안실에 자리를 잡는 데 조금 껄끄러운 부분이 있었지만 그런대로 무마가 되었다. 응급실의 의사들이 순순히 노환이라는 사망진단을 내려주었기 때문이었다.

"이렇게 바쁘신 중에두 염려해주셔서 월매나 고마운지유."

머리가 반백이 된 큰오라비는 손님들이 올 때마다 맞절을 하며 문상을 받았다. 둘째오라비와 막내동생은 그 곁에 서서 형이 하는 대로 따라 했다. 뿔이 근지러운 염소처럼 늘 큰형을 들이받을 듯 불퉁하던 둘째오라비도 큰 까탈 없이 수굿이 형 체면을 세워주고 있는 것 같아 박씨네는 일변 마음이 놓였다.

박씨네는 문상객들과 이야기를 주고받는 것도 거의 남편에게 미루고 영안실 안의 긴의자에 탈진한 사람처럼 앉아 있다가 정 할 수 없으면 일어나는 시늉만 했다. 담배 한 개비만 달라고 박씨네를 보기만 하면 사정사정을 하고 밥 한끼 먹을 때도 꼭 얻어먹는 비렁뱅이처럼 눈치를 보는 것만 같았던 어머니 생각을 하면 가슴이 미어지는 것 같기만 했다. 말년에 한보철강인가 무엇인가가 들어온 게 사단이었다. 그놈의 밭뙈기 땅을 팔아 움켜쥔 팔자에 없는 돈 때문에 의가 나버린 두 아들 틈에 끼여 맘고생을 하던 어머니가 너무 가엾었다. 지난해부터 박씨네만 보면 눈물부터 헤프게 내놓는 꼴이 보기 싫어 걸음이 뜸했던 것도 마음에 쓰라렸다.

"어휴, 그 드런 눔의 돈……"

박씨네는 한맺힌 한숨에 섞여 저절로 곧장 욕설이 나왔다.

첫날 누구보다도 이르게 문상을 왔던 윗집 김씨네나 아랫집 천씨네도 집안 사정을 대강 아는 만큼 어머니가 둘째네서 돌아가신 부분에 대해 애써 말조심하는 눈치였다. 김씨가 면구스러워하면서도 위로인지 뭔지 엇비스듬히 말을 건네기는 했다.

"시방 이참, 저참 첫째니 둘째니 이러구 따지는 세상은 다 갔슈. 둘째가 모시건 다섯째가 모시건 그기 하나두 이상헐 게 읎지유. 시방 그 무신 재벌인가 뭔가두 아덜들 순서가 뒤집히는 걸 보믄 돈을 머리에 이구 지구 있는 양반들두 자식덜 관리는 맘대루 안되는 모양인 걸이유."

이 새우등처럼 바닥이 빤한 당진땅에서 서산댁이 둘째네 집에 사는 데 대해 토박이들은 분분히 말이 많았었다.

"그 떡은 이리로 놓으슈. 아, 이릏게 모양새 좋게 말이유. 그리구 교회 다니세서 절 안하실 분이 하나씩 뽑아 쓰시게 흰 국화는 넉넉히 이쪽에 담아야 허겠구먼."

원래 사람 치르기 좋아하고 나서기 좋아하는 둘째올케는 전쟁터의 장군처럼 진두지휘를 하느라고 여념이 없었다.

"누가 뭐라 해두 노인네 상인데 그려두 엎디려 절들은 올려야지유. 교회에서 우상숭배라구 헌다구 조상덜헌티 절 안하는 놈덜이 늘어만 가니 워찌케 된 세상인지 모르겄구먼. 그눔의 교회가 인간 도리를 다 잡도리허는 게여 뭐여."

성미가 깐깐한 김씨는 투박한 플라스틱통에 한아름 꽂혀 문간에 놓인 국화꽃의 내력을 듣고는 교회 나간다는 둘째올케를 곁눈으로 보며 혀를 쯧쯧 찼다. 마땅찮은 눈치였다.

원래 싹싹하고 성미가 살가운 김씨 새마누라는 그렇지 않아도 없는 인물에 찐빵처럼 얼굴이 부석부석해 있는 박씨네의 손을 잡으며 어깨를 쓸어안았다.

"작년 그 집 앞에 커다란 감나무가 번개 맞구 쓰러지길래 그 집에 무슨 일이 나믄 어쩌나 했는디 이제 액땜했시유. 액땜……"

박씨네는 경황중에도 쓴웃음이 나왔다. 액땜이라는 건 작은 일로 어려운 일을 막는 게지, 사람이 아무리 늙은이라지만 명줄을 놓았는데 이걸 위로라구 하는지, 주책이라구 떠는지 짐작이 되질 않았다. 늙은이 목숨값이 껌값도 안된다는 이즈막 세상에서 김씨네가 말하고 싶은 내용이야 알고도 남았다. 가령 박씨네 남편이라든지 어렵사리 당진 전문대학에 집어넣은 아들이나 시집간 딸에게 횡액이 닥쳤으면 더 큰일일 건 사실이었다.

'아무리 늙은이 목숨이라지만 아무두 증말 서러워허지는 않는 겨……'

박씨네의 애달픈 마음이었다.

지난해 세상 떠난 큰올케 자리가 비어 있었지만 사람들은 말없고 조용하던 그 여자를 별로 기억하지 않는 것 같았다. 큰올케는 시골바닥에서 썩기에는 아까운 인물이었다. 훤히 차려입고 나서기만 하면 한창 나이가 지났을 때도 사람들의 시선을 한번씩 더 끌고는 하던 미인이었다. 아마 둘째올케가 큰며느리 이야기만 나오면 거품을 물던 것에는 어머니를 혼자 모시는 것 말고도 그런 이유도 있을 터였다.

큰올케의 안색이 별로 좋지 않고 시난고난하기는 했지만, 말기암이라는 진단은 너무 갑작스러운 일이었다. 워낙 한약이며 절 드나들기를 좋아하고 병원이라면 백리씩 도망가던 사람이라 병을 키워서 이럭저럭 몸의 근터러기가 다 뽑힐 때까지 내버려둔 셈이었다.

박씨네는 원래부터 달처럼 인물이 훤한 큰올케를 좋아했다. 자기가 인물이 없어서 그랬는지 더 마음이 끌렸었다. 큰올케가 너무도 갑작스럽게 세상을 떠나자 식구들마다 쉬쉬하며 노인에게 숨겼다.

"그 독헌 건 워째 한번 코빼기도 비추지 않는 거여."

어머니가 박씨네한테 물을 때마다 전번에도 왔었는데 기억이 나지 않느냐, 바로 얼마 전에도 와서 기다리다가 갔는데 모르느냐고 오히려 노인네를 윽박지르다시피 하며 숨겨온 것이다. 그 바람에 큰올케는 자기가 살아 있는 줄 아는 시어머니에게 숨은 욕, 드러난 욕 다 얻어먹고 잠들어 있던 터였다. 아마 큰올케의 저세상 잠자리도 그 욕설 때문에 썩 편안치는 않았을지 몰랐다.

마누라 잃은 큰오라비인들 둘째오라비네 사는 어머니를 어정어정 보러 올 심정일 리가 없었다. 그러니 발길도 자연 뜸해져 있는 판에 이번에 그예 돌아가시고 만 것이다.

노인의 시신을 입관하는 시간은 장례 둘쨋날 오전에 잡혔다. 오라비며 동생, 조카들과 가까운 친척들은 모두들 한 방에 모여 흐느끼기도 하고 애써 서러움을 쥐어짜는 것이 민망한 듯 서 있기도 했다. 작은고모는 울음이 북받쳐 곧 쓰러질 듯 박씨네에게 아주 기대어 서 있었다.

직원 두 사람이 들어오더니 입관절차를 도맡은 직원이 보자기에 싸지도 않은 커다란 비닐봉투에서 수의를 꺼냈다. 둘째네가 두해 전 윤년이라 때가 좋다고 해둔 거라던 바로 그 수의였다. 중환자실까지 가도록 어머니 병이 위중했던 처지이기는 했지만 퇴원할 때 둘째올케가 노골적으로 못마땅해하는 게 하도 보기 싫어서 속으로 구시렁거렸던 박씨네였다.

'아주 그 수의에 노인네를 감싸서 재활용 버릴 때 버리지 그려. 까짓 숨이 끊어졌거나 말았거나 말이여.'

그런데 꺼내는 걸 보니 순베도 아닌데다가 노리끼리한 게 풀이 죽어 있는 수의는 태가 나지를 않았다. 큰오라비는 비닐봉투에 무성의하게 집어넣은 수의를 꺼낼 때부터 마땅찮아하는 표정이 심상치 않았다.

서산댁의 시신이 테이블 위에 눕혀지자 한줌도 안되게 오그라든 시신의 머리맡에 버티듯 둘째오라비가 섰다. 무슨 거북선 앞에 선 이순신 장군처럼 내가 책임자요 주인입네 하고 암암리에 선포하는 것 같았다. 큰오라비는 자연히 그 옆으로 조금 비껴 섰다. 아무도 그것을 이상하게 여기는 것 같지는 않았다. 죽은 어머니를 앞에 두고 주섬주섬 그 머리맡에 애곡하러 선 자식들의 표정으로 보일 터였다. 박씨네는 조금 뒤켠 남편 곁에 서서, 누워 있는 어머니의 한줌도 안되는 몸을 망연히 바라보고 있었다. 상황에 어울리지 않는 분홍빛 스웨터와 꽃무늬 바지가 생급스러웠다. 박씨네는 표가 나게 싸구려 같고 무성의해 보이는 옷이 민망스러웠다. 다른 문상객들이 여기에 들어와 그 옷을 보지 않는 것이 그나마 다행스러웠다. 둘째올케 덤벙거리는 성격은 알지만 저절로 한숨이 나왔다.

"아니, 삼층 빌딩인가를 차려놓구 아래층에는 갈비집을 해서 떼돈을 벌믄서 저 옷 감당이 무엇이여."

작은고모가 박씨네 귓전에 대고 울음끝이 아직 잠긴 목소리로 작게 말했다. 하기사 모두들 둘째네 가기를 몹시 꺼려해서 나중에는 잘 드나들지도 않았으니 노인네를 어쨌든 마지막까지 모신 둘째네에게 아무도 뭐라고 탄을 할 계제가 되지는 못했다.

수의를 꺼내 시신이 놓인 긴 테이블 옆의 탁자 위에서 짝을 맞추고 있던 늙수그레한 직원이 무덤덤한 목소리로 말했다.

"이거 워쩐 일유. 버선 한 짝이 읎구만유."

큰오라비의 눈꼬리가 올라갔다. 둘째오라비가 옆에 서 있는 마누라에게 당황스러운 시선을 던졌다.

변죽좋은 둘째올케지만 얼굴에 핏기가 가셨다.

“오메, 죽겄네. 버선이 왜 없슈. 월매나 꽁꽁 싸두었는디……”

“월매나 꽁꽁 싸두었는지 우리덜이야 모르지유. 아무튼 버선 한 짝이 없슈.”

직원의 심드렁한 말에 둘째올케가 곧바로 맞대꾸를 했다.

“그거 없으면 워떡허지유?”

직원은 어이없다는 듯 실쭉 웃었다.

“워떻게 하다니유. 버선도 안 신고 워찌케 염라대왕 전에 나아가겠어유. 나아가기를……”

수런수런 음성이 일어났다. 좀 나이 젊은 직원이 큰 비책이라도 알려주듯 말했다.

“얼른 누가 아래 내려가세서 웃돈 주구라두 베로 만든 버선 한 켤레 사가지고 오시쥬.”

몸이 빠른 둘째올케가 사람들 틈을 헤집고 문을 나섰다. 입관하는 방에 있던 이십여 명이 넘는 사람들 중 아무도 입을 떼는 사람이 없었다.

큰오라비의 매서운 성격을 아는 박씨네는 애간장이 타게 조마조마했다. 하다못해 보자기에 싸는 격식도 갖추지 못한 비닐봉지 차림새에 벌써 언짢아져 있을 텐데 이런 일까지 터졌으니 말이다. 잠시 후 둘째올케가 버선 한 켤레를 들고 돌아오자 박씨네는 저절로 안도의 한숨이 내리쉬어졌다.

“아이구. 다행히 마참헌 게 있네유.”

둘째올케가 활짝 웃으며 덜퍽 버선을 내려놓자 직원이 힐끗 바라보았다. 박씨네는 저절로 한숨이 나오며 속으로 구시렁거려졌다. 오라비댁이라 해도 나이가 거의 한동갑인 올케였다.

'아이구, 시상에, 아무리 좋아두 오널만은 웃으면 안되는겨…… 그릏게 시원해서 하루를 못 참것냐.'

나이든 직원이 사람들을 쓰윽 훑어보더니 중얼중얼 혼잣말처럼 말수를 내어놓았다. 한심했던 모양이었다.

"돈이 문제가 아니유. 마지막 가시는 길은 그저 성의가 제일이쥬. 정성과 청결이 으뜸이라문……"

모두들 콩가루집안이 아닌데 그런 소리를 듣는 게 억울한지 이 모든 일이 그동안 모시고 살다가 임종을 맞은 둘째 내외에게만 허물이 있는 것처럼 한번씩 시선을 보냈다. 큰오라비의 시선이 특히 서리가 내리게 차가웠다.

그런 상황을 아는지 모르는지 직원이 커다란 가위를 들더니 서산댁이 입고 있던 스웨터를 오른팔 위에서부터 오른손 쪽으로 잘라냈다. 곧이어 왼팔 쪽도 잘라냈다. 바지도 허벅지부터 발끝까지 세로질러 가위가 드르륵 잘라냈다. 헝겊이 잘린 사이로 물기가 다 빠져 시든 앙상한 팔다리가 보였다. 산 채로 허물을 벗고 있는 늙은 매미 같은 모습이었다.

가위로 바지를 잘라내자 큰오라비에게서 피맺힌 오열이 터져나왔다. 마누라가 죽었을 때도 참던 울음이 함께 뒤섞였을 터였다. 둘째의 통곡소리가 뒤를 이었다. 둘째가 울음소리를 높이자 오히려 큰오라비의 오열이 오히려 잦아들었다.

박씨네는 테이블의 반 차지도 안되는 어머니의 시신을 흐느껴 울면서 내려다보았다. 사람 산다는 것이 허무하다, 허무하다 소리는 들었지만 정말 이럴 수가 없었다.

입관절차를 다 마치고 나서 여자들만 소복을 갈아입는 탈의실에서 옷들을 갈아입으면서 둘째올케가 불편한 심기를 드러냈다.

"아니, 어무니두 그렇게 곱다랗게 모셔둔 수의를 워떻게 헤집었길래 버선 한 짝을 없애신 건지 몰러. 도대체 뭐 하나 제대루 남아나는 게 없었으니……"

비닐봉지에 넣어서 참 곱다랗게도 모셨다는 소리가 입 밖으로 밀려 나오려는 걸 다잡으며 박씨네가 정색을 하고 물었다.

"아니 그래 그걸 어무니 손 닿는데 두었단 말이어유?"

올케는 면구스러운 듯 말꼬리를 흐렸다.

"그게 말여유. 수의를 내 진짜 집에 갈 때 입을 옷이니까 보여달라고 하두 성화를 대시드라구요. 그래 딱 한번 보여드린 것뿐유. 근데 워디서 사단이 난 건지 모르겠네유. 그 삐다리 아주머니 짓인가 모르겄네."

박씨네도 아까 언뜻 그 아주머니 생각을 하지 않던 건 아니었다. 한쪽 다리를 절며 온몸을 비틀고 다니는 그 아주머니는 친척들 간에 입방아에 오르내리는 명물이었다.

어머니가 지난해부터 치매기운이 도져, 늘 따라다니거나 돌볼 사람이 필요했는데 그 일을 마땅히 하겠다고 나서는 사람이 없었다.

그렇지 않아도 지난해 상처한 후 더 바짝 늙은 것 같은 큰오라비에게는 이야기해보아야 허사였고 박씨네 역시 농사일에 집안일에 치여나는 처지라 어떻게 말을 꺼내놓을 수 있는 처지가 못되었다. 둘째올케는 여기저기 계모임도 들고 갈비집 관리며 돈 관리를 하느라고 정신없이 사는 사람이었다. 그러니 정신까지 들고나는 노인네가 삼층에서 부진부진 난간을 부여잡고 내려와 하루종일 음식점에 앉아 있으면서 이 참견 저 참견 다하려고 드니 눈 안에 고울 리가 없었다.

그런데 작년 이맘때 비오는 날 음식점에 왔던 추레한 중년 아주머니가 둘째올케에게 이 집에서 제일 싼 게 무어냐구 물어대더니 날라온 국밥을 허겁지겁 먹더라고 했다. 이 고장 사람은 아닌 것 같아 이리저리 말을 걸어보았더니 어디가 좀 모자라 보이기는 하더라는 것이다. 마땅히 갈 데가 있는 사람 같지도 않아 그런대로 일손이 바쁜 식당에서 허드렛일이라도 시켜보면 어떨까 하고 운을 떼자 허천을 하고 고개를 끄덕이는 바람에 이 사람에게 노인네 시중을 맡기면 어떨까 하는 생각이 번개처럼 떠올랐다는 이야기였다. 그렇게 길에서 줍다시피 얻어들인 사람이 바로 그 삐다리 아주머니였다. 물론 세상물정에 밝고 크게 손해날 일 하지 않는 둘째올케가 그냥 그 사람을 받아들였을 리는 없었다.

바로 형제들에게 다 통보를 했다.

"어무니 돌아가셔두 유산 한푼 남길 것 읎는데 우리만 뼈가 빠지게 부양허는 건 너무 억울한 일이지유. 다른 건 몰러두 어무니 병수발 들어줄 사람 삯은 함께들 내셔야지유. 아무리 생각이 읎더라두 그건 경우가 그렇잖유."

그 삼층 빌딩 산 돈이 다 어디서 나왔느냐는 큰오라비의 불호령이 떨어질까봐 겁이 났지만 큰오라비가 그렇게 해서 어머니가 편하시다면 좋다고 해서 순순히 합의가 되었다. 그러고 나서 그 돈을 지난달까지 형제들끼리 그럭저럭 합해서 대오던 터였다.

제법 자리를 잡은 아들이 함께 살자는 말을 사양한 채 서산 가는 쪽 변두리 작은 아파트에 살고 있는 큰오라비는 그런대로 자기 처신은 할 만했다.

남편 박씨에게는 그런 이야기를 하지도 않았다. 고지식한 사람이라

출가외인 소리를 할지도 몰랐고 또 어머니 돈이 다 들어간 그 집에서 돈을 받아두 시원치 않은 판에 돈을 들이밀고 반편같이 굴어야 하느냐구 야단맞을 것이 두렵기도 해서였다.

이 아주머니가 몸 한쪽을 기울이며 절뚝거리고 재게 걷는 모습이 보리피리 불 때 나는 삐다리 소리에 맞추어 춤추는 것 같다구 손님 한 사람이 말한 다음에 삐다리 아주머니라는 별명이 덜컥 붙었던 터였다. 그동안 어디서 얼마나 험한 고생을 하고 지냈던지 처음에는 입을 꾹 다물고 말을 하는 법이 없던 아주머니였다. 그저 쫓겨나지만 않으면 다행이라는 태도로 음식점 청소부터 노인네 뒷수발까지 한쪽 발을 절고 다니며 부지런히 해냈다. 하기야 어딘지 좀 모자라는 데가 있어 일을 매끈하게 해놓지는 못했다. 걸핏하면 이런저런 사고를 저지르고는 했지만 시어머니 뒷수발하는 사람 대기에 지친 둘째올케에게는 그나마 감지덕지였을 것이다.

얼굴이 중풍 걸린 사람처럼 한쪽으로 쏠려 인물이 엉망이었지만 노인이 가끔씩 지리는 대소변 수발이며 말대꾸 천신까지 해대는 것이 눈에 들어 그대로 두어두기로 했던 지가 벌써 일년이 지난 터였다.

"참 그 아주머니, 어무니 돌아가신 다음에 워떻게 지낸대유?"

박씨네 물음에 둘째는 픽 웃었다.

"말두 말아유. 할머니가 안 계시믄 자기가 곧 내쫓길 차례라고 가슴을 쥐어뜯으면서 얼마나 섧게 울던지…… 자식덜버덤두 더 애통해하더라니까…… 다 지 서름에 그러는 거지유, 뭘……"

"그래 워떻게 할려구유?"

"아, 뭘 워떻게 해유. 잘 달래서 그렇지는 않을 게라구 해놓았지만 이제 어무니두 안 계시믄 뭐때메 그 모자란 꼴을 두고두고 보아. 음식점 손님두 그 아주머니 설거지 거들려고 이짝저짝 지나쳐가기만 해두 밥맛 떨어진다구 하는 사람덜이 한둘이 아닌데유."

"……가엾구만유."

박씨네가 한마디 하자 본래 더펄대기는 하지만 인정이 없지는 않은 둘째가 금세 한 기세 낮추었다.

"그러게 말유. 처음엔 거짓부렁인 줄 알았는데 글쎄 자기 손으로 낳은 아이를 이래저래 병으루다가 넷이나 죽는 꼴을 보구 파묻었다는 거 아니유. 끔찍허기두 허지. 그려두 그 덕분에 이번에 어무니 돌아가시니까 아주 척척 알아서 처리를 했지유. 노다지 울다가 중얼중얼하다가 하면서 죽은 노인네를 씻기드니 옷을 다시 갈아입히더만."

이제 알 것 같았다. 어머니가 죽어서 입고 있는 그 옷이 전혀 엉뚱한 색깔의 싸구려였던 이유를……

그 삐다리 아주머니가 자기가 사온 유치한 분홍색 스웨터와 꽃무늬 바지를 입힌 것이었다. 전에 둘째올케가 그 아주머니가 정은 들었는지 어머니 생신 선물이라고 사온 옷이 하도 기가 막혀 한구석에 처박아두었다는 이야기를 들은 적이 있었다.

"말두 말유. 글쎄 다 늙은 노인네 시집보낼 일이라두 있는지 유치한 분홍색에 꽃이 얼렁덜렁 백힌 바지를 사왔는디 말유."

좋은 옷도 하구 많은데 하필이면 그 옷을 입혔는지 궁금했던 속사정이 풀린 셈이었다. 아마 그 아주머니로서는 가장 귀한 옷이었을 것이다.

"워낙 경황이 없어가지구 뭘 입구 앰부란스로 떠나는지 두 눈 멀뚱히 뜨고도 생각을 못했네유. 허긴 아까 어무니를 테이블 위에 내려놓는데 아이쿠야 싶기는 하더라니까유. 까다로운 큰아버지 눈치보여 조마조마해서 죽을 뻔했시유."

낙천적이지만 노인네 뒷바라지 십여년에 질린 둘째는 남의 이야기처럼 실쭉 웃었다.

"거기다 버선꺼정 없다구 허니까 눈앞이 캄캄하더구만. 증말 십년 감수하는 줄 알았슈."

둘째는 표정이 심각해지더니 고개를 기웃했다.

"그런디 증말 이상하긴 하네유. 그러구 보니까. 그 버선이 어디 갔을까. 월매 전에두 다 제 짝이 있었는디……"

박씨네는 그 팔푼이 같은 아주머니가 버선짝을 갖고 뭔가 저지레를 한 것이 아닌가 하는 생각이 들었다. 박씨네가 틈을 내 들를 때마다 더 성질이 억세져서 노인에게 내뱉는 넋두리를 한두번 들은 것이 아니었다.

"아구, 이눔의 할머니. 이만하면 상팔자지. 자식들 하나도 앞세우지 않고 첫째는 아니지만 그래두 둘째아들 손에 따슨 밥 얻어자시믄서 뭐가 불만할 게 있어요. 아, 아드님이 그눔의 담배야 불낼까봐 드시지 말라는 거구 과일이야 자꾸 오줌싸서 바지를 지리니까 불편하실까봐 드시지 말라는 건데 뭘 그래요."

"나 전화 좀 하게 해주어. 답답해서 못 살겠구먼."

어머니는 박씨네가 오기만 하면 이렇게 사정을 하고는 했다.

아들 딸이며 친구들에게 전화 거는 것과 담배 피우는 것이 일생의 낙이었던 노인은 말년에 전화와 담배를 찾아 온 집안을 헤매는 것이 일과였다.

한번은 한줌밖에 안되게 여윈 몸 어디서 그런 기운이 나는지 자다 말고 큰아들에게 전화 걸게 전화 내놓으라고, 잠들어 있는 삐다리 아주머니의 등짝을 후려패 멍이 들게 해놓았다는 이야기도 들었다. 전화는 아마 삼층에 갇혀 살고 있는 서산댁에게 세상과 연락하는 유일한 길이었을 것이다.

치매기가 들어온 후부터 아무 부동산에나 전화를 걸어대고 이 삼층집이 내 집인데 팔아야겠다고 하기가 일쑤라 웃지 못할 일이 벌어지기도 했다. 이 집 내막을 웬만큼 알면서도 탐나는 좌처에 놓인 집이라 부동산 거간꾼이 살 작자를 데리고 들이닥치자 대경실색을 한 둘째네가 온갖 말썽의 근원인 전화를 아주 삼층에서는 쓰지 못하게 감추어 버린 것이었다.

그후부터 세상과 가족들에게 버림받은 노인네와 중늙은이 두 여자는 한 방에서 나란히 이불을 깔고 서로 악다구니를 치고 싸우며 살아갔다.

어머니가 이 집 말고 연립주택 한 채 지니고 있다는 이야기는 타령처럼 누구에게나 하는 이야기였다. 집은 무슨 집인가. 전에 아버지 돌아가신 후 둘째와 합칠 때 그 집을 팔아 들이민 걸 모르는 사람은 없었다. 노인네가 담배도 대령하고 전화도 가져다주면 그 집 한채를 너를 주마고 한두번 구슬리는 게 아니라고 그 아주머니가 박씨네에게 여러번 이야기를 한 적이 있었다.

언제 들러봐도 두 사람은 삼층에 있는 살림집에 붙어앉아 허구한 날 싸움이었다. 싸움이래야 계단을 내려갈 기력도 없는 노인이 몰래 문을 열고 내려가려는 것을 잡아오려고 북새통을 치는 것과 화장실 가기 싫다고 뻗대는 노인을 강제로 일으켜세우거나 씻기 싫다는 것을 억지로 씻기느라고 일어나는 실랑이였다.

박씨네가 기억하는 어머니는 가난한 중에도 한껏 깔끔하고 단정하던 사람이라 제대로 입고 씻기도 싫어하는 이 쪼그라든 노파가 정말 어머니인지 아닌지 갈피가 잡히지 않을 지경이었다.

이 삼층 건물의 아래층은 음식점으로 쓰지만 이층에는 허구한 날 입시학원이 들어섰다가 선거대책본부가 들어섰다가 하면서 우여곡절이 많더니 지난해부터 개척교회가 세를 들어왔다. 신도가 많지는 않은 것 같았다. 어떤 때 일요일에 들러보면 풀이 다 죽은 찬송가 소리가 희미하게 삼층으로 울려퍼지고는 했다. 아래층에서 퍼지는 고기 굽는 냄새와 이층에서 들려오는 찬송가 소리, 거기다 삼층을 채우는 노인과 아주머니 싸움 소리가 시끄러워 박씨네는 일요일에는 더군다나 오라비 집에 가고 싶지 않았다.

언젠가 둘째올케가 신도 총동원이라나 뭐라는 달에 가자고 끌다시피 해 할 수 없이 따라간 교회에서 귀동냥으로 들은 바에 의한다면, 이층은 하나님이 있는 천국이고, 일층은 생각없이 그저 먹기만 하는 연옥이고, 삼층은 쌈질만 하는 지옥인 셈이었다.

박씨네가 가기만 하면 어머니는 한탄을 해가면서 삐다리 아주머니의 행패를 고자질했다. 성미가 괄괄한 박씨네가 그럼 그 여편네를 당장 내보내자구 하면 또 노인네가 펄쩍 뛰었다.

"그래두 저나 나나 그게 가엾은 인생이지, 아무렴. 밤에는 나랑 이불 두 채를 나란히 펴구 한 방에서 자는 거여. 어느 영감인들 그렇게 해주겄냐. 어느 자식놈이 그렇게 해주것냐. 너도 그렇게는 못하잖어."

임종도 삐다리 아주머니가 지켰다고 했다. 이즘에 곡기를 잘 안하면서 자다가도 자꾸 물을 찾던 어머니가 밤 내내 잠잠히 있어 새벽에 불을 켜보니까 그대로 자는 듯 숨을 거두었더라는 것이다.

얼마 전부터 교회에 열심히 나가는 둘째오라비는 발인하는 날 기독

교식으로 장례를 지내고 싶은 의사를 노골적으로 밝히지는 못하고 이 사람 저 사람 다리를 놓아 은근히 큰오라비 마음을 떠보는 기색이었다.

큰오라비 중학교 동창이며 둘째네와도 교분이 있는 박장로라는 이는 큰오라비 곁에 붙어앉아 유교식으로 장례를 치르겠다는 걸 만류하느라고 여념이 없었다.

"글쎄, 목사님을 모시구 번듯하게 발인예배를 보자니까 그러네. 모시구 살든 사람이 하구 싶은 대루다가 따라허는 게 도리가 아니겄는가 말이여. 솔직히 자넨 어차피 어머니를 모시지두 못했든 거 아니여."

큰오라비의 미간으로 굵은 주름이 스치고 지나갔다. 박씨네는 엇비슷이 앉아 두 사람의 대화를 들으며 속으로 구시렁거렸다.

'언젯적 신자라구…… 아이구 티내는 것덜 좀 봐…… 맘이나 곱게 쓸 일이지. 무슨 찬송이며 기도며 하이구. 하나님이 그렇게 전지전능하다문 저절루 뭔 심뽀덜인지 다 알겠구먼.'

박씨네 마음이 통했는지 큰오라비가 딱 이야기를 막았다.

"내가 죄인이기는 허지만 다 만들어진 죄인이여. 모르믄 가만히 있어. 내가 두 눈 뜨고 살아 있는 동안에는 내 식으로 할거여. 두번 다시 말 말게."

그 내막에 숨은 사연이야 남들이 알 리 없었다. 큰아들을 어쩐지 어려워하고 젊어서부터 유달리 둘째를 편애하던 어머니는 아버지가 돌아가시자 얼마 후 집을 정리하고 둘째아들과 합쳤다.

"그래두 효자는 갸 하나뿐이여. 이래저래 빚 갚느라고 빈손이 된 어머니를 들어와 같이 살자고 간곡히 말하는 건 그래두 그애 하나뿐이라니께. 길을 막구 물어부아. 난 그애한테 한푼도 준 거 없단 말이여."

도둑이 제 발이 저린 것인지 누가 묻지도 않는데 그 이야기는 어머니가 민요가락처럼 되풀이하는 주제였다. 그러니 큰오라비의 입장은 더 난처하기만 했다. 차라리 내가 재산을 둘째에게 주고 합하겠소. 이렇게 공표라도 했다면 다른 사람들에게 체면도 서고 설명도 수월했을지 몰랐다. 아마 지난 몇해 동안 큰오라비 내외의 속이 보통 숯검댕이가 된 게 아니었을 것이다.

세상을 뜨기 바로 며칠 전 집에 들른 박씨네를 붙잡고 노인은 간청을 했다.

"야. 니가 나를 좀 집으로 보내다오. 우리 영감이 날 기다린단 말이여."

박씨네는 저절로 한숨이 나왔다.

"무슨 영감이 어무니를 기다려유?"

"내가 곧 간다고 했거든. 내가 여기 삼층집에 살고 있다는 얘길 아부지헌티 한번도 못했단 말이여. 전화가 있어야 뭔 연락을 허지."

죽은 사람에게 전화가 무슨 소리인가 박씨네는 절로 한숨이 나오는 걸 깨물고 말을 바꾸었다.

"어무니. 지금 어머니 연세가 몇이슈?"

"나 말이여?"

어머니는 뭔가 골똘히 계산해보는 모양이더니 답답해하는 어조로 이야기를 이었다.

"내가 지금 스물아홉이여?"

박씨네가 그 판에도 웃음을 터뜨리자 노인은 무안한 듯 다시 작게 물었다.

"야. 내가 지금 몇살이여?"

"지금 일흔아홉이잖유."

"아갸. 내가? 그럼 스물아홉인 줄 알았던 건 뭐이여?"

"좋겠슈. 딸년보다도 반절이나 더 젊으니 말이유."

농담처럼 대꾸하면서도 박씨네는 마음이 아팠다. 박씨네를 낳았을 때 나이가 스물아홉이었다는 이야기는 여러 번 들었던 참이었다.

"어무니. 내가 어무니 딸인 건 알겠슈?"

노인은 실없다는 듯 픽 웃었다.

"그럼 니가 내 딸 아니면 우리 어메이여?"

"그렇다믄 말이유. 딸이 이만큼 늙었는디 어무니가 워찌케 스물아홉이유?"

"글쎄 그건 그렇구먼 그리여. 넌 지금 몇살이여?"

"벌써 오십이 다 되었구먼……"

"니가 말이여? 원 세상에 별 흉측헌 소릴 다 듣겄네…… 아야, 누구 듣는디 아여 그런 소릴랑 말어. 숭잽힌다. 혼삿길 막힐려구."

깜짝 놀라는 기색의 어머니는 또 정신나간 소리를 퉁퉁 하는 것이었다. 그날 골똘히 박씨네 시집보낼 생각에 사로잡혔던 어머니의 모습이 마지막이었다.

"그름 신랑감이나 잘 골라노시유, 잉?"

박씨네가 농담조로 말하자 심각한 얼굴로 몇번이나 고개를 주억거리던 어머니였다.

"하여튼 가난한 집에는 절대루 안 보낼 거여. 그리 알어."

박씨네가 가난한 농가에 시집가 온몸이 다 휘게 일을 해대는 걸 생전 마음 아파 하던 기색이 그 정신없는 중에도 나온 모양이었다. 그러던 노인네가 비닐봉투에 넣어두었던 수의를 휘딱 입고 그나마 버선은 색이 다른 걸로 대충 신고 저세상으로 떠나버리니 기가 막혔다.

"정말 숨이 목에 차게 힘들어서 더는 못 견디겠구만유. 가족들이 어떻게 대책을 세워주어야 하는 거 아니에유? 이러다간 어무니버덤 내가 먼저 가겠시유."

모시고 살던 둘째올케가 두번째 죽음과의 싸움에서 승리한 노인이 치매기를 보이기 시작한 작년부터 진절머리를 내기 시작한 건 어찌 보면 당연한 일이었다. 그 비슷한 나이의 큰올케가 이미 죽어 북망산천의 흙이 되는 걸 보니까 건성 들을 이야기도 아니었다. 온몸이 너무 말라 수분이 다 빠져버린 채 두 눈만 반짝거리며 한 방을 차지하고 있는 노인을 섬기는 게 쉬운 일은 아니었을 것이다.

'효도라는 게 증말루 이즘 시상에도 할 수 있는 건지 무언지 모르겠구먼 그리여.'

박씨네는 남편한테 차라리 어머니를 우리가 모시는 게 어떠냐구 이야기를 건넸다가 실컷 퉁만 먹었다.

"그르게 여자덜보구 새대가리라구들 허는 거여. 그릏게 허믄 누구헌테 좋을 것 같어? 노인네인들 딸네 집에 있는 게 편허실 거여? 아예 아덜들 욕을 먹이지 못해 아주 발사심이 났구먼 그리여. 한치 앞을 못 본대니께, 한치 앞을…… 그런 소리 말구 틈날 때마다 자주 가서 보아드리기나 혀. 잡술 것이나 좀 오지게 싸들고 말여."

박씨네는 남편 말이 옳은 건 알지만 입이 댓발이나 나왔다. 새대가리라는 소리를 들을 때마다 부아가 나지 않을 수 없었다. 지는 무슨 용대가리여, 용가리여 박씨네는 한껏 속으로 찍짜를 놓았다.

'틈날 때 다녀오라지만 세끼 따슨 밥 찾는 지 성미에다가 농사일에,

집안일에, 아이구 말루 효도는 누구는 못할껴.'

하긴 남편 말이 틀린 말은 아니었다. 첫째가 아닌 둘째가 모시고 있다는 것만으로도 친척들 입방아에 오르내리는 판에 자기까지 끼였다가는 무슨 사단이 날지 몰랐다. 이럴 때마다 아내나 며느리나 딸의 입장이 될 수밖에 없는 여자 팔자라는 게 신물이 날 지경이었다.

'하이고. 남정네덜이라는 게 일덜은 다 부려먹으믄서 무슨 일 결정할 때는 지법 으센 척들 허는 걸 보믄. 우리나라가 시방 이 모양 이 꼴인 게 다 지덜 탓인 줄덜은 모르구 유세덜은 드럽게 허네. 아니 깟놈의 효도라는 것두 다 여자들 등 후려가믄서 허는 게지, 지덜이 밥 한 끄니를 따뜻이 지어바치기를 하나, 오줌똥 수발을 한번이라두 들어보길 허나……'

박씨네는 술자리에 모인 마을 남정네들이 근엄한 표정으로 효도를 강조하는 이야기를 들을 때마다 부아가 났다. 그놈의 효도라는 것이 이십사시간 부려먹을 여자들이 있으니까 허는 소리덜이지 무언가. 아닌게아니라 둘째올케가 못 견디는 것도 그랬다. 어머니가 저지레할 때마다 도와줄 생각은 하나도 안하는 오라비가 술이라도 취하면 어머니 잘못 모신다고 닦달질이나 해대니 누가 견뎌낼 거여……

그러다 보면 슬며시 늙은 후의 일이 모질게 걱정되기도 했다. 박씨가 먼저 세상을 떠나 자기만 아들이나 딸에게 얹혀살 생각은 하기만 해도 모지락스러웠다. 당신은 아니라지만 아들한테 있는 돈 없는 돈 다 갖다 바치고도 서산댁이 받은 대접이 이 지경인데 자기처럼 지닌 돈 하나도 없는 신세가 걱정이기는 했다.

'그저 나 대에는 법이 바뀌어서 고려장을 해야 혀, 고려장을……
그래야 법대루 하믄서 서루 좋은 거지 뭐여. 자식이니 효도니 뭐니 허구 서루 체면 차리구 있으려니 죽을 맛덜이지. 이눔의 톡 까진 시상에서 솔직히 젊은것덜이 늙구 병든 노인덜 꼴 보기 좋을 게 뭐여. 이즘에야 젊은것들이 좋은 것만 좋아하구 지 새끼도 귀찮다구 안 낳겠다는 판에 냄새나 풍기는 노인네 워디가 좋겄어.'

허약하고 쇠잔한 몸으로 잘 걷지도 못하면서 예정된 삶보다 더 살아버린 어머니는 그럼 어쩌면 좋았다는 말인가.

"이제 내가 얼른 내 본디 집으로 가야 혀. 둘째네두 내가 떠나야 쌈질덜을 덜할 거여."

작년부터는 얼른 죽어야 한다는 노인의 위안을 바라는 말에 아무도 대꾸하지 않기 시작했다. 노인은 살아서 식구들 틈에서 고려장을 당하고 있던 판이었다.

몇해 전 어머니가 온갖 불화의 소지를 무릅쓰고 둘째네와 합하겠다고 했을 때 모두들 한시름을 놓았다. 유관순을 닮았는지 혼자 살아낼 기력도 없으면서 작은 연립에서 혼자 독립하겠다고 버티는 노인네의 고집을 꺾기에도 모두들 진력이 나 있을 때였다.

갑자기 춥거나 날씨가 궂을 때 이 노인네가 길에서 낙상이라도 하지 않았는지 앓아누워 끼니를 거르고 있는 것은 아닌지 걱정이 컸던 건 사실이었다. 어쩌다 텔레비전에서 죽은 지 한달이나 지나 다 부패되어 발견되었다는 노인의 뉴스라도 나오면 가슴이 두방망이질이 쳐지던 게 박씨네의 입장이었다.

그런대로 시골에서 읍에서 문상객들이 많이 찾아와 장례비용은 넉넉하게 쓰고도 여유분이 남았다.

아버지 산소에 어머니를 합장하는 장례식이 끝나고 삼일째 되는 삼우제 날 형제들은 산소에서 돌아가는 길에 장지 근처 러브호텔 옆의 큰 음식점에 모였다.

죽은 사람들이 잠들어 있는 산소 옆에서 사랑인가 뭔가를 나누러 온 남녀들이 타고 온 차들이 음식점 입구 못 미쳐 숨겨놓듯 여기저기 서 있었다.

"썩어질 놈의 나라여, 썩어질 놈의 나라. 남정네덜이랑 여편네덜이 차들을 쳐타구 빌어먹을 러브호텔인가 뭔가를 찾아 여기메께꺼지 올 땐 올바른 인간덜일 리가 읎지, 읎어."

남편 박씨는 음식점 입구에 들어서면서부터 구시렁거렸다

음식들을 시키고 나서 가외비용이 든 걸 서로 나누는 자리에서 둘째올케가 말을 꺼냈다.

"그 수의가 병원에서 보니까 육십만원은 허던데유. 이번 어무님께 입혀드린 게 윤년이 좋은 때라고 해서 해두었던 거예유. 아닌게아니라 그때 돌아가시는 줄 알았지유, 뭐."

큰오라비 시선이 둘째올케에게 향했다.

"그래, 그 수의값을 내라는 이야긴감유?"

둘째올케는 좀 당황스러워 보였다.

"아니, 꼭 그런 건 아닌디…… 그저 말허자믄 그렇다는 이야기지유."

큰오라비가 아무 말 없이 육십만원을 척척 세어서 봉투에 넣지도 않고 부르르 앞쪽으로 밀어놓았다.

"버선값이 따로 들었을 텐디 그건 안 받아도 되겠시유?"

박씨네는 조마조마했다. 모욕적인 질문이라고 생각해서였다. 그러나 둘째는 선선했다.

"아유, 뭘 그것까지 받을 생각은 없구만유."

이거 이렇게 받아도 되는 건지 모르겠다고 하면서도 손이 나와 돈을 당겨갔다.

큰오라비는 빳빳한 백만원 수표 한 장을 따로 내놓았다.

"이건 어무니를 마지막까지 거두어준 그 아주머니에게 드리시지유."

둘째는 잠깐 생각하는 표정이었지만 아무 말 없이 그 돈도 받았다.

무엇인가에서 놓여난 듯한 홀가분함과 풀리지 않은 앙금이 함께한 채로 형제들은 헤어졌다. 이제 어머니두 안 계시니 어디서 만날지 모르겠다는 작은고모의 말에 큰오라비가 대꾸했다.

"이제 사십구재에 또 만나야지유 덜…… 시간 어기지 말고 그때들 보자구유."

그날 집에 돌아와 세상 모르게 곯아떨어졌던 박씨네는 한밤중에 울려대는 전화를 받았다.

둘째올케였다.

"이봐유. 고모. 아니, 세상에 내 기가 막혀서유, 누구한테라두 말하지 않으면 잠이 오지 않을 것 같애서…… 하이구."

무슨 일이냐는 놀란 반문에 그녀는 말을 이었다. 좀 야박한 것 같기는 했지만 쇠뿔은 단김에 빼랬다고 이제 삼우제도 지났으니 그 삐다리 아주머니한테 돈을 좀 주고 다른 곳에 자리를 알아보는 게 좋겠다고 했다는 것이다. 그랬더니 한참 울기만 하다가 할 수 없는지 짐을 싸더라는 것이다. 그런데 짐 한귀퉁이에 얼핏 베헝겊 같은 것이 보여서 펼쳐보니까 바로 어머니 수의 버선 한짝이더라는 것이다.

"기냥 이부자리 아래 떨어져 있길래 기념삼아 줏었시유. 기냥 기념삼아……"

이 아주머니는 당황해하면서 대꾸하더라는 것이다.

그런데 그 안에 바로 어머니가 전에 사시던 연립주택 등기부등본이 들어 있더라는 것이다. 하도 오래 전에 뗀 것이라 색깔까지 다 바래 있더라는 것이다.

"그게 옛날에 팔아 다 혼자 쓰신 건데유, 돈도 짤리구 그러느라구 말이예유. 이 모자라는 예편네가 그게 꼼짝없이 집문선 줄 알고 가지고 갈려고 그랬더라니까유, 글쎄……"

박씨네는 웃어야 할지 울어야 할지 모를 심경이 되었다. 둘째는 목소리를 낮추었다.

"그런디유. 글쎄 문제는 그게 아니라 어무니가 그 버선 안에 편지를 써놓으셨는디, 그렇게 셈속이 밝던 분이 치매기가 들어 정신이 나가셨더라구유. '이제 나 죽으면 수의를 입힐 텐데 버선을 신기려면 이 집문서가 나올 게다. 그렇지 않고는 전할 길이 없어서 그런다. 이 집문서는 큰아들 꺼다. 내가 전화를 못 걸어서 그런다' 이렇게 말이유."

심각한 적이 없는 둘째올케는 기분이 상했다고 하면서도 깔깔 웃었다.

"그러니 이게 연애편지두 아니구 인간 코미디지 뭐유. 이 삐다리 아주머니는 칠칠찮은 어머니가 꺼냈다가 흘린 걸 진짜 집문선 줄 알고 가지고 가려고 했드라니까유, 글쎄. 아니 그게 정말 진짜 집문서면 워쩔 뻔한겨."

박씨네는 그 집문서가 그럼 대체 어디로 녹아들어간 거냐고 묻지는 않았다.

어머니의 편애에 대해 돈이 문제가 아니라는 한탄을 술김에 한두 번 비친 후로 함구했던 큰오라비였다. 생전 어머니 사랑 못 받은 사람처럼 다 늙은 나이에도 가슴 아려 하는 큰오라비가 이 이야기를 전해 들으면 어떤 심정일까 싶었다.

사십구재는 일가친척들이 모인 가운데 불교식으로 절에서 진행되었다. 박씨네가 전하는 수의 버선과 편지 이야기를 들은 큰오빠는 입을 꾹 다물었을 뿐 아무런 대꾸도 하지 않았다.

노인의 의복이며 일상용품 일습들은 다 절 마당에서 태웠다. 덜렁거리는 둘째올케지만 그래도 수의 버선 한짝을 챙겨와 함께 태웠다. 큰오라비 시선이 불을 당기기 전에 언뜻 그 베버선에 멎었지만 아무 말도 묻지 않았다.

여자들이 입었던 소복과 남자들의 팔에 둘렀던 베완장도 다 태웠다.

불길이 모든 것들을 다 태우고 나서 점차 사그라들어 재만 남자, 형제들은 절 안에 있는 큰방에 모여 묵묵히 함께 절 음식을 먹었다.

헤어질 때 아무도 우리 언제 다시 모이느냐고 묻지 않았다. 봄이라고는 하지만 사월 초의 날씨는 아직 쌀쌀해 모두들 어깨를 웅숭그리면서 헤어졌다. 박씨네는 새삼 오열이 복받쳐 남편 박씨에게 조금만 더 있다 가자고 간청했다.

"아, 뭣 때미 한때 이장까지 지내신 냥반이 해필이믄 문지기를 허실려구 해유, 그래……"

뒷동네 임씨가 몇번 들락거리며 이런저런 소리로 들쑤시는 기색이 심상치는 않았었다.

그런데 두어 차례 나갔다 온 남편이 산자락에 선 23층짜리 아파트의 경비로 일하게 되었다고

문지기

했을 때 최씨네는 거의 기절을 할 지경이었다. 농사는 짓지만 그래도 제법 뼈대 있는 집안의 자손이라는 걸 내세우고 살아온 터수에 남사스럽게 경비라니. 말이 좋아 경비지, 딴 인간들 버젓이 난방한 방에 자빠져 있는 동안 밖에 개집 같은 데서 웅숭그리고 떨어야 하는 똑 옛날 개팔자 같은 직업이 아니던가 말이다.

"아따, 이 마누라는 겉은 소리를 해두 꼭 초치는 소리만 한단 말이여, 우째 그게 문지기여. 말하자믄 관리인이지, 관리인."

문지기

“아, 뭣 때미 한때 이장까지 지내신 냥반이 해필이믄 문지기를 허실려구 해유, 그래……”

뒷동네 임씨가 몇번 들락거리며 이런저런 소리로 들쑤시는 기색이 심상치는 않았었다. 그런데 두어 차례 나갔다 온 남편이 산자락에 선 23층짜리 아파트의 경비로 일하게 되었다고 했을 때 최씨네는 거의 기절을 할 지경이었다.

농사는 짓지만 그래도 제법 뼈대 있는 집안의 자손이라는 걸 내세우고 살아온 터수에 남사스럽게 경비라니. 말이 좋아 경비지, 딴 인간들 버젓이 난방한 방에 자빠져 있는 동안 밖에 개집 같은 데서 웅숭그리고 떨어야 하는 뚝 옛날 개팔자 같은 직업이 아니던가 말이다.

“아따, 이 마누라는 겉은 소리를 해두 꼭 초치는 소리만 한단 말이여. 우째 그게 문지기여. 말하자믄 관리인이지, 관리인.”

“하이구. 관리인 겉은 소리 허네유. 그렇지 않아두 농가덜 늘어선 입구에 덩그렇게 그 아파트 설 때부터 꼴 보기가 사납더니 내 이런 재수읎는 일이 워떤 식으로든 터져나올 줄 알았시유."

최씨는 이런저런 소리 더 대적하지 않고 애꿎은 담배만 퍽퍽 더 빨아대었다.

"관둬유, 못헌다구 그리유. 야?"

마누라가 재참 다그치자 최씨는 참지 못하겠다는 듯 두 눈을 부라리었다.

"허어, 그 참, 속좁은 마누라허구 무슨 이얘길 뭇허겠네. 내가 시방 무슨 꽃놀이를 가겠다는 거여, 기집질을 가겠다는 거여. 내 오죽 답답하믄 그 일이라두 할려구 들겠는가 말이여. 아, 농협에 비료대며 종자값 밀리는 걸 아직두 다 갚지 뭇헌데다가 돈들 일들은 파리 쉬쓸듯 깔리는데 현금 좀 쥐어볼 일이 생겨 헐래는 걸 멋때메 난리여. 난리가……"

"지끔 농사일이 사방에 널려 있잖유. 이제 모 심을 때두 다가오지유, 밭두 다 갈아엎어야지유, 담배 심으려믄 그 밭두 골러야지유. 그걸 다 어쩌자구 딴 일을 한단 말여유. 지금두 숨이 턱턱 차게 농사일이 많은 판에……"

최씨는 픽 웃었다.

"이제 보니 이 여편네가 순전히 지 일 닥칠 거 무서서 이러는구먼. 글쎄 걱정을 허들 말어. 하루만 일하믄 그 다음날은 쉰다니 하루만 가서 대강 왔다갔다허다가 그 다음날은 온통 깨복숭이겉이 농사일루다가 뒤집어쓸 참인데 왜 농사일을 못혀. 지금처럼 은근히 잔돈푼 쥐어볼려구 여기저기 공사판이며 도배집 겉은 데 뻔새없이 기웃거리는 거버덤 백배는 낫겄구먼."

"글쎄, 그게 그렇들 않어유. 하루 스물네시간 일허는 게 사람 몸에 맞는 게 아니라니까유. 깨놓구 말해 자지두 못허고 졸며 깨며 사람덜 드나드는 눈치 보구 있는 그게 사람 헐일이 아니라구덜 그럽디다. 저 번에 그 제대한 지 얼마 안된 누구야, 저 아래께 천씨네 조카두 당진 읍에서 아파트 경비 한달 하구 두 손 두 발 다 들었다는 거 아녀유."

최씨는 마누라하구 이야기를 매듭을 질 요량인지 두 손을 다 내저었다.

"나두 그 이얘긴 들었지. 쉬운 일이면 나 겉은 중늙은이에게까지 차례가 오겄어. 아닌게아니라 첨에는 날랜 장정덜을 쓸려구 했등만. 그른데 이눔덜이 신세댄가 뭔가라고 그러는지 경비실에 앉아서두 테레비나 보구 있구 불평은 보따리보따리 늘어놓으니께 역시 그래두 시상을 살아본 나이 좀 든 토박이 사람이 좋겠다 이렇게 공론이 돌았다는 거여. 그래 내가 젤 먼저 낙점이 되었다등먼. 이장 경력도 있구 해서 말하자믄 뽑힌 거여, 뽑힌 거. 아, 워디 가서 무건 거 안 들고 비위 맞추는 소리 안허구 이렇게 뭇돈을 쥐어보겄어, 뭇돈을…… 이리저리 아껴 여축을 해서 적금두 들구 허믄…… 애덜 혼사두 다가오는디 이렇게 마련없이 두 손 놓구 멀건히 있을 거여?"

그 말에 이장댁은 지르퉁하기는 했지만 더 반대를 하지 못했다.

그렇게 얻어걸린 문지기, 아니 아파트 경비 자리였다. 그런데 이게 처음부터 생각처럼 쉬운 일이 아니었다. 그저 어리무던하게 시골 구석에서 살던 사람들이 대도시의 아파트로 가서 경비 자리를 잡아 그런대로 살아가면서 똘똘해져간다는 이야기는 여러 번 들은 적이 있었다. 이젠 세월이 바뀌어서 남자들도 은근슬쩍 숨어버릴 경비짜리가 구비구비 생겼으니 마누라나 새끼덜이 같잖게 짱짱거리거든 작당하고 서울로 튀자는 소리를 아래께 김씨하고 돼지고기 굽는 선술집에서 막걸리를 들이키며 호기롭게 내뱉기도 했던 터수였다.

그런데 이게 웬일인가. 바로 작년에 아파트가 제 발로 굴러들어와 마을 입구에 병싯이 선 것이다.

아파트 경비가 되면 지긋지긋하게 발목을 붙잡는 농사일에서도 좀 숨을 돌리고 이럭저럭 현금도 쥐어가면서 살아볼 계제가 왔는데 초장부터 마누라의 잔소리가 들이닥치더니 아닌게아니라 그놈의 마누라 말이 맞는 것 같은 전조가 여기저기서 나타나기 시작했다.

우선 사람 몸이라는 게 그렇게 마구잡이로 스물네시간을 깨어 있게 생겨먹지 않았다는 것을 온몸으로 깨닫게 된 것이었다. 하루 걸러 노는 날이면 농사일이 다 무언가. 투전판에서 장땡만 노리다가 흑싸리 깍지만 까는 바람에 돈을 다 털리고 새벽녘에 돌아온 노름꾼처럼 돌아오자마자 이불 쓰고 눕기가 바빴다. 해가 꼭대기에 치솟으면 어렵사리 일어나기는 해도 거동이 꼭 침 먹은 지네꼴이 되어 밭에 가면 작물이 두겹으로 보이고 논을 엎으려면 저쪽 이랑이 천릿길로만 보여 저절로 어릿어릿하지 않을 수가 없었다.

낮에 자는 잠은 잔 것 같지도 않아 종일 온몸이 쑤석거렸고 잠이 모자란 입에 들어가는 밥은 모래알처럼 자근거리고 썼다. 거기다 마누라의 당장 때려치우라는 악다구니가 귓전에 쟁쟁거려 시끄럽기 짝이 없었다. 오지도 않는 잠을 억지로 청하려고 막걸리 한사발을 들이키고 누운 날 밤 마누라가 다시 쨍얼거리자 댓바람에 일어나 볼치를 한번 쥐어지른 게 화근이 되어 마누라가 불끈해서 사흘씩이나 말을 안 하는 일까지 생겼다. 이런 판이니 이제는 도대체 뭐하려고 사는 건지 알 수 없는 판이 되어버렸다.

아파트에 사는 사람들은 당진읍이며 기지시에 근거를 둔 농사꾼도 장사꾼도 아닌 어중떼기들이 대부분이었다. 이십여평 남짓한 공간에 처음에는 호기롭게 들어섰던 이들도 자기 대에 아직은 흙냄새를 맡던 사람들이 대부분이라 곧 갑갑함을 견디기 힘들어했다.

그래서 도회 살림을 하는 기분이라도 낼 요량인지 좁은 고샅길을 차 타고 드나들며 귀가 시간이 자정을 넘기기가 예사였다. 옛날 양반들 호기라고 깜냥을 내는 것인지 유세를 떠는 것인지 나이도 지긋한 최씨를 턱짓으로 부리려 드는 축도 심심치 않게 있었다. 거기다 전화세를 아끼려고 그러는지 걸핏하면 인터폰을 불러대며 이백칠호실을 대달라, 구백삼호실을 대달라며 눈을 살짝 붙일 틈도 주지를 않았다.

어떻게든 서너달 더 버티어보면 길도 들고 자리도 잡히리라 안간힘을 썼지만 한달이 지나고 나자 사료 못 먹은 가축마냥 몸에 축이 가는지 얼굴을 만지면 손바닥에 꺼칠한 기운이 느껴졌다.

"이거 이러다 영감 잡겠구먼. 돈 욕심두 좋지만 그만 때려치워부리라니깐유. 이때껏 흙만 파대구 살아온 두더지 겉은 냥반이 시멘트 덩어리 속에 들어가 있으니 읎든 병두 생길 참이구만유. 그 엘레베턴가 먼가 두레박 겉은 걸 타구 오르내리는 것덜은 예의범절두 위아래도 다 없다등만."

"시끄러. 여편네가 쓸데읎는 말이 많으니 되는 일이 읎는겨. 임씨는 마누라가 점심두 열령성으로 싸오구 보온병에 커피두 싸오구 하믄서 기운을 내어주니까 부륵부륵 일만 잘허드만."

최씨네는 심사 내지 않고 너그럽던 사람이 짠짠드기 잔소리까지 늘어가는 것이 야속하기만 했다.

"아무튼 내비 두어봐. 응? 임씨도 그러든데 적응기간인가 무언가만

지나가믄 행결 수월허다는 게여. 몇달만 지나믄 말이여. 의료보험두 나오구 이것 저것 은근히 이문이 생기는 게 한두 가지가 아니라등만. 조금만 더 기댈려보구 내가 칠성판을 등짝에 붙일 지경으루다가 힘들믄 임자 반대 안혀두 내 손으로 딱 끊을 팅게. 한두살 난 애덜두 아니잖여. 소장이 나이 땜에 고개를 기웃둥거리는 걸 달싹 그만두는 일은 읎다구 사정사정해서 겨우 얻은 자리여. 망신 면은 허야지. 후댐에 다른 나이백이가 들어서두 나 땜에 나쁜 뽄이 되어서 일자리를 뭇 얻게 만들지는 말어야지."

이렇게 해서 겨우 가라앉혀놓았던 마누라였다. 그런데 사단은 엉뚱한 데서 터졌다.

아파트 바로 옆에 자리잡고 있는 김주사 집에 도난사고가 발생한 것이었다. 하필이면 그놈의 집어갔다는 물건이 촌에서 들으면 소도 웃고 넘어갈 것들이었다. 바로 장정이 한아름을 둘러도 주위를 다 둘러싸지 못할 큰 돌절구 하나와 반질반질하게 길이 든 커다란 소여물통이라는 게 아닌가.

이상한 낌새가 생긴 건 없어지기 한 주 전이었다고 했다. 농사꾼 티가 아직 채 가시지도 않은 낯선 남자 둘이 들이닥치더니 그 두 가지를 오십만원에 팔라고 제발 사정을 했다는 것이다. 김주사는 언젯적 주사인지도 모르는 이름으로 불리는 것을 좋아할 만큼 구닥다리로 원래 양반 폼을 많이 잡던 노인이었다. 그 바쁜 농사철에도 걸핏하면 주역을 들고 방안에 들어앉아 마누라 속깨나 좋이 썩이던 인물이었다. 그래 장사꾼들이 들어서자 양반답게 문을 닫고 들어앉았고 감때 사나운 김주사 마나님인 할머니가 나서서 흥정을 도맡았던 것이 화근이었다.

이 할머니가 어수룩해 보이는 거간꾼이 하도 목을 매니까 오십만원이란 가격에도 놀랐던 마음에 없던 욕심이 동해가지고 백만원을 준다면 몰라도 그렇지 않으면 한 개도 내어줄 수 없다고 큰소리를 쳐서 내몰았던 것이다.

그리고 며칠이 지나 그 돌절구하고 소여물통이 자취를 감추어버린 것이다. 이건 그저 집어갈 수 있는 작고 가벼운 물건도 아니고 명색이 차라는 걸 들이대지 않고는 실어갈 수 없는 터수였다. 차가 지나간다면 아파트 앞길을 지나지 않고는 마을을 빠져나가기 어렵게 생겨먹은 구조였다. 마침 그날이 최씨가 당번인 날이었다.

이 할머니가 소여물을 주려고 새벽에 나와보니 소여물통이 온데간데없이 사라져버리고 말았다는 것이었다. 할머니는 얼추 정신이 나간 채 그 여물통을 찾아다니다가 하다못해 뒷간까지 열어보았다고 했다. 그래도 안 보이자 이 무슨 귀신놀이인가 싶어 거의 주저앉을 뻔했던 할머니는 번뜩 절구통 생각이 나서 외양간을 지나쳐서 뒤뜰로 가보니 그놈의 물건도 감쪽같이 사라져버렸다는 이야기였다.

"이게 워쩐 일이여. 내 이즈막엔 테레비며 전축도 무겁구 성가시다구 도둑이 안 집어가는 걸루다가 알구 있는 판에 이게 웬 날벼락이여. 그때 왔던 그 수상헌 놈덜이 순 도적놈덜이구먼 그리여. 그눔덜이……"

김주사는 김주사대로 펄쩍 뛰었다.

"아니, 즘잖은 집에서 그런 눔덜허고 붙어서서 깨끗지 못허게 이러구 저러구 더런 흥정을 맞붙였으니 이런 사단이 나는 게 아니여."

할머니는 새벽같이 아파트 경비실에 달려와서 최씨를 붙잡고 이런 저런 놈덜을 못 보았느냐구 사색이 되어 물었지만 두 눈 멀뚱이 뜬 최씨는 아무 소리도 못 듣고 트럭도 못 보았노라고 할밖에 없었다. 새벽녘에 잠깐 정신없이 깜빡 잠들어버린 일이 있었지만 한번도 안 자고 눈을 부라리고 있었는데 아무것도 본 적이 없다고 우길 수밖에 없는 노릇이었다. 그러자 할머니는 온 동네가 다 들리게 악다구니를 쳐댔다.

"전에는 이장두 허구 해서 즘잖구 책임있는 사람인 중만 알았더니 이게 무슨 오리발이여, 오리발이…… 아니 아파트 경비를 똑바루 섰으믄 이런 일이 생길 리가 읎는 거잖여."

그러자 무던한 최씨도 성미가 슬그머니 들어서지 않을 수가 없었다.

"그 말씀이 지나치십니다유. 지가 아파트 경비지 마을 경비는 아니잖유. 집집이 잃어부린 물건을 지가 다 책임을 들기루 친다믄, 지가 동네 경찰두 아니구 으뜷게 감당을 헐 수 있슈."

"하이고, 이눔의 아빠또 들어스더니만 동네 인심이 사납기가 무섭네 그려. 아, 워디다 두 눈을 똑바로 뜨는가 말이여, 시방. 마을 문턱 산모퉁이에 이따위 산떠미 겉은 집을 지어놓고 인심을 사납게 할 량이면 여기 지키는 사람이 바루 마을 문지기여야 허는 거 아닌가 말이여. 아니 말해부아. 안 그릉가, 아빠똔가 세빠똔가를 지어놓은 댐부터 온갖 인종덜이 여기저기 마을 안을 기웃거리구 다녀두 워디 가서 하소연할 데두 읎으니까 이런 일두 생기는 게 아닌가 말이여. 그럼 그눔의 소여물통은 송아지 시집갈 때 혼수루 쓸라구 소란 놈이 감추었다는 거여, 뭐여. 어디 설명을 한번 해보라니께."

최씨는 사람들이 재미삼아 모여들기 시작하자 더한층 난감해져서 할머니를 달래서 돌려보내느라고 구슬땀을 흘리지 않을 도리가 없었다.

"알겄시유. 여기서 이룹게 소란을 피우시믄 지가 워떡허겄시유. 지가 으룹게 해서든 수소문을 놓아보구 경찰에두 연락을 드리고 할 테니까 일단 댁에 가 지시다가……"

할머니도 너무 뒤집어놓아두 안되겠다 싶었는지 아파트 앞 수퍼에서 최씨가 사서 바치는 소주 한 병하구 새우깡 한 봉지를 받아들고 일단 작전상 철수를 하기는 했다. 할머니 영감인 김주사가 당뇨며 고혈압이며 이런저런 합병증으로 자리보전을 하듯 들어앉은 후에 대처 나간 자식들은 명절날에나 비죽 들여다보는 판이었다. 이 통에 할머니 혼자 애망갈망하면서 농사일에 매달리다가 몸이 다 삭아서 삭신이 쑤시는 걸 참느라고 두어 해 전부터 술을 한두 잔씩 마시기 시작한 게 숨은 술꾼이 되어버린 건 김주사 빼놓고는 온 마을이 다 아는 터였다.

"나두 하두 기가 막혀서 홧김에 그러는 거여. 내가 최씨 미워서 그러는 게 아니여. 사램 사는 게 매양 이 모양이래서야 무슨 덧정이 있어 살겄느냐 말이여. 소여물통에 돌절구꺼정 집어가는 놈의 나라에서 무슨 영화를 보자구 살겄느냐 말이여. 나이래두 젊어야 미국놈하구 혼인이래두 해서 이눔의 나라를 떠나든지 워쩌든지 허지."

할머니가 소주병을 치마폭에 감추고 슬며시 떠난 후에도 최씨는 한동안 맥이 풀려 거동을 하지 못했다. 그저 어안이벙벙하기만 할 뿐이었다. 한편 생각하면 할머니 말이 옳은 것 같기도 했고 한편 생각하면 억울하기만 하기도 했다. 그러나 죄라면 한밤중에 트럭이 가는지 소도둑이 가는지 모르게 깝빽 곯아떨어져버린 자기 탓이니 뭐라고 크게 떠들 계제가 되지도 못했다.

최씨에게 전화로 신고를 받은 경찰은 헛웃음부터 웃었다.

"뭘 훔쳐갔다구유? 소여물통허구 돌절구허구? 아니 그런데 온 동네가 다 그걸 깜깜 몰랐다는 게 말이 됩니까? 예? 말이 되느냐 이거예요."

최씨는 기가 막혔다. 어째 이리 사람들마다 자기만 나무라는 것만 같으니 알 수가 없는 일이었다.

뭐라구 한마디 하려는 참에 저쪽의 목소리가 이어서 들렸다.

"그건 그렇구 지금 신고하시는 분은 으뜷게 된 관계슈?"

"저는 여기 새봄아파트 경비인데유."

"그른데……? 그거 잃어버리신 분이 거기 주민이슈?"

"그른 게 으뜷게 아파트에 있겄시유. 지가 원래 이 마을 사람이거든유. 한때 이장두 지내고 그랬슈. 그른데 도난당한 집이 마을 초입에 있어서 그 집 할머니가 마을 경비 지대루 안 본 내 책임이라나 뭐라나 하문서 한바탕 난장을 치구 갔슈. 그래 지가 신고는 맡아 해드리겠다고 사정사정해서 집으로 겨우 보내드린 참이유."

"허어, 거 참. 아파트 경비가 동네 경비까지 보라는 이야긴 또 무신 경우여."

선거가 막 끝난 참이라 그런지 그래도 선거 전에는 깍듯하게 따라붙던 존댓말을 중둥무이를 해서 내어버리고 반말 비스름하게 내어뱉는 말이 몹시 비위에 거슬리기는 했다. 그제서야 마누라가 그악을 떨고 경비를 못 서게 하던 이유를 어렴풋이나마 알 수 있을 것 같았다. 농투성이가 그저 사람이 받는 최악의 대접을 받는 세상에 살고 있는 줄만 알고 있었는데 처신이 내려가자면 우물 속에 빠지듯 한이 없는 모양이었다.

이 소식이 온 마을에 퍼지자 사람들마다 수런거렸다.

"그런글 다 집어간대문 우찌 맴놓고 잠 한숨 푹 들 수 있을까. 이러다간 집까지 떠메가겠구만."

"난 이놈의 낡은 집을 누가 떠메가문 좋겄구만. 그래야 빈터에 새집이라두 짓지유."

"그건 그릏다 치구 이래가지구야 꽃 겉은 마누라 지닌 사램들이 어찌 마음을 놓구 문 열구 살어."

"하이구. 꿈 깨슈. 이 동네를 빗자루루 다 쓸구 찾아보슈. 꽃 겉은 색시라구는 씨알머리두 없는겨."

"아무튼 말세여. 말세."

"그눔의 공약은 선거철이면 불일듯하더만 무릎 꺾인 놈덜처럼 학교 운동장 아무데나 엎어져서 유권자들에게 절이나 해대지 말구 지킬 재산이나 지대루 지켜주어야지. 불려주든 못헐망정 말이여."

몸이 잽싸고 이 일에 저 일에 잘 나서는 아래께 김씨는 저녁 숟갈을 놓자마자 집에서 자고 있는 최씨를 찾아나섰다.

"이기 우찌된 일이유, 성님. 아 일어나부시유. 이기 온 마을에 문제 아니유. 저눔의 아빠뜬가 뭔가가 부진부진 들어설 때버텀 조짐이 상서롭지 못했대니께. 아, 이야기를 좀 해봐유. 그래야 우리덜이 다 대책을 세울 게 아니겄시유. 대대적으루다가 아빠또에 항의를 허든가 방범대를 조직허든가 말이유."

아직 잠이 덜 깨 눈을 슴뻑거리는 최씨는 하루종일 하도 시달려 이제 아무 말도 하고 싶지가 않았다. 낮에 다니러왔던 경찰도 조사니 뭐니 하고 애매한 최씨에게 들이닥쳐 이것저것 물어대는 통에 낮에 자야 하는 잠 한숨도 못 자고 마을 사람들이 연이어 들어서는 바람에 정신이 다 나갈 지경이었던 것이었다.

"알었어. 내가 이번에 이 일을 겪구 보니께 우리 골에두 잘난 사람덜 겁나게 많더만. 아, 그런 사람덜끼리 모여 대책을 세워부아. 난 입이 열개라두 할말이 없응게. 그만 잠이나 잘라네. 밤근무 할래믄."

최씨는 평소 허물없이 지내던 김씨라 그 앞에 벌렁 나자빠지고, 평소 인심이 좋던 최씨네도 입이 부루퉁해 손님이라고 왔는데도 냉수 한 그릇 권할 생각을 하지 않는다.

아파트 주민들은 주민들대로 특별 반상회를 열었다.

"신문에서야 이런 꼴들을 보았지만 이런 일은 또 이 마을엔 첨이네유. 그 자체가 문제가 아니라 솔찌거니 말해서 아파트 열쇠라는 게 애덜 장난감 겉은 건데 이렇게 어수룩해서야 워찌케 하루 온종일 집을 비워둬유. 집을…… 멀 믿구유."

"그러게 빠리빠리한 사람으루다가 경비를 세워야 한다니까유. 아, 인품이 좋으문 뭘 해유. 우리가 무슨 인품교육 받을 일 있남유. 임씨라는 사람은 그런대루 이리저리 재게 움직이더만 이 일이 날 때 경비섰던 최씨라는 사람은 너무 굼떠유. 볼 때마다 자구 있등만. 내가 초상집에 갔다가 전에두 새벽에 들어올 때 보니까 세상 모르구 코를 불구 자구 있더라니까유."

"아니, 그거야 솔찌거니 말해서 하루 이틀두 아니구 어뜽게 스물네시간 눈을 동글동글 뜨구 있으라는 거유. 그건 불가능헌 일이지유."

"거 말 한번 그 뭐냐. 인도주의적으루다가 허십니다만 우리는 계약하구 고용하는 겁니다. 버젓이 관리비 다 내구요. 그리구 계약할 때 정해진 바에 의하면 하루 스물네시간 근무하는 대신에 다음날은 스물네시간 다 오지게 판판 놀 수 있지 않는가 이겁니다. 스물네시간 깨어 있댔자 어슬렁거리기나 하믄서 시간을 죽이다가 새북이 되믄 자기 집에 돌아가서 한잠 늘어지게 자구 농사일꺼정 다 돌볼 수 있는데 이때

위로 일을 해서는 안되지유. 책음이라는 게 있구 계약이라는 게 있는 데유."

이러구 저러구 공론이 붙은 끝에 최씨는 관리소장에게 불려가게 되었다. 그래봤자 건물 두 동밖에 안되지만 이십층이 넘게 높지거니 선 데다가 작은 평수만 모여 있어 세대수는 꽤 많은 편이라 두동의 관리를 맡고 있는 관리소장이 최씨를 불러 미적미적하면서 퇴직 건의를 해온 것이었다.

"이번 일에 지가 잘못헌 게 무언데유. 우쨌든 아파트엔 도둑씨알도 못 들어가게 스물네시간을 뻗대구 지키지 않았시유. 마을에서 소여물통이나 절구통 잃어버렸다구 지가 그만두어야 하는 건 이해가 가지 않는 걸이유."

"그렇지만 정황이 그렇지 않습니까. 생각해보십시오. 최선생님. 마을 사람들이 집어간 게 아니라면 그걸 싣구 차가 빠져나가려면 이 아파트 앞을 지나가야만 하거든요. 그런데 최선생님이 주무시지만 않았다면 그런 일이 일어날 리가 없지 않느냐, 이게 아파트 주민들의 불평의 골잡니다."

십년은 나이가 아랜 듯해서 사십이 좀 넘어 보이는 관리소장은 서울에서 뽑아온 사람답게 반듯한 표준말에 제법 점잖은 문자를 써가며 그런대로 최씨를 다둑거리려고 들었다.

"그건 그렇지 않지유. 지가 혹시 깜빡 졸았는가는 모르겄지만 편히 등짝 한번 어디 붙이고 자본 적은 한번두 없슈. 또 이 길 아니래두 저 뒷산 너머로도 도둑이 들어올 수 있는 게 아닌가벼유. 그건 이유가 되덜 않습니다. 지는 잘못헌 게 없시유……"

관리소장은 쓴웃음을 지었다.

"참 저두 여기서 관리를 하려니 애로사항이 많습니다. 주민들이 하루종일 민원 진정을 하지요. 엘리베이터는 애들이 놀이삼아 타구 다녀서 한주일이 멀다 하구 말썽을 일으키지요. 어떤 사람은 사람 못 살 데를 소개해줬다고 생트집을 잡으면서 책임지고 집을 되팔게 해달라고 종주먹질을 해대질 않나…… 나 원 참. 그러니까요, 이번 경우도 도회지 같으면 넘어갈 문젠지 모르는데 촌바닥에 처음 선 아파트라 그냥 넘어가기가 저희들로서도 어렵습니다. 아무래도 도시에서 경험이 있는 사람을 데려와야만 하겠습니다. 양해해주십시오."

"지 책임은 아파트만 돌보는 게 아닙니까유. 우째서 지가……"

소장은 피곤한 얼굴로 앞이마를 손을 들어올려 득득 긁었다.

"글쎄 제가 잘 알아듣기는 하겠습니다만 이제 더이상 어떻게 하기가 어렵습니다. 양해해주십시오. 그 대신 이달 월급이 한달에서 한주일이 빠지지만 말하자면 퇴직금삼아 한달치를 채워드리겠습니다."

"그렇게는 안되겠슈. 지가 오히려 한달 월급을 못 받아도 좋구먼유. 이런 불명예는 지 인생에 처음이유. 군대 가서두 투철한 애국정신으루다가 보초를 섰구 마을에서 이장일을 볼 때두 온 마을을 혼자 지킨다는 마음으루다가 일을 해냈슈. 해고라니유. 그런 일은 지 인생에 있을 수 없습니다."

속이 탄 관리소장은 이 쇠심줄 같은 최씨와 밀고 당기다가 드디어 타협점이라는 걸 찾아내었다. 일주일 내에 잃은 물건을 못 찾으면 최씨가 아무래도 힘에 부쳐 못하겠다고 이유를 대며 자진사퇴를 하기로 한 것이다. 이건 국회의원 후보도 뭣도 아닌 사람이 무슨 자진사퇴인지 모르겠지만 자식들 이름까지 들추어내며 사정을 하는 데는 소장도 애처로운 생각이 안 들 수 없었던 것 같았다.

소장은 한마디 딱 부러지게 당부를 하기는 했다.

"한주일입니다. 이건 사나이 대 사나이로서의 약속입니다. 저두 비밀을 지킬 테니까 일주일 후엔 딱입니다."

"그러믄이유. 지 말을 이해해주셔서 너무나 고맙구먼유. 입장을 세워주셔서유."

소장은 자리에서 일어나기 전에 한마디 더 따끔하게 당부했다.

"그리구 혹시라두 그 일주일 내에 무슨 일이 다시 터지면 그때는 저로서도 어쩔 수 없습니다."

"암이구 말구유. 그러구 말구유."

긴 실랑이 끝에 집에 돌아온 최씨는 반쯤은 넋이 나간 사람처럼 되었다.

그 다음 일주일 동안 하루 걸러 쉬는 날이면 바짓가랑이를 걷어올리고 한참 손길이 필요한 논밭일은 다 팽개치고 온 마을 고샅을 뒤지고 다니며 집집마다 소여물통이며 돌절구를 찾으러 다니는 게 일과가 되었다.

"그걸 찾은들 이마빽에 김주사댁 돌절구라고 써붙이구 있는 것두 아니구 멀 워찌케 허려구유."

마누라가 이러다간 영감이 어떻게 되는 게 아닌가 싶어 달래기도 하고 말려보기도 했지만 요지부동이었다. 허실삼아 당진읍에까지 나가 농기구 파는 상회까지 다 둘러보고 온 최씨는 자전거를 타고 멀리까지 나간 닷새째 되는 날 개가를 올렸다.

두 마을 건너 한참 가야 되는 길가에 새로 들어서는 관공서 건물을 미끼삼아 그럴듯한 음식점이 지난주 문을 연 참이었다. 물레방아가 물을 튀기며 돌아가는 곁으로 모양내어 다듬은 나무들이 줄줄이 심겨져 있었다. 자갈을 깐 마당에 군데군데 통나무를 박아내어 한껏 운치를 살린 곁에서 봄꽃이 가지각색으로 피어난 큰 나무통을 발견한 것이었다. 그 나무통이야말로 바로 간데없는 소여물통이었다.

오며 가며 하는 길에 보았던 그 튼실하고 기름때가 자르르 흐르는 김주사네 여물통이 틀림없어 보였다.

"이거 워디서 났시유? 이거 장물인 걸 알구나 기시유?"

최씨가 다그치자 종업원 같은 젊은 여자가 마담언니를 불러와야겠다고 하더니 치마꼬리를 말아쥔 낯선 여자가 눈살을 찌푸리며 나타났다. 텔레비전에서나 볼 수 있을 법한 훤한 인물이었다.

"얘들이 뭐라구 그러는데 무슨 소리예요. 지금 꽃 갖고 뭐라고 그러시는 거예요?"

"그기 아니구유. 시방 이 꽃들이 심겨져 있는 말하자믄 화분 말이유. 이거 워디서 났시유?"

"그거야 여기 장식하는 사람들이 다 알아서 해준 거예요. 그런 걸 우리가 다 어떻게 일일이 알겠어요."

도로 돌아들어가려는 마담을 부르는 최씨는 마음이 다급해졌다.

"알겠시유. 내가 이 임자를 불러올 테니까 꼼짝 말구 그대루들 기시유. 내가 곧 다시 올 거구만유."

"도대체 무슨 소린지나 알구……"

황급히 마담이 뜰에 내려서는 기척이었지만 최씨는 나는 듯이 자전거를 되집어타고 김주사네 집으로 달려왔다. 급하니까 자전거 바퀴도 어째 잘 안 도는 것 같기만 했다.

김주사네 집안은 또다른 난리가 나 있었다. 바로 그 소여물통과 돌절구를 흥정하던 거간꾼 둘이 육십만원을 들고 다시 나타나 있었던 것이다. 이 사람들이 다시 돈뭉치를 들고 나타나자 처음에는 까마귀 날자 배 떨어진다고 그 놈덜이 도적놈이라고, 눈까리부텀 도적놈의 눈깔이라고 트집을 버럭버럭 잡던 할머니는 입을 두 뼘이나 되게 벌리고 얼이 나가 있었다. 그 물건들을 도둑맞았다는 소리에 두 거간꾼들도 놀라 어쩔 줄 모르고 있는 와중에 최씨가 자전거를 타고 들이닥친 것이었다.

최씨에게 자초지종을 들은 거간꾼 둘하고 할머니는 거간꾼이 몰고 온 차를 타고 나는 듯이 그 음식점으로 달려갔다. 꽃이 심긴 통을 보자마자 할머니는 육이오 때 잃어버린 자식 만난 부모처럼 여물통을 끌어안으며 거의 곡소리를 뽑아내기 시작했다.

"아이구, 이것아, 워쩌자구 여기 와서 자빠져 있냐. 니 발루 걸어온겨, 뭐이여. 이놈의 세상이 무슨 조황속인지 알 수가 없네 그려."

음식점 주인 마담도 어안이벙벙하기는 마찬가지인 모양이었다. 웬 사람이 경운기에 이걸 싣고 와가지고는 십만원에 사라고 그러는 걸 말 같지도 않아 만원에도 안 산다고 했다는 것이었다. 그런데 경찰 고위관리 몇 사람이 마침 문 안으로 들어서는 기척이 보이자 그대로 내려놓고는 냅다 뺑소니를 쳤다는 것이었다. 그래 어처구니가 없어 이제나 저제나 찾으려 오려나 하고 기다렸는데 며칠 동안 아무 연락도 없어 마침 봄철도 되고 해서 심으려던 자잘한 봄꽃들을 바로 어제 거기다 심었다는 것이었다. 그랬더니 그런대로 운치가 있다고 오는 손님들마다 좋아한다는 이야기였다.

"그런 벤명 다 치우구 돌절구는 워디 있는겨?"

할머니는 사뭇 의심스러운 듯 물색 고운 옷을 차려입은 주인마담을 적의 어린 시선으로 노려보았다.

“돌절구는 또 무슨 돌절구 말씀이세요?”

마담은 모질게 성가신 표정이었다.

“아, 이거랑 한목에 없어져버린 거 말이유.”

“그걸 제가 어떻게 알아요.”

“그럼 누가 아는 거여. 아무튼 이건 우리 꺼니께……”

할머니가 여물통에서 꽃을 그대로 후벼파버릴 기세로 덤벼들자 마담이 날카로운 소리를 내었다.

“이러지들 마세요. 그러구 아닌게아니라 그게 할머니네 꺼라는 보장이 어디 있어요. 증거를 대라구요. 증거를……”

“하, 참, 증거라니. 내 여물통을 내 꺼라는데 무슨 증거가 필요하단 말이여. 댁은 남편하구 어디 가믄 남편이라구 맨날 증거를 대구 다니슈.”

“느닷없이 나타나서 이러시면 제가 어떻게 갈피를 잡겠어요.”

할머니는 편을 들어달라는 듯이 거간꾼들을 돌아보았다.

“좀 봐주시유. 그룧게 높은 가격을 메기셨든 거니께 물건을 보믄 정확허니 알 수 있지 않겄슈.”

두 사람이 멈칫거리며 여물통으로 다가가더니 한 사람이 새된 소리를 내질렀다.

“아이구. 이건지 아닌지두 모르겠지만 이건 이제 물 건너 갔시유.”

“아니 우째서유?”

할머니가 다가서자 하관이 빠른 젊은 거간꾼이 쓴웃음을 지었다.

“워디다 꼴아박았는지 가운데 금이 쩍허니 갔구먼유. 인젠 여물통으루다가두 못 쓰게 되었슈.”

그러고 보니 여물통 양옆에 가로로 쫘악 금이 가 있어서 그리로 흙

기운이며 물기운이 배어나와 있었다. 할머니는 두 눈이 점점 더 커지고 두 손이 부들부들 떨리는 것이 금세 울음이라도 터뜨릴 기세였다. 최씨가 곧 쓰러질 것만 같은 할머니를 부축하자 할머니는 일에 시달려 북두갈쿠리가 다 된 손으로 최씨의 셔츠자락을 옹그라지게 잡아채었다.

"최씨가 지대로 마을 문지기 노릇만 허였어두 이런 사단은 아예 나지두 않았을 거 아니여."

다시 시작되는 생트집에 어안이벙벙해진 최씨는 억지로 할머니의 손을 떼어놓았다.

"경운기루다가 마을 사람이 실어날랐다믄, 꼭 그 길이 아니여두 쪼뼛한 샛길 옆으루다가 날를 수가 있시유. 그렇다믄 더더군다나 지허군 아무 문제가 없는 거지유."

"그렇다믄 이 일의 책음을 누가 지능가 말이여. 이렇게 다 요리 빼구 조리 빼구 헌다문 내 아까운 소여물통은 워찌 되능가 말이여."

거간꾼이 딱한지 할머니를 뜯어말리면서 말을 붙였다.

"그나저나 잘 기억을 더듬어보셔유. 이 물건을 그 값을 불렀다는 걸 동네방네 떠들구 다닌 사람이 있응게 이른 일이 벌어진 거 아니유."

갑자기 최씨 셔츠를 잡은 할머니의 손이 느슨해졌다.

"할머니, 누구누구헌티 그 말을 했슈?"

"……그게야. 내겠다는 금이 하두 황당헌 일이니께 내가 이 사램 저 사램헌티 그 이약을 허기는 혔지."

"그 이야기를 해준 사람이 범인일 거유. 그기 누구유."

할머니의 손이 맥없이 최씨의 셔츠에서 떨어져나갔다.

"몰러. 하두 이 사람 저 사람헌티 이약을 했응게."

"그럼 틀림없구먼유. 그 이야기를 들은 사람덜 중 하나가 발사심을 낸 거구먼유. 무얼……"

거간꾼 한 사람은 마당 한결에 서서 이 모양을 바라보고 있던 마담에게 물었다.

"혹시라두 말이유. 그 사램 얼굴을 다시 보믄 기억이 날 수 있을 것 겉애유?"

마담은 얼굴을 살짝 찌푸리며 고개를 저었다.

"촌사람들이 다 그 얼굴이 그 얼굴인데 어떻게 그런 걸 구별해요. 나중에 무슨 소릴 들을려구……"

할머니가 대뜸 나섰다.

"거, 시골에 와서 장사해먹을 생각이믄서 그렇게 잘난 척 촌사람이니 머이니 허는 건 근본적으루다가 틀려먹은 일이여."

"참, 경우 없기는…… 남의 바쁜 영업집에 와서 이런 소란들을 피우구 있으니 촌사람 소리가 안 나오게 됐느냐구요."

최씨가 이렇게 되니 아니 나설 수가 없었다.

"그건 미안하게 되었구먼유. 그렇지만 오죽 애가 타믄 이렇구들 있겠는가 허는 건 생각을 해보셔야지유. 이런 음식점이나 아파트니 허는 것덜이 들어서믄서 아주 사람 못살게 돈독이 오른 동네루 변해버리구 있으니 심란해서들 그러지유."

나이가 좀더 든 거간꾼이 최씨와 할머니를 오히려 달래서 밖으로 끌고 나왔다.

"건드리지들 마시유. 여기서 저렇게 큰 음식점을 낼 실력이믄 유지며 실력자들허구 다 손이 닿아 있어유. 잘못 건드렸다가는 우리꺼정 한몫에 서리를 맞게 되는구먼유."

젊은 쪽이 한마디 보태었다.

"아무튼 우리로서는 머라구 더 드릴 말씀이 읎네유. 그러니께 할머니두 우리가 그렇게 높게 불렀을 때 욕심없이 그만 주셨으믄 누이 좋구 매부 좋구 다 좋았을 거 아니유. 인젠 저걸 실어간대두 아닐 말루다가 실어가는 비용만 더 들지 아무 짝에두 못 쓰는 거유."

할머니가 속이 다 뒤집히는지 갑자기 악장을 쳐대었다.

"이 간에 붙구 쓸개에 붙는 놈덜아. 얼렁들 없어져부러. 이꼴 저꼴 다 보기 싫으닝게…… 다 이게 너희놈덜 땜에 생긴 일이 아닝가 말이여. 농사나 짓구 국으로 자빠져들 있지, 머때메 농사꾼들 잡는 그런 일덜에 날뛰는 거여. 날뛰기를……"

덧정이 떨어졌는지 얼굴에 불쾌하게 화기가 치민 거간꾼 두 명은 음식점 문 밖에 있던 차를 집어타더니 정말로 인사도 없이 휭하니 차를 몰고 떠나버렸다. 최씨와 할머니만 끈 떨어진 뒤웅박처럼 음식점 문 밖에 달랑 남게 되었다.

화기가 좀 가라앉은 할머니가 면구스러운 듯이 말했다.

"성미는 내었지만 워쩌케 집에 돌아간디야."

"그러니께 조금만 참으실 걸유. 집에꺼정만 태워달라구 그러구 나서 혼을 내두 낼걸유."

두 사람은 터덜터덜 이웃 마을 입구로 걸어나오기 시작했다.

"그러구 봉께 내 최씨헌티 참으로 미안하게 되었네. 공연스리 부잡을 떨어갖구…… 그러니께 늙으믄 얼렁 죽어야 혀. 구신은 나하구 영감이랑 안 잡아가구 멀하구 있능가 몰러."

할머니는 치마폭을 뒤집어 비죽비죽 눈물이 나오는 눈가를 닦더니 땅이 꺼지도록 한숨을 내쉬었다.

최씨도 비감해지면서 세상 떠난 어머니 생각에 코끝이 매워왔다.
"그런 말씀 마시구 오래오래 사셔야지유."
"내, 이제 마을 문지기니 머니 그런 소릴 다신 안헐 티니께 아파트 경비나 잘 서시유. 잉?"
최씨는 실쭉 헛웃음을 웃었다.
"그거 다 물 건너갔시유. 이제 그만두어야 허게 되었슈."
할머니는 깜짝 놀라 눈을 동그랗게 떴다.
"워째서? 혹여 나 땜시……?"
"그렇지 않아두 그만둘 참이였시유. 그기 사람 헐일이 아니더라구유. 젊은 것덜에 애덜꺼정 머 거시기 옛날 종 다루듯 허구유. 참 드런 꼴을 짧은 시간에 많이두 보았시유."
"아이고매. 나 때메 일자리를 놓친 게 틀림없구먼. 얼렁 가서 내가 자초지종을 잘 관리소장님께 말씀을 드릴 테니께……"
"아니유. 그럴 필요 읎슈……"
최씨는 기운없이 걸으며 봄기운이 몽실거리고 피어나는 야산 한모퉁이를 맥없이 바라보았다.
"마누라 꼴두 사납구. 이번 사건이 생겨 오히려 마음을 굳힐 수가 있었시유. 그저 그 물건만은 으뜷게 해서라두 꼭 찾아드릴려구 했등만……"
두 사람이 타달타달 걷고 있는 저쪽에서 먼지를 내뿜으며 차가 달려오더니 옆으로 비켜서는 두 사람 앞에 멎었다. 거간꾼들이 휙 타고 떠나버렸던 바로 그 차였다.
차 앞창문이 열리더니 조수석에 앉았던 나이 든 거간꾼이 시선은 아래로 엇비슷이 깐 채 지르퉁하게 말을 던졌다.

"그만덜 타시유. 노인네두 기신데 집에꺼정은 모셔다드려야 헐 것 같아서유."

두 사람은 머쓱해하면서도 허둥지둥 차에 올라탔다. 도저히 걸을 거리도 안되었고 택시를 부를 짝이면 좋이 만원도 넘게 나올 거리였기 때문이었다.

"으쨌든 고맙구먼."

할머니가 멋쩍게 한마디를 던졌다.

차창 밖은 연록빛 잎새가 안개처럼 나무마다 피어오르고 개나리에 진달래가 흐드러지는 봄이었다. 갈아엎은 논에서는 아지랑이가 아련히 피어오르고 있었다.

젊은 거간꾼이 갑자기 퉁 한마디를 내뱉었다.

"드런 놈의 시상이구만유. 우리두 이거 땅이나 파던 인간이 반 사기꾼겉이 이러구 대니는 신세니…… 그기 인사동이니 머니 거치믄 몇백만원두 더 넘게 팔려나간대는구만유."

나이 든 쪽이 멋쩍은 듯 한마디를 보태었다.

"그게 다 몰래 일본에두 나가구 그런다니. 참 조홧속이여. 시골 무지렁이들이 쓰는 촌 물건이라구 깔보기만 허더니 이제 와서 기가 막힌 물건덜이라구 사죽을 못쓰니 말이여."

최씨가 갑자기 지궁스럽게 말을 내었다.

"일본에 팔려나가구 그런 거 돕는 일덜이라믄 이참에 아예 그만두시믄 워때유. 그게 바루 진짜루다 우리나라를 지키는 일 아니어유."

나이 든 거간꾼이 창문을 열더니 밖에다 대고 침을 찍 뱉었다.

"온 나라 안에 높은 놈덜부터 다 쌈박질에다가, 지 욕심만 차리넌 놈덜루 꽉 찼는데 지키긴 멀 지킨단 말이유."

다 자기 생각에 잠겼는지 아무도 더 입을 열지 않았다.

봄을 막고 서 있는 아파트가 저만치 보이는 입구로 접어들자 할머니가 한마디 불쑥 내질렀다.

"그려. 최씨 말이 맞긴 맞어. 저런 거 문지기는 안허는 게 낫겄어."

최씨는 할머니의 뜬금없는 격려에 쓰다 달다 말이 없었다. 그저 봄빛에 싸여 한창 초록색이 솟아나는 산 앞에 괴물처럼 우뚝 선 아파트가 차창 밖으로 지나가는 걸 물끄러미 보고 있을 뿐이었다.

말없이 운전만 하던 젊은 거간꾼이 한숨을 푹 쉬더니 던지듯 내뱉었다.

"봄은 왜 또 이리 오구 지랄이여. 사방에 물덜이 오르는구먼. 물덜이 올라…… 이 내 가슴만 빼어놓구는 다 물덜이 오르능 거 겉구먼 그려."

동네에서는 김주사라고 부르지만 그것도 어쩌다

별칭처럼 따라붙은 것이지 이렇다 하게

뚜렷한 학문을 인정받은 것도 아니고 어디가서
무슨 학위나 자격 시험에 합격한 것도 아니었다.
지주집 아들하고 둘이 당진읍에 나가
한 몇년 제법 이름 있다는 선생 밑에서 한문공부

를 해본 것이 제대로 배운 것의 전[illegible]
김주사의 평생 꿈은 제도에 [illegible] 않는

학자

진정한 학자가 되어 우리나라의 사상을

새롭게 세우는 것이었다. 그는 선비의 도리라는
것이 스스로를 갈고 닦는다는 데 있다고 굳게
믿었다. 평생 벼슬을 하거나 스승이 되어본
적은 없지만 촌 무지렁이들과 자신 사이에

마음의 경계를 그어두고 살아왔다.

전에는 그래도 김주사가 공자며 맹자를

들먹거리며 인륜이며 천륜을 찾으면
그런대로 다소곳이 승복하던 마을 사람들은
그의 가르침을 외면하기 시작했다.

학자

"애기 모꺼정 다 죽게 생겼으니 이 일을 워쩌문 좋대유."

바둑판만한 모판에 옹송그리고 있는 여린 모 끄트머리가 시들기 시작하는 걸 보고 있던 김주사네가 한탄 섞어 내뱉었다. 마을 모임마다 나타나 한 사발 막걸리를 거리낌없이 들이켜고 동네 일 대소사에 안 끼는 곳이 없는 할머니였다. 이즈음에는 무릎 아픈 관절통에다 오줌소태까지 걸려 오줌이 나오지 않아 사색이 되기가 일쑤인 터수였다.

큰아들이 엄니 병원에 가봐야 한다고 집에 들를 때마다 노상 채근이지만 그렇다고 어머니를 시원스레 병원에 모시고 가는 것도 아니었다. 무슨 연고인지 아들만 와 있으면 막혔던 오줌발이 거짓말처럼 다시 술술 나오는 바람에 잊고 지내던 것이 날씨마저 원수처럼 가물자 오줌발도 질금거리며 다시 나오지 않게 되어버렸다.

숨이 차게 바쁜 농사철에도 『논어』며 『주역』을 끼고앉아 있는 김주사는 평정을 찾는 점잖은 선비 티를 노상 내더니만 이번 가뭄에는 두 손 다 들었는지 얼굴에 근심의 기색이 짙었다. 그래도 식자를 쓰느라고 한마디 하기는 했다.

"아, 칠년 가뭄에도 사램들은 살아남게 되어 있는 거여. 호들갑을 떨어봤자 다 하늘이 그 큰 뜻을 품고 있는 것이지. 공자께서도 원래 군자는 어려움을 겪게 마련인데, 다른 점이 있다면 소인배처럼 어려움을 겪게 될 때 사리에 어긋나는 짓은 안헌다구 허셨지."

하늘을 바라보던 김주사가 뒷짐을 지며 꺼질 듯 한숨을 내쉬더니 마누라가 알아듣지 못할 소리를 주섬주섬 뇌었다.

"천제 아들인 환웅이 원래 곰이 변한 여자허구 신단수 아래서 혼례를 올렸잖어. 이게 곧 천신과 지물이 화합헌 것인데 거기서 단군이 태어났잖은가. 하늘과 땅이 잘 화합을 해야 곡석도 잘되는 것인데…… 시상이 이토록 어지러우니 하늘도 노염을 타신 게여."

"시절이니 하늘이니 그른 소리 이제 그만 신물이 나네유."

김주사네 입에서 자기도 모르게 뒤퉁그러진 소리가 비어져나왔다. 그동안 하늘같이 섬기려고 애써온 영감이었지만 이제 몸이 시답지 않고 보니 손이 북두 갈고리가 되게 살아온 평생이 억울하기만 했다. 김주사는 마누라의 버릇없는 말투를 달리 탄하지도 않고 쩟쩟 혀를 차더니 돌아서서 집 쪽으로 걸어가며 중얼거렸다.

"이집 저집 할 것 읎이 말세여, 말세."

뒤를 따르던 김주사네는 꺼뭇꺼뭇 죽어가는 안색으로 있는 힘을 다해 영감을 흘겨보았다.

"그룋게 점잖은 척하고 생전 민족이니 학자니 유세를 허구 살아서 이제 얻은 게 무어유. 마누라 오줌소태나 들어 다 죽게 맨들어놓구 말유."

김주사는 귀먹은 척을 하는 겐지 못 들은 겐지 쓰다 달다 대꾸가 없이 그저 휘적휘적 걷기만 했다. 길가 옆 밭에서 이제 여물어가는 마늘의 삐죽한 대끄트머리가 오늘따라 유독 더 휘드레하니 시들어 보였다. 옥수숫대는 벌써 어른 허리께까지 자라오르면서 이 가뭄에도 아직은 청청하게 짙푸른 녹색을 띠고 있었다. 그 곁에 잎새가 너풀너풀 자라나고 있는 담배밭도 겉보기에는 가뭄을 안 타고 제대로 자라나는 것 같았다. 하지만 산비탈을 타고 내려오는 논들은 물이 모자라 그동안 한꺼번에 모내기를 하지 못했다. 겨우겨우 하루에 한 단씩 내려오며 양수기를 틀고 밤을 도와 번을 서며 겨우 모를 심어놓았던 터였다. 모를 심어놓은 논바닥도 가뭄에 물기가 바작바작 마르기 시작하는데다가 양수기도 힘을 잃었는지 헐떡거리며 제대로 물을 쏟아놓지 못했다. 삽교천에서 수로를 통해 물을 끌어들인 동리 입구 넓은 논에 모가 찰랑찰랑 잠겨 있는 걸 볼 때마다 김주사네는 똑 자기 자식만 일이 안 풀리는 걸 바라보는 부모 심정처럼 편편치를 못했다.

서산에 나가 청과물 장사를 하는 큰아들은 사는 게 그저 그렇지만 이즈막에는 어째 몸이 신신치 않아 보이고 나이보다 안색도 안 좋은 게 은근히 걱정이었다. 서산에 사는 큰딸은 근근이 살고 있지만 서울로 여윈 둘째딸네는 사위가 벤천가 뭔가를 해서 떼돈을 버는 바람에 이즈막에는 아주 부자가 되었다고 했다. 이제 농사구 뭐구 다 그만 거두고 아들딸들한테 용돈이나 받아쓰며 편안히 살라고 동네 사람들이 노래를 부르지만 김주사는 사람을 사서 놉을 대어가면서도 농사일에서 손을 놓지 않았다. 마을 안쪽에 자리잡고 있는 김씨네며 박씨네가 일손이 조금 비기라도 할 때면 김주사집 일을 거들어주기도 했지만 김주사네까지 이제 일을 제대로 못해 품앗이도 못하는 터수라 작은 일손 빌리기도 어려웠다.

"아, 무슨 영화를 볼라구 그르시유. 듣자허니 사위가 당대 발복을 하였다등만 이참저참 서울로 솔가를 허시든지 농사일을 아주 도지루 내어놓구 그 머이냐, 생전 좋아허신다는 그 학문인가 무언가 허시지 멀러 그러구 기신대유, 그래."

입바른 김씨는 오다가다 김주사를 보면 한마디씩 하고는 했다. 이제 나이 오십이 넘어 삭신이 쑤시기 시작하니 어떤 때는 농사일이 지겨워 죽을 지경이었다. 게다가 작년 장마 때 산사태에 밀려 작은 대로 어엿한 기와집을 반실이나 잃은 후에 정부 보조금을 보태어 텃밭 앞에 조립식 주택을 지은 다음부터 김씨도 너그러운 마음이 줄어들었는지 말말이 곱지를 못했다.

그러지 않아도 양반 티를 내는 김주사가 마누라를 사방 일터에 빼어돌리는 꼴을 평소에 곱지 않게 보던 시선들이 적지 않았다. 이 노인네가 그래도 언젠가는 마을을 빛낼 무슨 터전이라도 닦지 않을까 하고 숨은 기대들도 하다가 이제 보니 온통 방귀 새는 핫바지 정도로밖에 보이지 않는지 전에는 하지 못하던 이야기까지 면전에서 막 하기 시작하였다.

"그릏다구 손을 놓을 수는 읎지. 농자는 천하지대본이여. 시대가 악할 때는 기(氣)와 이(理)를 인간이 지배하고 조종하려구 드는 것이거든. 이럴 때 순허게 천리에 순종허는 건 농사밖에 없느니…… 근래 들어 사람덜이 여간 불경해져야 말이지."

이런 김주사의 말도 이젠 파계한 중의 헛염불 정도로밖에 들리지 않았다. 그리고 당뇨에 고혈압이 겹쳐 몸이 마련이 없기는 마누라나 실상 다를 바가 없었다. 전에는 그래도 밖에 나올 때면 꼭 옷을 갖추어 입고 한여름에도 속옷바람으로 남 앞에 나서는 적이 없다가 이제 기력이 쇠잔해지니 의관을 정제하는 학자 노릇을 하는 것도 힘에 부치는 것 같았다. 동네에서는 김주사라고 부르지만 그것도 어쩌다 별칭처럼 따라붙은 것이지 이렇다 하게 뚜렷한 학문을 인정받은 것도 아니고 어디 가서 무슨 학위나 자격 시험에 합격한 것도 아니었다. 칠십 고개를 넘은 김주사는 원래 이곳 토박이였다. 집안은 가난했지만 어려서부터 총기가 있다는 소리를 들어 지주집 큰사랑채에서 여는 서당에 다니며 공부를 하게 되었다. 그러다가 지주집 아들하고 둘이 당진읍에 나가 한 몇년 제법 이름있다는 선생 밑에서 한문공부를 해본 것이 제대로 배운 것의 전부였다. 김주사의 평생 꿈은 제도에 얽매이지 않는 진정한 학자가 되어 우리나라의 사상을 새롭게 세우는 것이었다. 그의 넓지도 않은 방안 윗목은 『맹자』며 『논어』 『주역』 『삼국유사』, 이율곡과 이퇴계며 최제우에 관한 책들로 가득 차 있었다. 그는 선비의 도리라는 것이 스스로를 갈고 닦는다는 데 있다고 굳게 믿었다. 평생 벼슬을 하거나 스승이 되어본 적은 없지만 촌 무지렁이들과 자신 사이에 마음의 경계를 그어두고 살아왔다.

전에는 그래도 김주사가 권위있게 공자며 맹자를 들먹거리며 인륜이며 천륜을 찾으면 그런대로 다소곳이 승복하던 기미를 보이던 마을 사람들은 여기저기 안테나가 서면서 텔레비전이 요란스러운 프로그램들을 쏟아내기 시작하자 그의 가르침을 외면하기 시작했다. 이러니 세상이 말세가 되었다는 김주사의 신념은 점점 더 굳어가기만 했다. 우리를 사람답게 해주는 기본 예의는 목숨을 걸듯 지켜야 한다는 신념에 젖은 김주사는 저번에 김씨가 마누라 죽은 지 일년도 안되어 서산 어디에선가 끌고 들어왔다는 이유로 그 집 새아낙 보기를 쓴 외 보듯 해온 터였다. 그러니 김씨 내외도 맞받아 김주사를 보는 눈이 곱기가 어려운 건 정한 이치였다.

대학에서 가르치며 소설을 쓴다는 심선생이 몇해 전 이 골짜기에 빈 농가를 하나 차지하고 드나들기 시작할 때 김주사는 무릎을 칠 듯 기뻐하며 몇번이나 마누라에게 말하고는 했다.

"이제야 이 캄캄한 곳에서 말을 건네볼 사램이 생기는구먼 그리여."

그리고 김주사는 동네 나들이를 별로 좋아하지 않던 평소 성품을 접고, 심선생이 내려올 때면 그 집에 올라가 이런저런 세상 돌아가는 이야기며 자기가 보아온 세상의 도리에 대해 이야기를 나누었다. 김주사네 할머니도 심선생이 내려올 때면 묵은 김치며 짠지, 햇열무김치 사발을 들고 드나들었다. 영감이 귀찮게 군 것에 대해 무언가 보상이 있어야겠다고 생각한 점도 있겠지만 들를 때마다 심선생이 대접하는 막걸리나 소주가 더 입에 당겨서인지도 몰랐다.

"그 원젠가 테레비에서 무슨 교수인가 하는 이가 공자에 대한 이야기를 구성지게 허든데 그려두 내가 보기에는 나이가 있어서 그런지 아주 곰삭게 공자를 이해한 것 겉지는 않드구만유."

심선생은 이런 이야기를 들을 때면 쓰다 달다 이야기 없이 그저 너부죽이 웃으면서 김주사에게 술잔을 권하고는 했다. 김주사는 이런 수준 높은 이야기를 나눌 수 있는 사람을 만나는 것 하나만으로도 인생의 숨통이 터진 것처럼 흐뭇해했다.

"대핵교에서두 가르치구 허신다등만 이즈음 젊은이들이 선상님 허시는 말씀을 본질적으루다가 알아들 듣기는 허는가유? 가령 단군에 관한 이야기 겉은 것들에 관심들은 두구 있는지 워떤지…… 그 신화만 이해허믄 우리 민족혼을 이해헌 것이거든."

심선생은 쓴웃음을 지으며 대꾸했다.

"어딜요. 이젠 세상이 하도 바뀌어서 남의 세상에 사는 것 같을 때가 많습니다. 저도 공부를 하노라고 했지만 세상을 따라잡기가 너무 힘들고 뭔가 잘못되는 것 같은 생각이 들기도 합니다."

김주사는 잔을 비우며 고개를 주억거렸다.

"그려. 단군신화는 자연에 대해서두 인간에 대해서두 사회에 대해서두 무리가 없이 그 세계관을 보여주고 있거든. 일테믄 천인합일이지. 아무리 중국 사상이 높다구 해도 우리 주체는 또 찾아야 활로가 보일 거 아닌가."

"이제 젊은 사람들은 그런 일에는 관심도 없습니다. 단군은 옆집 할아버지만큼도 여기지 않습니다."

"그렇지 않아두 내가 심선상님을 처음 뵐 때부터 이 사람이면 제법 이야기가 통허겠다 싶기는 허더먼. 다덜 문명이다 뭐다 허믄서 정신없이 달려들 가구 있는데 이렇게 불편을 무릅쓰구 내려와서 생각과 사유에 잠기신 걸 보믄 세상과 인간에 대해 한몫 내다보는 분이구나 싶기두 했지. 『주역』을 보믄 이른 문제덜에 대해 일찍부터 다 이야기 허구 있구먼유. 이른 세상이 오래 가든 못허지. 근본을 잃은 세상은 어쨌든 조만간 무너지구 새 질서가 들어서게 되어 있다 이른 말씀이지유."

심선생은 그저 고개를 끄덕거려가며 듣기만 하다가 한마디를 했다.

"그래도 이렇게 농사일을 돌보시면서 학문에 뜻을 버리지 않으시니 놀랍습니다. 이제 사실 공부한다는 사람들도 원래 인간의 이치에 대한 공부에는 손을 놓은 셈이거든요."

"그렇지. 그것이 말세의 시초라는 것이지. 모두들 본분을 잃고 날뛰기 시작하면 인간의 도리는 사라지고 야차의 본성만 높이 나타나게 되는 것이거든. 이즈음에 상하관계도 사라지고 남녀의 도리도 사라지고 허는 게 다 좋지 않은 조짐이지. 원래 여자가 득세를 허게 되면 남자들이 기를 잃게 되구 남정네들이 기를 잃게 되믄 이게 다 음양의 이치를 따르는 거라 여자에게 돌아갈 빛두 자연적으루다가 줄어들게 되어 있는 거여. 암, 이게 이치구말구. 어떤 때는 내가 한번 나가서 인생의 도리를 설파해야 하는 게 아닌가 하는 생각이 간간 들기도 하더구먼. 원래 깊은 학문은 숨어 있는 사람에게서 나오게 되어 있거든."

심선생은 고개를 수그리며 김주사의 빈 잔에 술을 따르고 한참 있다가 밑도끝도없이 불쑥 말을 꺼냈다.

"할머니 안색이 몹시 안 좋으시던데요. 근력도 달려 보이시고요."

김주사는 원대한 세상이치를 전파하던 말이 중간에 끊겨 좀 언짢은 기색이었다.

"그 사램이 원래 진득허니 한 자리에 붙어 있들 못허구 이일 저일 좀 나대는 편이여."

"제가 보기에는 일이 워낙 많아서 한 자리에 붙어 있을 틈이 없어 보이던데요."

김주사는 깊은 한숨을 내쉬었다.

"그 사램이 원래 교장선생님 따님이구 집안이 학자 집안이었지. 내 그 점이 마음에 들어 다른 조건을 다 접어두구 그 사램을 받아들였거든. 그런데 살다보니까 학문허구는 워낙 거리가 먼 사람이구…… 아무리 여자라지만 도무지 깊은 이치를 따져볼 생각이 읎는 사램이라…… 고생두 많았지만 워낙 나허구는 이상이 맞지를 못했지유."

김주사는 젊어서 얼마나 인물이 좋았는지 마을의 화젯거리였고 처녀들은 김주사가 지나갈 때면 몰래 숨어서 다들 내다보았다고 했다. 들리는 말로는 상사병이 들었던 처자도 있었다고 했다. 김주사는 젊었을 때도 가난했지만 워낙 양반의 혈통을 타고난 학자로 자신을 보고 있었기 때문에 여러 군데서 중신이 들어오는 걸 거들떠보지도 않다가 지금 할머니 선이 윗마을에서 들어왔을 때 아버지가 한때 보통학교의 교장선생이었다는 이유 하나로 두말없이 받아들였다는 것이다. 심선생은 김주사의 말을 들으며 무어라고 한마디로 설명하기 어려운 느낌이 들었다. 그렇게 오랜 세월 동안 이리 뛰고 저리 뛰며 자녀를 기르고 생계를 유지해온 것은 자기 아내였는데 구름을 타고 앉은 듯 자기 관점에서만 세상을 내다보는 그에게 흥미가 느껴져서였다. 그런 생각을 하다가 심선생은 피식 웃음이 나왔다. 강남에서 의상실을 운영하느라고 동분서주하는 아내를 두고 이렇게 한달이면 삼분의 일이 넘게 시골에 내려와 박혀 있는 자기 모습도 김주사와 크게 다를 것이 없지 않은가 싶어서였다.

"지금 말씀을 듣고 보니까 저도 사실 안사람한테 비슷한 마음을 품었던 때가 있었습니다. 그래 어쭙잖게 이런저런 문제를 일으키기도 했었지요. 그 사람은 워낙 저하고 생각이 다르기도 합니다만……"

김주사는 고개를 끄덕거렸다.

"그렇지유. 내 심선상님 내자를 한두 번밖에 못 보았지만 서루 이상이 맞는 분 겉지는 않더먼. 워쨌든 선상님은 식자가 들으신 만큼 꿈을 이루신 거지유. 내 인생을 되돌아보면 한탄이 많이 드느먼유. 하기사 그때 집을 뿌리치구 도시로 고학하러 갔던들 신학문이라는 게 내 비위에 맞는 것두 아니었겠구. 언젠가는 민족이 똑바루 서는, 지대로 된 시상이 올 거라는 믿음 하나루 버텼는디…… 이즈막에 비두 오지 않구 논바닥이 갈라터지는 걸 보니께 꼭 내 한평생을 보는 것만 같어서……"

김주사는 술잔을 들어 비웠다.

"그 커다란 감나무 아래서 공부하던 생각을 허믄 그때가 인생에서 참으로 복 많고 행복한 때였다는 생각이 드느먼유. 그 이후루다가 항상 맴속으루 큰 스승을 지댈렸지유. 첨에 심선상님이 이 동리에 들어스셨을 때 내 이제니 말이지만 증말 잠이 다 안 왔시유. 이제야 내 말벗이 오는구나 싶기두 했구, 이제야 내 맴을 전해줄 사램이 나타나는가 싶기두 했지유. 이렇게 촌 무지렁이처럼 산 한모텡이에 묻혀 살다가 가기에는 너무 서럽다는 생각이 들었거든."

심선생은 김주사와 첫대면하던 때의 기억이 났다. 자기를 바라보는 그의 시선에서 읽히던 경외감과 찬탄의 느낌이 마을 사람들의 호기심하고는 좀 달랐다. 자기가 쓴 책을 선물했을 때도 홍감해 어쩔 줄 몰라 했고 그 다음에 들러서는 그 책에 대해 샅샅이 토를 다는 것이었다. 하지만 심선생이 김주사에 대해 이것저것 물어보자 재취를 일찍 얻은 것에 대해 호되게 싫은 소리를 들은 김씨는 팔을 걷고 나서며 열을 내었다.

"말씀 마시유. 그 노인네가 이즈막에 마을 사램덜헌티 되알지게 인심을 잃었시유. 한때는 정말 무슨 선비인가 허는 생각덜두 했지만 그 바쁜 농사철에두 걸핏허믄 책을 끼어안구 나자빠지는디 당할 장사가 없드먼유. 그러니 시상 무서운 게 농사꾼헌티 절기 맞추는 건디 그 할머니 혼자 고추밭 매느라 콩밭 고르느라 숨 넘어가게 생긴 거유. 전에는 우리가 이리저리 도와두 주구 해봤지만 맘뽀가 워낙 삐뚤어진 노인네유. 을매나 교만헌지 우리허구는 이얘기가 안 통헌다 이거지유.

고개를 빳빳이 한 채 한세상을 살은 거유. 그려두 이 마을 사램들이 워낙 심성이 고운 사램들이라 그 꼴을 두구 봤지유."

농사일밖에 모르는 박씨는 느린 말투 그대로 어물어물 말했다.

"그분이야 천상 선비지유. 뭐 남에게 해코지헌 일두 없구유. 싫은 소리를 대놓구 헌 적두 읎시유. 그저 촌 무지렁이덜허구는 그 머이냐 시쳇말루다가 대화가 안 통헌다는 태도기는 허지만 그만큼 식자가 들었다믄 대화가 안 통허는 게 당연허겠쥬. 그 양반 입장에서 본다믄 땅에 코를 박구 있는 우리가 답답헐 거유. 그저 지 입장에서 본다믄 심선상님은 식자가 들으셨어두 그 대화라는가 뭐라는가 허는 걸 잘허시는 것 같드먼서두……"

언덕빼기 최노인은 두 손부터 내저었다.

"어이구. 재수읎시우. 그 노인네 얘기라믄 허들 말유. 음으루 양으로 내가 우세당헌 걸 생각허믄 지금두 으떤 땐 분이 나유. 그 노인네 문제는 한마디루 말할 양이면 지 분수가 먼지두 몰르구 한평생 지 멋에 잘난 척허구 산 거지유. 그것도 다 첨엔 지 마누래 덕이었구 이즈막엔 그 벤똔가 먼가 허는 사업으루 소 뒷걸음질하다가 쥐잡은 식으루 떼돈을 번 그 사위 덕에 희짜를 뽑구 있시유. 그 노인네 농사라는 게 다 씨 뿌리믄서버텀 손해를 턱턱 보는 거유. 생각해보시유. 그걸 다 사램을 사면서 해대니 차라리 앉아서 쌀 말이나 사먹는 게 백배 낫지유. 그 노인네 삽질허는 거 한번 유심히 보슈. 그 나이에 아직두 삽이 손에 안 붙었시유. 그저 이 농촌에 귀양온 신선 행세를 허구 있으니 딱허지유. 원 이건 농부두 못되구 학자두 못되구……"

심선생은 김주사에게 큰 관심과 흥미를 지니고 지켜보았다. 그는 어쩌면 우리시대 선비정신을 마지막으로 지닌 사람인지도 몰랐다. 하지만 자신이 얕보고 내리보던 사람들의 힘에 의지해서 일생을 살아온 사람이었다. 김주사는 처음에는 부모에게, 다음에는 아내에게, 이제 와서는 벤처사업인가 뭔가 한다는 둘째사위한테 어깨를 기대고 살아온 것이었다.

"그런 건 중요헌 게 아니지유."

어느날 이야기가 나온 길에 사위의 이야기를 넌지시 묻자 김주사가 대답한 말이었다.

"성인두 시속을 따르랬다구 허지만 하루하루 먹구사는 일에 너무 신경을 쓰는 건 학자의 높은 도리가 아니지유."

"그래도 막말로다가 목구멍이 포도청이라고 먹고사는 일 때문에 많은 사람들이 자기 이상을 꺾지 않습니까?"

"그건 이상이나 뜻이 약해서지유."

김주사의 단호한 대답이었다. 이쯤 되면 가히 불굴의 정신이라고 보지 않을 수가 없었다.

"겉보기에 성헌 것들이 다 헛된 것으로 보이믄 사람들이 미친 듯이 뛰는 일을 그만두고 정신의 이상향을 찾게 되리라 허는 것이 지 생각이지유."

처음에는 심선생도 할머니가 손이 다 헐게 일을 하는 걸 보면서 그를 못마땅하게 여기기도 했다. 조금씩 그 생각이 바뀌게 된 것은 김주사가 변함없이 초지일관한 생각을 가지고 있을 뿐 아니라 거기에 따라 사는 그의 행동에도 일관된 원칙이 나름대로 있기 때문이었다. 농사일을 하면서 틈틈이 책을 읽는다든가 잡스러운 무리들과 어울리지 않고 자신의 정신세계를 지키려고 애를 쓴다든가, 세상의 모든 시끄러운 유행이나 풍조들은 이 억만겁의 우주에서 볼 때 한조각 티끌에 불과하다고 본다든가 하는 생각에 일호의 흔들림이 없었다. 그런 이야기들은 그의 말 틈새마다 비져나왔다. 몇해 전 심선생이 이곳에 처음 자리잡을 때만 해도 김주사네는 자기 남편 김주사 이야기를 제법 공손스럽게 했다.

"그려두 그 영감님이 내가 살믄서 본 사램들 중에는 젤루 욕심 읎구 양심이 바른 사람이여. 이러쿵저러쿵 허는 것들 내가 다 알구 있지만아, 가령 마누라에게 일을 시켜먹는다는 것두 다 내 직성에 허는 것이구 사위가 금시 발복을 헌 것두 다 영감이 양심적으루다가 살아온 복인 거여."

그런데 해가 가면서 몸이 부대끼고 골병이 안으로 깊어지자 할머니의 말투에 점점 날이 서기 시작했다.

"아니, 농자 천하지대본이믄 그룹게 주장헌 사램이 앞장을 서야지. 남에게 도지 주자구 해두 안 주믄서 돋뵈기 끼구 책이나 집어들믄 일이 저절루다가 풀리는감유."

이렇게 대꾸 하나 없이 방에 책상다리를 하구 앉은 영감을 훑어대기도 하고,

"지발, 이제 그만 도지를 줍시다유. 그저 텃밭이나 가꿔서 상추나 호박이나 따다가 밥상머리에 올리믄서 살자구유."

이렇게 큰소리를 내기도 했다.

심선생에게 남이 들을까 신세타령을 하는 사연인즉 이랬다.

"내 증말 마을 사램덜헌티두 못허는 신세타령을 선상님께다가 츰으루 해보는 것이여. 내가 우리 영감을 열령성으로 모셔오구 그 잘난 꼴두 다 받아줬지만 내 심선상님을 보니께 식자가 들은 냥반덜이 다 우리 영감처름 지 생각만 허는 무두벽창은 아니더라 이거유. 이제 인생

의 해는 기울어가구 노을이 뉘엿뉘엿 지는데 그 영감이 해논 일이 머가 있시유. 이룧다 하게 선상님겉이 책을 내길 했시유. 무슨 학생덜을 거느리구 가르치길 했시유. 그룧다구 마누라나 자석들, 아니 허다 뭇해 마을 사램들 심정을 헤아리기라두 했시유. 그저 무작정 혼자만 잘난 독불장군으루다가 살다가 이제 혈당이니 혈압이니 허믄서 다 죽어 나자빠지게 생겼으니 이게 무신 잘난 인생이여."

"그렇지 않습니다. 사실은 저도 처음에 그렇게 생각한 적이 있었는데 보니까 그분이 어떤 점은 정말 남들과 다른 훌륭한 점이 있으십니다."

주름살이 눈가에서 사방으로 흩어져 재물재물하는 할머니의 눈에 갑자기 호기심이 실렸다.

"그래, 우떤 점이 그류? 북망산천에 가기 전에 우리 영감 훌륭한 점이나 확실히 알구 죽어야겠시유."

심선생은 웃으며 뒤통수를 긁었다.

"할머니두 여러번 말씀하셨지만 여자문제 한번 일으킨 적 없고, 남의 물건 욕심 한번 내본 적이 없으시다면서요. 어쨌건 힘에 닿는 대루 농사일도 돌보시면서 틈틈이 몇십년 동안 책을 손에서 놓지 않고 깊은 생각을 해본다는 게 쉬운 일은 아닙니다."

할머니는 술이 불콰하게 오른 얼굴로 잠시 생각에 잠기는 듯했다.

"그건 그류. 그룧지만 두 사램이 한평생을 살았는디 나만 이룧게 몸이 다 망가져서 비라두 올작시면 삭신이 마른 검부락지 비틀리듯 다 쑤시는 게 그럼 온당헌 일이유?"

"이즈음엔 농사짓는 부인네들이 침을 맞지 않으면 움직이지도 못하게 병을 달고 사시는 분들도 많으시다면서요?"

"그러니까 시방 이게 내 혼자 일이 아니라 온 마을 여편네들 일이라 이 말씀이시유?"

심선생이 대답이 없자 할머니도 피식 웃었다.

"그려두 다른 여편네들은 남편허구 노다지 같이 엎드려 김매구 모내구 밭 고르구 허지 않았시유. 이제 생각해보니 그 많은 농사일에 허덕지덕 엎드려 있을 때 무신 벼슬을 한다구 책을 들고 앉았든 영감이 야속한 맴이 드는 걸 으뜷게두 헐 수가 없네유."

"저 아래 마을에는 남편이 읍내 마담한테 반해서 경운기며 논밭까지 들어먹고 농사 파장놓은 집도 있다던데요."

할머니는 가가대소를 하며 막걸리 사발을 내밀었다.

"허기야 그릏지유. 심선상님이 사램 마음 위로허는 법을 아시긴 아느먼유. 그런 집에 비허믄 냥반이지유. 기분인데 여기 술 한잔 더 따르슈."

막걸리 한잔을 단숨에 들이켠 할머니는 휘청휘청 일어서면서 한마디를 던지기는 했다.

"그런디 문제는 말이유. 그 영감이 정말 우리 마누라가 날 위해 살림을 꾸려나가느라구 손이 다 갈퀴가 되었구나 허구 귀허니 생각허는 맴이라두 있다믄 이릏게 인생이 허전허지는 않을 것 같유."

유월 초에 현충일을 끼고 마을에 내려오던 날 워낙 가물어 먼지가 피어오를 것 같은 콩밭에서 김을 매는 김주사네에게 인사를 건네다가 심선생은 내심 깜짝 놀랐다. 할머니 얼굴이 젖 잘 먹은 돌배기 아이마냥 토실하게 부어올라서였다.

"이 땡볕에 뭐 허십니까?"

"콩밭을 골러야지유. 가물어서 클났슈. 비가 이릏게 안 오기는 십년

내루다가 츰인 것만 같어유."

"안색이 안 좋아 보이시는데요."

"깟놈의 거 죽기 아니믄 까무러치기지유."

저 위쪽 담배밭에서는 박씨 내외가 잡초를 뽑느라고 정신이 없는 것 같았다. 심선생 시선이 그리로 가는 것을 보고 김주사네의 시선도 그리로 향했다.

"보시유. 내외간이라는 게 저래야 되는 게 아니겄시유. 생전 헛살았시유. ……그저 무시나 당허구 일만 황소겉이 허다가 갈 생각을 허니 증말 억울허구먼유."

"잠깐 올라오셔서 제가 받아온 막걸리라도 한잔 하시면서 좀 쉬시지요. 해가 너무 뜨거운데요."

할머니는 그 말끝으로 호미를 내던졌다.

"그라지유, 까짓거. 나두 이젠 선비처름 살아야겠시유."

"김주사 어른은……"

"주사는 무신 얼어죽을 주사유. 이룧게 가물믄 하늘이 내리는 도리나 기다리는 거라믄서 남들은 양수기루다가 병아리 오줌이라두 받을려구 설치는 판에 방에 들어박혔슈."

심선생이 막걸리를 사발에 따르자 할머니가 빠진 앞니 두 개를 숨기는 듯 입을 손으로 가리며 웃더니 조금 망설이는 기색인 게 여느때와 좀 달랐다.

"내가 이룧게 마시믄 안되는디……"

그러더니 뭐라고 더 말을 걸 틈도 없이 단숨에 막걸리잔을 비웠다.

"어이, 그 술 한번 시원타."

할머니는 심선생이 얼른 뜯어 내어놓은 깡통에 든 참치를 한 젓가락 떠올렸다. 그러더니 대작으로 한잔을 따라주어야 할 술꾼의 예법도 잊었는지 얼른 잔을 다시 내밀었다.

"먹구 죽은 귀신이 때깔두 곱다는디, 마시구 죽은 귀신은 더 뽀얄 거여. 얼른 한잔 더 꾹꾹 눌러서 딸시유."

어째 부은 얼굴이며 기색이 이상하기는 했지만 더 뭐라 할 처지가 아니라 심선생은 막걸리 한잔을 더 따라주었다. 후래삼배라나 뭐라나 하면서 세 사발을 받아마신 할머니가 일어서려다가 휘청 쓰러지며 툇마루에 몸이 반쯤 걸리자 심선생은 창황망조하여 할머니를 붙잡아 앉히려고 했지만 이미 몸을 가누지 못했다. 여윈 몸에 배가 거의 임산부 마냥 부풀어 있는 게 그제서야 보였다. 눈도 동자가 힘을 잃고 말도 제대로 못하는 꼴을 본 심선생은 겁이 덜컥 나 소리소리질러 앞쪽 둔덕에 있는 박씨 내외를 불렀다. 한달음에 달려내려온 박씨는 우선 할머니를 둘러업었다. 박씨네는 김주사집으로 뛰면서 심선생보고는 빨리 읍 택시부에 전화해서 택시를 부르라고 했다.

"그렇지 않아두 오줌소태가 난 양반이 어제 그제 오줌타령만 하드니 우째 술을 부진부진 마셨을까이. 독약이나 한가지라구 술 끊는다구 큰소리를 내둥 하등만……"

경황이 없는 중에도 박씨네는 구시렁거렸다. 십분이나 지나 택시가 와서 할머니와 김주사부터 실어날랐다. 심선생도 따라나설까 했지만 김주사가 다 아는 병이라고 하면서 만류했다.

저녁 무렵에 김주사는 혼자 돌아왔다. 할머니는 당진에 있는 병원에서 손을 보기에는 너무 증상이 깊어서 요도관을 꽂아 소변을 빼어내는 응급조치만 한 다음 서울에 있는 딸에게 연락을 취해 서울 병원으로 이송이 되었다는 것이다. 서산 갯가에 사는 큰딸이 와서 늦은 저녁을 끓이고 밑반찬을 장만하기는 했지만 그 딸도 학교에 다니는 어린것들 때문에 집을 무작정 비울 수는 없는 처지인가보았다.

큰딸이 있는 동안 출입을 삼가던 심선생은 딸이 떠났다는 소리를 듣고 다음날 아침녘에 아랫집을 찾아나섰다. 집 앞마당에 얼기설기 나무 판때기로 엮은 개우리 안에서 묶인 채 털이 몹시 더러워져 있는 누렁이는 짖지도 않고 물끄러미 심선생을 바라보기만 했다. 찌그러지고 때가 낀 양은 밥그릇이 텅 비어 있는 꼴을 보니 밥이나 얻어먹었는지 모르겠다는 생각이 들었다. 대문간을 들어서려던 심선생은 흠칫하고 발걸음을 멈추었다. 김주사가 시멘트로 바닥을 바른 수돗가에 선 채로 무슨 국건더기에 말았는지 국그릇을 들고 퍼먹고 있는 것이 시야에 들어와서였다. 단정하게 옷 입던 버릇과 달리 허름한 트레이닝 바지에 날긋날긋한 러닝셔츠를 입은 채 수돗가에 서서 국그릇을 들이마시는 그의 모습이 가슴이 내려앉도록 초라해 보였다. 이참에 마주치면 얼마나 면구스러워할까 싶어 심선생은 소리없이 물러나 집으로 돌아왔다.

"저 영감님이 월매나 유세가 심헌지 황천이냐, 부엌이냐 이렇게 저 승사자가 묻는다믄 황천으루 가믄 갔지 절대루 부엌에는 안 들어설 냥반이유."

일변 자랑인지 흉인지 모르게 할머니가 하던 이야기가 아직도 귓가에 쟁쟁했다.

심선생이 머무는 그 며칠 동안에도 비는 내리지 않았다. 밭이랑에 대나무를 가늘게 쪼개어 줄줄이 세워놓고 두 줄로 된 비닐끈을 대나무에 묶어가며 지탱시켜놓은 고추나무들도 가뭄에 지쳐 단내를 내는 것 같았다. 지적지적 물기를 비추다 말다 하는 논에 서 있는 모들은 끄트머리가 옅은 갈색이 되기 시작하면서 시들어가고 있었다.

김주사네 할머니가 수술 날짜를 잡았다는 소식이 전해진 날 김주사는 박씨와 물싸움을 벌이고야 말았다. 김주사가 좀 위쪽에 있는 박씨네 논두렁을 헐어 물을 자기 논으로 흘러가게 한 것이 화근이었다. 물이 모자라는 논을 아픈 자식 돌보듯 하던 박씨가 두렁에 난 틈새를 발견하고 우연히 허물어졌는가 싶어 메워놓았는데 저녁 무렵에 다시 논을 돌아보다가 두렁을 헐어내고 있는 김주사하고 정면으로 딱 마주친 것이다. 아연실색한 박씨는 설마 싶어 어정쩡한 질문부터 내어놓았다.

"시방 뭐 허시는 것이유?"

"물이 너머 모잘라서 그리유."

김주사는 두렁을 헐어내는 괭이질을 멈추지 않으며 대꾸했다. 기가 막힌 박씨는 말이 다 나오지를 않았다. 모 한 포기라도 잘못될세라 논가에 그늘을 지우는 나무를 다 베어버려 심선생 마음을 상하게 했던 박씨였다. 식물들이 밤에 잠을 설치면 잘 못 자란다고 가로등까지 다른 곳에 세우게 해 한참 마을에 분란을 일으켰던 박씨가 아닌가.

"아니, 그렇다구 동네 어르신이 남의 논물을 그렇게 하는 법이 어디 있시유."

일변 곡괭이로 헌 부분을 메우며 박씨는 언성을 높이었다.

"허어. 물이라는 게 채우구 나면 다음 논으로 흐르게 되어 있는 게 이치 아닌가."

"그건 물이 지대로 나올 때 이야기지유. 이건 지가 밤을 새워가며 병아리 눈물 겉은 걸 양수기로 퍼서 마련한 논물이유."

"워쨌든 인간의 도리는 서루 어려울 때 돕구 도움받는 것이니께……"

다시 물꼬를 트려고 손을 멈추지 않는 김주사의 손에서 박씨는 괭이를 뺏으려고 덤볐다.

"보자보자허니까 너무허시네유. 돕는 게 도리라니유. 은제 어르신이 우리집 일 한번 도와주신 적 있시유? 한번 대보시유."

"허어, 인생의 이치는 그룹게 짧고 단순헌 게 아니여."

괭이를 안 빼앗기려는 김주사와 뺏으려는 박씨 사이에 실랑이가 벌어지다가 하루라도 젊은 게 어디인가. 그만 김주사가 밀려 지적지적한 논바닥에 엉덩방아를 찧고 말았다.

"내 이런 상스런……"

노여움에 복받친 김주사의 말에 박씨도 악이 받쳐 대꾸했다.

"내 논을 지키겠다는 게 상스러운지 남의 논물을 훔쳐갈래는 게 상스러운지 동네방네 물어볼까유?"

"허어, 내 이런 망신이……"

김주사는 어물어물 일어섰다. 눈에 언뜻 물기가 비치는 듯했다. 심지는 원래 고운 박씨가 부축하려 들자 김주사는 그 손을 거칠게 뿌리쳤다.

"말세가 오는 걸 살아서 보구 마는구먼 그리여."

김주사는 어쩔 줄 모르고 서 있는 박씨를 뒤로 한 채 허청허청 걷기 시작했다.

그 다음날 김주사는 밖에 나오지 않고 두문불출했다. 박씨가 사과하러 들러도 내다보지도 않고 박씨네가 끓여간 미역국 냄비를 열지도 않은 채 툇마루에 그대로 놓아두었다. 박씨는 허둥지둥 심선생을 찾아와 자초지종을 설명하고 도움을 청했다.

“아주 곡기를 끊으신 것 같애유. 이러다가 일이라두 치르믄 지 입장은 뭐가 되는지 겁이 벌컥 나는구먼유.”

박씨 얼굴은 사색이 다 되어 있었다. 뒤미처 달려간 심선생에게도 김주사는 방문을 열어주지 않았다.

“그저 아무두 만나구 싶지 않구먼유.”

열리지도 않는 방문 안에서 김주사의 기운없는 음성만 흘러나왔다. 먼지가 쌓인 마루 앞에 선 심선생은 간곡하게 말했다.

“곡기를 하지 않으신다는데 선돌이 아범도 정말 뉘우치고 있습니다.”

“………”

“이제 할머니도 돌보시고 해야 할 텐데 곡기를 잇고 정신을 차리셔야지요.”

“………”

한참 말없이 서 있자 장지문이 열리고 수척한 김주사의 얼굴이 보였다.

“이룧게 신경써주셔서 고맙구먼유. ……마누래가 돌아와서 모가 다 죽은 꼴을 보믄 우쩌나 허는 생각을 허다가 그만……”

한참 눈길을 마루에 주고 있던 김주사는 힘겹게 말을 이었다.

“낼 아침이라두 지가 심선상님을 뵈러 올라가지유. 오늘은 염려 마시구 돌아가시유.”

심선생은 더이상 말하지 않고 돌아섰다. 우선 심경을 다스리는 것이 중요하리라 싶어서였다. 그날 밤 촛불을 켜놓고 앉은 심선생은 전에는 물이 찰랑찰랑하던 논이 밤눈에도 칼칼하게 말라붙은 꼴을 내려다보며 늦도록 잠을 이루지 못했다. 다음날 아침 김주사는 심선생 집으로 올라오지 않았다. 아침을 대강 끓여먹은 후 앞뜰도 쓸고 샘가에 떨어진 마른 나뭇잎들도 주워내던 심선생이 점심나절에 내려가보자 집은 텅 비어 있었다. 어찌된 일인가 싶어 돌아오는 참으로 담배밭의 박씨를 찾았다. 땀으로 얼굴이 번질번질한 채 잡초를 뽑고 있던 박씨는 벌떡 일어서며 낭패한 표정으로 한참 말이 없다가 어렵사리 입을 열었다.

"……오널 새벽겉이 서울서 딸이 차를 보내 모셔갔시유."

"아니, 그럼 무슨 일이라도……"

박씨는 손을 털며 밭두둑으로 나와 고개를 꺾고 그저 서 있다가 어렵게 말을 내어놓았다.

"무어 좋은 소식두 아니라…… 그 댁 할머니가 서울서 그만……"

심선생은 가슴 한가운데를 갑자기 세게 두들겨맞은 것만 같아 아무 말도 내어놓지 못하다가 겨우 한마디를 했다.

"……저한테 연락이라도 하시지요."

박씨는 고개를 천천히 저었다.

"그러지 않아도 차가 떠나기 전에 일부러 우리집에 들르셨슈. 궂은 일이라 안 알리고 가니까 심선상님께 잘 말씀드려달라구유. 저헌티두 아무 다른 감정이 읎다구 마음 풀구 가셨시유. 오히려 당신이 부끄러우시다구유."

"……그래 언제 돌아오신다고 하시던가요?"

"글쎄…… 모르긴 혀두 그게 워디 쉽겄시유?"

박씨도 심란한 모양이었다. 심선생만 보면 노상 웃음이 담기던 얼굴에 시름이 가득했다.

"뭔 일인지 모르겠시유. 사램덜이 죽어나가구 이렇게 비두 오지 않구, 논은 갈라지구, 이대루 하루 이틀만 더 가믄 올해 농사는 이전 끝장이구먼유."

막막한 심정으로 논을 바라보고 선 박씨와 면대하고 있기도 어려워 심선생이 발길을 돌리려는데 박씨가 불러세웠다.

"아이구. 이 까마귀 고기 정신을 부아. 김주사 어른께서 저헌티 선생님 드릴 책들을 방안에 남겨놓았다구 쓰실 책이 있으시믄 죄다 가져가시라구 당부하셨시유."

심선생은 고개를 끄덕이고는 잠깐 그 자리에 선 채 망설였다. 그러고는 김주사네 집 쪽으로 가지 않고 그대로 자기 집으로 가는 길을 따라 걸었다. 지금 김주사가 몇십년에 걸쳐 읽던 손때 묻은 낡은 책들을 보거나 만질 기분이 들지 않아서였다. 태양은 하늘 위에서 이제 다시는 비를 뿌릴 것 같지 않은 기세로 쨍쨍하게 맹위를 떨치고 있었다.

첫사랑

"증말 고게 아주 사람 애간장을 녹이게 생겼구먼.
물건이구먼 그리여. 말 본새 하며 고 살살
웃는 거 허며……"그러더니 고씨더러 비아냥을
놓았다. "정신차리여. 내 보니께 아주 넋이 다
나갔더먼. 내야 이런 다방엔 이력이 났지만
말이여. 내 알기엔 고씨가 설탕, 크림 다
탄 커피두 별루드만 웬일루다가 블랙이여.

블랙이…… 조것덜이 머 그런다구 한금 높여
볼 줄 아능가?" 고씨는 멋쩍은 마음을
숨기[illegible] 했다.
"그른 게 아니라 진짜 커피맛[illegible]
안 치구 [illegible] 허는 소리를
지가 수다허[illegible] 듣긴 [illegible]했어유. 그러다 [illegible]
읍에 나온 참에……" "순이 아범이 아무래두
심상치 않어. 눈에 열꽃이 확 피는 걸 그려.
미스 서를 보는 눈이 보통이 아니여." 고씨가
어쩔줄 모르고 당황해하는 바람에 이번에는 검게
탄 목덜미까지 붉은 기운이 번져내려갔다.

첫사랑

처음 그 여자를 보았을 때 고씨는 숨이 갑자기 답답해오는 것만 같았다.

진갈색이 도는 머리를 귀 뒤로 늘어뜨리고 흰빛 레이스 달린 미색 블라우스에 짧은 남빛 스커트를 입고 그 여자가 다가왔을 때 고씨는 어디다 눈을 두어야 좋을지 모를 정도로 당황했다. 눈이 부시고 가슴이 뛰어서였다.

읍에 같이 나온 이장이며 김씨가 제법 농담도 건네고 하면서 차를 주문하는 동안 고씨는 옳게 그 여자를 쳐다보지도 못하고 멀뚱하게 탁자에 놓인 놋쇠 재떨이만 내려다보고 있었다.

"미쓰 서, 우리 꾹꾹 눌러서 커피 한잔 맛있게 내여."

이장이 한마디 하자 고씨 옆자리의 김씨도 거들었다.

"내건 그 뭐이냐. 암껏두 치지 말구 그냥 주시유."

미스 서라고 불린 여자는 이장이 앉은 의자의 팔걸이에 척 걸터앉아 마주 앉은 김씨를 보고 눈을 살짝 감았다 뜨더니 까르르 웃음을 터뜨렸다.

"아무것두 치지 않으면 그냥 맹물을 달란 말씀이세요?"

김씨는 너브죽이 웃었다.

"우리 마누래가 그러는데 커피맛은 그 뭐이냐 블랙이라든가 머라든가 그래야 제맛이 난다드먼."

미스 서가 뭐라고 한마디 하려는데 이장이 가로막았다.

"아, 그럼 좋다는 걸루 허지, 그런데 순이 아범은 멀루 할라나?"

고씨는 갑자기 얼굴이 햇봄 진달래처럼 붉어졌다.

"지두 그걸루 허지유. 뭐."

"어머나. 불랙으로요?"

고씨가 엉겁결에 고개를 주억거리자 미스 서는 웃음을 터뜨리며 발딱 일어섰다. 가는 줄에 매달린 은빛 귀고리가 찰랑 하고 뺨을 때렸다.

"이분은 생긴 거두 멋지신데 읍내 분들보다두 더 신식인 것 같으네요."

자네가 그런 걸 마실 줄 아느냐고 김씨가 나서서 뭐라고 할 요량이었던 것 같았는데 미스 서는 냉큼 카운터 쪽으로 가버렸다. 고씨는 사슴은 본 적이 없지만 지난해 산에 갔다가 노루가 뛰는 것은 보았는데 영락없이 그 뒷다리하고 똑같이 쭉 뻗은 다리였다.

고씨가 미스 서의 뒷모습을 어리벙벙하게 바라보고 있는데 옆자리 김씨가 팔을 툭 쳤다.

"멀 그릏게 넋을 잃구 있는 거여? 맘에 드는감?"

고씨는 머리를 흔들며 황망히 부정했다.

"아니유. 저쪽 메께 달력 그림이 우리 동네허구 비스름해서 보구 있는 거유."

이장이 껄껄 웃으며 말했다.

"미스 서, 조게 이 고장에 온 지 두어 달밖에 안되었는데 읍내 사람덜 애간장을 다 녹인다는 거 아녀. 듣기에는 세무서장이 그 뭐이냐, 백성 베껴먹는 세금 계산 허다 말구 꽁지가 닳게 이 다방을 드나든다는 거 아닌가베."

김씨가 꼬깃꼬깃한 담뱃갑을 꺼내더니 몇대 안 남은 담배를 이장과 고씨에게 차례로 권면을 했다. 두 사람 다 안 피운다고 머리를 흔들자 담배 한 가치를 꺼내 입에 물며 타령조로 내뱉었다.

"증말 고게 아주 사람 애간장을 녹이게 생겼구먼. 물건이구먼 그리여, 말 뽄새 하며 고 살살 웃는 거 허며……"

그러더니 고씨더러 비아냥을 놓았다.

"정신차리여. 내 보니께 아주 넋이 다 나갔더먼. 내야 이런 다방엔 이력이 났지만 말이여. 내 알기엔 고씨가 설탕 크림 다 탄 커피두 별루드만 웬일루다가 불랙이여. 불랙이…… 조것덜이 머 그런다구 한금 높여볼 줄 아능가?"

고씨는 멋쩍은 마음을 숨기느라 콧잔등을 긁으며 딴소리를 했다.

"그른 게 아니라 진짜 커피맛은 암껏두 안 치구 기냥 먹는 데 있다구 허는 소리를 지가 수다허게 듣긴 했어유. 그러다 이번 읍에 나온 참에……"

"아, 그르믄 됐지, 멀……"

이장이 고씨의 말에 중동무이를 하더니 화제를 돌렸다.

"그런디, 시방 말이여. 우리 마을에 젊은 장정들이라구는 씨가 마르게 생긴 바람에 그 영농자금이 자네게루다가 돌아가게 된 거여. 이제 사십이 다 되었으니 그런 기회가 차례 돌아오기 어려운 건 자네두 알거구먼. 그러니께 이번 계제에 있는 힘을 다해서 트랙터도 잘 몰구 이웃덜 돕는 거며 농사일에두 힘을 써야 후댐에라두 아랫사람덜에게 좋은 뽄이 되지."

고씨는 새삼 윗몸 자세를 바로하며 두 사람에게 고마운 마음을 전했다.

"하먼유. 이번 일에 두 분이 애써주신 거 지가 백골난망으루다가 알구 있시유."

"오널이야 자네가 한턱낸다구 혀서 읍내 나와서 일 마친 김에 점심두 허구 귀경삼아 여기두 들렀지만 이런 데 아예 들를 데 아니네. 잘못허다가 거덜이 나는 거여. 순식간에 말이여. 도대체 그깟 쓴 물 한 잔에 몇천원이 뭐여. 몇천원이…… 참 애덜 말짝이나 짱구 돌아갈 일이구먼."

"그려두 오널은 지가 두 분을 한번 잘 모시구 싶었시유. 이 다방이 세무서 옆에 자리잡구 있는데 기중 깨끗하다구 혀서……"

"그려, 그려. 그 충심은 알구두 남지. 순이 아범 충직헌 건 나랏님두 아실 일일겨."

이장이 점잖게 한마디 하자 김씨가 냅다 나서며 말을 받았다.

"그건 그런디, 순이 아범이 아무래두 심상치 않어. 눈에 열꽃이 확 피는 걸 그려. 미스 서를 보는 눈이 보통이 아니여."

고씨가 어쩔 줄 모르고 당황해하는 바람에 이번에는 검게 탄 목덜미까지 붉은 기운이 번져내려갔다.

"허어, 거 씰데읎이 놀리기는, 공연히 순진한 사람 거지구. 사람덜이 다 지 눈으루만 다른 사람덜을 바라보는디, 아닐 말루 순이 아범이 장이 아범 겉은 줄 아는감? 그저 이런 데 츰 와보니까 어색해서 그러는 거구먼."

이장이 감싸고 들자 고씨도 살아난 듯 한마디 거들었다.

"그건 증말 그리유. 증말이지 다른 뜻은 절대루다가 없시유."

김씨는 반쯤 피운 담배를 탁자에 놓인 재떨이에 비벼끄면서 한숨 섞어 말했다.

"내 괜스리 허는 소리 아니여. 이제니 말이지만 내가 한때 저 아래께 있잖은가. 그 햄버건가 먼가 빵 쪼가리에 고기 한덩이 넣어서 도둑놈덜처럼 돈 받아 처먹는 가게 자리에 '추억'이란 다방이 있었는디 말이여. 내 한때 그 다방 박마담헌티 반해가지구 한참 드나들었구먼. 나 겉은 촌놈은 상대두 안허는지 몰르구 말이여. 나만 보면 저승간 에미 돌아온 드끼 하두 반색을 허길래 은근히 그 마담두 내게 맴이 있는 줄 알구서…… 허 참, 있긴 머가 있는감. 냉수나 퍼마셔야 하는 계제에 커피니 머니 쓴 물을 이리저리 들이키다가 차값 좋이 버렸지. 그러구는 인사 한마디 없이 어디론가 가버리는 바람에…… 허 참 망신스런 소릴 했구먼."

고씨가 궁금증이 나는지 물었다.

"그기 원제였시유?"

"그때만 해두 지금에다 대면 한참 젊었을 때여. 그때는 내가 이쁜 여자헌티 한이 맺혀갖구 말이여. 지금은 세상 떠났지만 그 소겉이 순허던 마누라가 내색은 안험서두 그 마담이 읍에 있는 몇달 동안 속이 다 숯검정이 되었을 거여. 바쁜 농사철에 읍에 풀방구리 드나들듯 하니까 말은 못허구, 저녁이믄 문에 기대서서 처량하게 내가 돌아들어올 고샅길을 바라보구만 있는디…… 지금두 내가 그때 생각을 허믄 맴이 아프네. 오래 살지두 못혈 마누라가 그렇게 맘고생하는 게 그땐 안 보이드라니."

김씨가 비감한 어조로 접어들자 이장이 얼른 눙치면서 끼여들었다.

"이 사람아. 그건 그렇구 그때 그 마담을 한번이라두 워떻게 해본 거여. 못해본 거여."

김씨는 펄쩍 뛰었다.

"이장님두. 그른 말씀 마시유. 증말 그때는 목욕하러 내려온 천상 선녀 구경허러 오는 나무꾼 총각의 심정이었지, 무신 그런 흑심은 품어본 적두 없시유."

이장이 뭐라구 한마디 하려는데 미스 서가 생글거리며 찻잔이 담긴 쟁반을 들고 다가왔다.

"커피 나왔는데요."

세 사람 앞에 하얀 자기잔과 컵을 하나씩 내려놓는 미스 서의 은팔찌 낀 손목이 분꽃처럼 희고 고왔다.

"그리구 설탕과 커피는 따루 가져왔으니까 블랙이 너무 쓰면 식성대루 타서 드세요."

미스 서는 놀리듯 입가에 웃음을 머금고 고씨 앞에 마지막으로 찻잔을 내려놓았다.

이장이 찻잔을 놓고 거두어가는 미스 서의 손을 덥석 잡았다.

"그 손 한번 곱네 그리여. 그 커피잔이나 미스 서 손이나 희기가 똑 겉구먼."

미스 서는 곱게 눈을 흘기며 손을 빼었다.

"아이, 점잖으신 양반이 이러지 마세요."

그러더니 빼낸 손으로 고씨의 어깨를 살짝 건드리며 말을 이었다.

“이 잘생긴 양반이 그런다면 또 몰라두……”

이장과 김씨는 뭐가 우스운지 탁자를 치면서 어색한 폭소를 터뜨리고 고씨는 엉거주춤하게 앉은 채 커피잔을 잡은 손이 다 떨렸다. 미스 서가 쟁반을 옆구리에 끼고 살짝 몸을 돌려 자리를 떠나자 김씨는 설탕통과 프림통의 뚜껑을 열어서 고씨 앞으로 밀어놓았다.

“저것덜 다 저러는 게 직업이여. 공연스레 쓴 커피 마시지 말구 이건 공짜니까 듬뿍 넣어 먹어.”

고씨는 가타부타 대꾸하지 않고 얼른 설탕통과 프림통을 이장 앞으로 밀어놓았다.

“어서 타 드시지유.”

“자네 먼저 타지 그리여.”

하면서도 이장은 손잡이에 꽃무늬 도자기를 입힌 차 스푼으로 설탕과 프림을 두번씩이나 듬뿍 떠서 커피잔 안에 집어넣고는 천천히 저었다.

“내 이런 말 해서 찬물 끼얹구 싶지는 않네만 이즘에 이런 데 있는 여자덜이 다 그 티켓인가 먼가 사믄 그냥 따라와서 그러구 저러구 허는 여자덜이여. 보기엔 애띠어 보여두 당진이 썩 물 좋은 데두 아닌데 온 걸 보믄 산전수전 다 겪은 여자여. 공연히 속아넘어가믄 안되는 거구먼.”

고씨는 마른 침을 삼켰다.

“그런 이얘기 들은 적은 있지만 그건 워쩌다 있는 드문 경우겄지유.”

“허 참, 이건 초등학생헌티 아이 낳기 가르치는 격이니…… 내 순이 아범 고지식헌 건 알지만……"

이장이 난처한 기색으로 머뭇거리자 김씨가 입바르게 끼여들었다.

"이즘엔 거의 다 여관에 들어서 차 시키믄 차는 뒷전이구 다른 서비스 한 댐에 돈 챙겨가는 거여……"

"설마, 그런 일이…… 그럴 리가 읎지유. 거야 간혹 가다가 그런 여자두 있겄지만 다 사람 나름이지유."

고씨가 펄쩍 뛰어 일어날 듯이 눈을 부릅뜨고 말하자 김씨는 혀를 찼다.

"어여 차나 마셔두어. 이런 여자덜이라는 게 다 그 밥에 그 나물이여. 자네 대보름에 한그릇 가득히 여러 가지 나물 무친 거 먹어보지 않았는감. 마누라덜은 아홉 가지나 묻혔니 머니 허구 생색덜을 내지만 다 겉은 양념에 그 나물이 그 나물인 거여."

고씨는 더이상 쓰다 달다 대꾸하지 않았지만 자신이 모욕을 당한 것처럼 속이 치밀어올라서 탁자 밑으로 두 주먹을 불끈 쥐었다. 김씨가 잘 알지도 못하면서 사람들을 너무 나쁘게 보는 게 큰 흠이라는 생각이 새삼 들어서였다. 저렇게 앳되고 싹싹한 미스 서가 그럴 리가 없었다.

다방 문을 나설 때 맨 뒤로 나서는 고씨의 등에 살짝 손을 얹으며 미스 서가 다른 사람들에게 들리지 않게 속삭였다.

"언제 혼자 또 오세요, 네?"

고씨는 뭐라고 옳게 대꾸도 하지 못하고 허둥지둥 다방 문을 나섰다.

그날 이장과 김씨의 뒤를 따라 수걱수걱 집에 온 고씨는 그만 탈이 나도 단단히 나버렸다. 괄괄하기는 하지만 인정은 많은 고씨 마누라의 표현을 빌려본다면 남편이라는 위인이 어딘가 살짝이 맛이 가버린 것이다.

고씨는 트랙터를 몰고 정신이 나가게 바쁜 봄철 농사일을 노다지 따라가면서 해대기는 하지만 전 같지 않게 이런저런 실수를 했다. 영농자금을 받아 트랙터부터 먼저 들여놓았으니 이집 저집 일을 숨이 차게 맡아 하면서 분주하게 따라다니고 돈도 모지락스럽게 챙기며 정신없이 돌아가도 시원치 않은 판이었다. 한데 무슨 생각에 팔렸는지 논밭을 트랙터로 갈아주기로 한 약속을 놓치기 일쑤였다.

아예 그런 괴물단지의 신세는 지지 않는다고 황소에게 멍에를 메게 하고 논밭 갈이에 나선 박씨네나 최노인네 같은 집은 큰 상관이 없겠지만 트랙터 오기만 기다렸다가 낭패를 본 집에서는 화가 머리끝까지 치솟을 노릇이었다.

늦은 집에 이리저리 변명을 하고 사방 들녘이 어둑어둑해질 때까지 일을 해주고 돌아오던 길에 건성으로 트랙터를 몰다가 논 모퉁이에 트랙터를 꼴아박아 차를 빼느라고 애를 먹은 적도 있었다.

이제 고씨는 버드나무 가지에 매달린 잎새가 봄바람에 한들한들 흔들리는 걸 보면 미스 서의 어깨에서 흔들리던 머리채로 보였고, 봄 새가 날아다니며 지저귀는 소리도 미스 서의 웃음소리처럼 들렸다. 버들강아지가 보르르하게 피어나는 걸 보면 만져보고 싶은 미스 서의 뺨처럼만 보였다. 이러니 농사고 뭐고 맘에 붙을 리가 없었다. 만사가 다 시들하고 밥맛까지도 젖혀지는 일이 잦아지면서 똑 옛날이야기에 나오는 여우에 홀린 마을 총각 꼴이 되고 만 참이었다.

고씨가 어렸을 때 들은 옛날이야기에 의하면 한 총각이 밤에 고갯길을 건너는데 꽃같이 고운 처자가 나타나서 입에 구슬을 물고 총각의 입에 밀어넣었다가 다시 자기 입에 밀어넣었다가 하는 바람에 정신이 다 나가버렸다는 것이다. 이 총각이 그 처자를 만나러 밤이면 허위단심 고갯길을 오르다가 정기가 빠져 다 죽게 된 것을 동네 지혜 많은 노인네가 꾀를 써서 그 처자를 때려잡고 보니 꼬리가 몇개나 달린 여우였더라 하는 이야기였다. 이제 고씨에게는 그게 옛날이야기로만 들리지 않게 되었다.

처음 초원다방에 들른 이후 서류를 마저 해야 하느니 트랙터 부속을 사야 하느니 하고 읍에 나간 길에 여러 번 들러 미스 서가 왔다갔다하는 모양을 넋 나간 듯이 보고 오기도 했다. 혼자 오시라고 애교를 떨던 것과는 달리 미스 서는 고씨가 혼자 와 있으면 별로 가까이 오려고 들지 않았다. 잘 웃지도 않는 것은 물론이고 차 주문도 마담이 와서 받아갔다. 왜 그러는가 몰라 고씨는 애간장이 탔다. 한번은 차를 마시다가 시선이 느껴져서 언뜻 고개를 들어보니까 미스 서가 뭔가 딱하다는 듯한 표정으로 이쪽을 건너다보고 있다가 얼른 눈을 비켜가는 것이었다. 하기야 나 같은 촌 무지렁이한테 무슨 마음 줄 일도 없을 거라는 자괴감에 차값을 치르고 오토바이를 몰고 돌아오면서 새삼 고갯길의 여우 생각이 떠올라 정신을 차려보려고 머리를 냅다 흔들어보기도 하였다.

그러다 보니 마음은 안타깝고 성정은 목까지 치밀어올라서 무릎이 나온 두루뭉실한 바지를 입고 새참을 이고 나오는 펑퍼짐한 마누라의 몸매가 두 번 바라보기도 싫었다. 까탈스럽게 반찬이 짜니 싱겁니 하면서 엉뚱하게 이런저런 트집을 잡은 것도 한두번이 아니었다. 한번은 참다못한 마누라가 논 한가운데서 울음을 터뜨린 적도 있었다.

"그 매무새가 그기 머여. 좀 머리도 참다랗게 빗구 허지 못허구. 그

허구 대니는 꼴허구……"

새참 함지박을 내려놓은 마누라에게 퉁을 준 것이 빌미가 되었던 것이었다.

"아니, 이 냥반이 생퉁맞은 트집도 분수가 있지, 대체 이즈막에 왜 이러는 거예유, 이러길. 강아지도 거든다는 모내기철에 모냥 낼 겨를이 어디 있시유. 그럴 돈은 또 워디 있구유."

그런 줄 알면서도 고씨는 미안하고 불편한 마음에 외려 한술 더 떠 냅다 소리를 질러댔다.

"돈 소리는 이참에 왜 허는 거여. 그저 남편 기를 못 죽여서 환장을 했구먼. 아, 머리 곱다랗게 빗는 데 빗 하나믄 알아볼 걸 무신 돈이 든다는 거여."

땀에 젖어 앞이마에 이리저리 엉겨붙은 머리카락을 일에 지쳐 거칠어진 손으로 보듬으면서 마누라의 음성에 울음기가 섞였다.

"오매, 이 냥반 말허는 것 좀 보소. 아이 돌보랴, 살림허랴, 논밭일 허랴, 잠시 눈떴다 감을 새두 없는 처진 걸 번연히 알믄서 먼 소리랴. 그 트랙턴가 먼가에 구신이 붙었는지 그거 들여온 날버텀, 워째 사람이 딴 사람이 된 것 겉네유."

"허이구. 그저 목소리꺼정 왕방울 겉어가지구…… 여자다운 데라군 한나두 읎으니……"

새참 함지박 앞에서 휙 고씨가 돌아앉으면서 한마디 던지자 그예 마누라의 울음과 넋두리가 터져나오고 말았다.

"오냐. 그 말 한번 잘허는구먼. 그래 내가 여자답지 못해서 아이를 못 낳았냐, 밥을 제때 안해줬냐. 소처럼 논밭일을 안해주었냐. 그저 남자덜은 말짱 다 도적놈덜이여. 도적놈…… 나두 처녀 때는 꿈두 많구 허구 싶은 일두 많았단 말이여. 이 멀쩡한 날강도 겉은 인간아."

"허어. 참 되는 일이 없으니께, 워디다 놈자를 놓는 거여. 놓기를……"

하면서도 이제 고씨의 기세가 꺾여 말의 숨이 죽었다. 일도 잘하고 남편 섬기기도 잘하지만 한번 기가 나면 그악스러운 마누라의 성미를 건드렸으니 이제 한동안 편안하기는 틀려버렸다.

논두렁에 퍼더버리고 우는 마누라가 보기도 싫고 한창 바쁜 철이지만 누가 지나가면서 이 꼴을 볼세라 두려워진 고씨는 벌떡 일어서 발을 구르고는 한마장이나 떨어진 집으로 그냥 혼자 들어와버리고 말았다.

아이들은 둘 다 학교에 가서 집 안에는 아무도 없었다. 집 앞에 매어놓은 송아지만한 누렁이만 끙 소리를 내고 일어서며 게으르게 꼬리를 쳐대는 걸 본 척도 하지 않고 텅 빈 집 안에 들어선 고씨였다. 마당에 놓인 수도를 소리가 나게 틀어 입을 대고 한 자배기나 마신 후에 고씨는 툇마루에 털썩 소리를 내고 걸터앉았다.

이제 곧 마누라가 따라들어와 난리를 칠 일이 성가스럽기만 했다.

"에이 참, 이눔의 집구석이라구 워디 하나 정 붙일 데가 있어야 말이지."

고씨는 벌떡 일어나 수돗물에 얼굴을 대충 씻은 후에 마누라가 지난달에 큰맘먹고 읍에서 사준 하늘색 봄잠바를 남방 위에 걸치고 오토바이도 버려둔 채 허위허위 집을 나섰다. 집 나서기 전에 옷장 맨 아랫서랍 옷갈피 밑에 여투어놓았던 만원짜리 중에서 어림짐작으로 열댓 장 남짓 꺼내어 잠바 주머니에 찔러넣은 고씨는 혹시 누구 눈에라도 띌까봐 뒤도 돌아보지 않고 단걸음에 마을 밖으로 향했다.

처음에는 딱히 목적이 있는 걸음이 아니라고 생각했는데 마침 동네 어귀에 읍으로 가는 버스가 서는 걸 보고는 자기도 모르게 그냥 올라탔다. 중늙은이 한 사람하고 휴가 갔다 돌아가는지 젊은 군인 한 사람만 차에 타고 있을 뿐 차안은 텅 비어 있었다.

운전석 바로 뒤에 앉아 창밖으로 초록색이 사방에 치뻗치는 봄 경치를 바라보고 있다가 고씨는 자기도 모르게 한숨이 후루룩 새어나왔다. 그 마음을 알아챈 것인지 버스 천장에 매달린 스피커에서는 유행가가 구성지게 흘러나왔다.

'내가 왜 이러는지 몰라. 정말 왜 이러는지 몰라.'

고씨의 얼굴은 어미 잃은 송아지처럼 한층 더 심란해지기만 했다.

당진 버스차부에 도착한 낡은 버스가 대형 버스들 틈새 한켠으로 서자 고씨는 서둘러 차에서 내렸다. 그리고 무슨 모질게 나쁜 짓이라도 하러 가는 사람처럼 아는 사람이 혹여 오가지나 않는지 이리저리 주위부터 살펴보았다.

마침 점심시간 이쪽저쪽인지 군청이나 은행 직원인 듯한 사람들이 보이기는 했지만 이런 바쁜 농사철에 마을 사람들이 여기 나와 있을 리는 없을 터였다.

세무서에 마치 긴한 볼일이라도 있는 것처럼 서둘러 그쪽으로 향하다가 고씨는 당진 버스차부 곁에 있는 공중화장실에 먼저 들어갔다. 초원다방에 들어간 후에 화장실에 다녀오기가 번거로울 것 같다는 생각도 들었고 또 홧김에 아무거나 걸치고 나온 자기 모습도 좀 가다듬어야 되리라 싶어서였다.

화장실 안 세면대 위에는 잡지 크기만한 조그만 거울 하나만 달랑 달려 있었다. 고씨는 그 거울에 얼굴을 들이밀고 왼쪽 모습도 살피고 오른쪽 모습도 살핀 연후에 눈썹도 다시 고르게 손질했다. 그리고는 남방셔츠의 깃을 바로잡고 하늘색 봄잠바의 칼라도 약간 세우는 듯 마는 듯 멋을 내어보았다.

마침 소변을 마친 허름하게 차린 중늙은이가 손을 씻으려는지 자기 등뒤에 서 있는 기척이 느껴져서 고씨는 얼른 화장실을 나왔다.

고씨는 잠바 앞깃을 가다듬으며 두어 번 헛기침을 하고 세무서로 향해 가는 듯하다가 스파이 영화에 나오는 간첩처럼 잽싸게 세무서 곁에 자리잡은 초원다방으로 들어섰다.

"어서 오세요."

물색 한복을 차려입은 마담이 카운터 뒤에서 일어서며 반색을 하고 인사를 했다.

"어디, 혼자세요?"

고씨가 애매하게 고개를 끄덕이자 마담은 치마깃을 여미며 고씨를 다방 한가운데를 가로막고 놓인 큰 수족관 곁의 의자로 안내했다.

"무슨 차로 드시겠어요? 인삼차, 대추차, 쌍화차 다 있는데요."

고씨는 갑자기 오기가 나서 큰 소리로 말했다.

"커피루유. 아무것두 넣지 말구유."

마담은 무얼 청하든 새삼 달리 보이지도 않는다는 투로 그러냐는 말만 남기고 카운터로 돌아갔다.

멀리서 커피, 블랙이요 하는 마담의 목소리가 들려왔다.

갑자기 수족관 저켠에서 궁글리는 듯한 남자의 음성이 들려왔다.

"아니, 아직두 블랙이니 머니 허는 촌놈덜이 있는가."

그리고 그뒤를 이어 귀에 익은 웃음소리가 들려왔다.

"왜요. 그래두 그게 다 지멋이지요."

미스 서의 음성이었다. 순간 고씨의 가슴에선 쿵 하고 돌 떨어지는 소리가 들리는 것만 같았다.

"커피야 지가 설탕이나 프림 안 넣고 그냥 마시면 되지, 블랙으루 달라 어째라 그게 무슨 멋이야. 촌티지."

"서장님두, 다 아시면서 그러시네. 시골 남자들 으센 척해야 직성 풀리는 거 모르세요?"

수족관 저켠으로 서장인가 뭔가 곁에 미스 서가 문을 등지고 나란히 앉아 있는 모양이었다. 그렇지 않고서야 아까 들어설 때 눈에 띄지 않을 리가 없었을 터였다.

지금 미스 서가 하는 소리가 블랙커피 시킨 게 자기인 줄 번연히 알면서도 대놓고 하는 소리 같아서 고씨는 얼굴이 달아올랐다.

"나 그럼 이따 다시 올게."

남자 목소리가 들리더니 부시럭거리고 일어서는 기척이었다.

"아유. 좀 오시면 오래 계시다가 이런저런 재미있는 이야기도 들려주시지 않구서, 늘상 오시기만 하면 그냥 가버리시니 그렇게 바쁘세요, 그래?"

코 먹은 소리로 미스 서가 애교를 떠는 소리가 들렸다. 고씨는 귀를 막고 싶었다.

"그게 아니야. 이즘 세금 문제루다가 복잡한 일이 한두 가지가 아니야. 아, 그만 골치 아파 죽겠어. 그냥 미스 서 같은 애인하구 괌이니 파타야니 그런데 도망가버리면 딱 좋겠구만."

"아이구. 퍽이나 그러시겠다."

그러고는 뭘 어디를 어떻게 했는지 미스 서가 숨 넘어가는 소리로 웃어대는 소리에 이어 점잖으신 분이 왜 이러시냐는 말소리가 뒤따랐다.

고씨는 형광등 불을 천장에 단 수족관 유리에 코를 박고 저쪽을 들여다보려다가 커피 왔다는 마담의 목소리에 화들짝 놀라 제자리에 다시 앉았다. 서장님 서장님 하는 걸 보니 전번에 이장이 말하던 세무서장인 것 같기만 했다.

원수는 외나무다리에서 만난다더니 하고 생각하다가 저도 모르게 고씨는 픽 웃었다. 원수니 뭐니 할 것도 없이 자기는 여기 몇번 들러 차나 한잔 마신 손님일 뿐 아니던가 말이다. 대화로 미루어봐서 세무서장은 농익은 단골 티가 나는 것만 같았다.

마담은 친절하지도 불친절하지도 않게 무심한 표정으로 꽃무늬 있는 흰 자기 찻잔에 담긴 검정 액체를 놓아두고 돌아갔다.

고씨는 그 찻잔을 힘껏 노려보았다. 옛날에 충신이 임금으로부터 시꺼먼 사약을 받았을 때 기분이 똑 이러리라 싶었다. 마시긴 마셔야 하는데 이게 무슨 쓴맛이겠는가 말이다.

갑자기 또각또각 구두 소리가 들리더니 고씨 곁에 와서 멎었다. 올려다보니 미스 서였다. 미스 서는 눈을 샐쭉 내리뜨더니 쟁반에서 설탕통과 프림통을 들어 탁자 위에 올려놓았다.

"타서 드세요."

그러더니 저쪽으로 구두 소리를 내며 다시 가버렸다.

고씨는 얼굴이 벌게졌다. 반갑기도 하고 민망하기도 했다. 그나마 관심을 보여준 것은 반가웠지만 자기를 블랙커피도 못 마시는 촌놈으로 보는 것만 같아 심사가 편치 못했다.

고씨는 설탕통과 프림통을 거들떠보지도 않고 그냥 쓴 커피를 단숨에 마셨다. 어릴 때 마셔본 한약이 똑 이 맛인 것만 같았고 그때 외할머니가 손에 쥐어주던 왕사탕 생각이 때아니게 났다. 커피가 너무 써서 진저리를 친 다음에 무렴하게 앉아서 수족관 속에서 헤엄치고 있는 피라미보다 더 작은 검정색, 은색 고기떼들을 멍하니 바라보고 있는데 앞좌석에 누가 와서 앉는 기척이 났다.

"웬일이세요? 누구 만나기로 하셨어요?"

미스 서였다. 처음으로 말을 거는 셈이었다. 속눈썹이 긴 두 눈이 똑바로 고씨를 향했다.

"……그냥, 심심허기두 허구…… 또 전에 혼자 한번 오라구 그랬던 생각두 나구 혀서……"

고씨는 눈이 부셔서 미스 서를 바로 보지도 못하면서 있는 용기를 다 내어서 주섬주섬 이야기를 꺼냈다.

"심심하긴요. 이즈음 농사철이라 바빠서 정신들을 못 차린다고 하던데요."

고씨는 학교 빼먹고 선생님에게 야단맞는 초등학생마냥 가만히 앉아 있었다. 살구 속살처럼 달콤새콤한 미스 서의 음성을 듣고 있는 것만 가슴이 짜릿짜릿해서 그 내용은 아무래도 좋았다. 대꾸가 없는 고씨를 딱한 시선으로 바라보던 미스 서가 윗몸을 앞으로 굽히면서 낮은 음성으로 말했다.

"이런 데 드나드신 적 없으시지요?"

"………"

웃음을 입에 물고 있던 여느때와는 달리 오늘 미스 서는 눈꼬리며 입매가 어딘가 좀 성이 나 있는 것처럼 보였다.

"이런 데 드나드시면 안되요."

미스 서가 나무라는 듯한 어조로 말하자 고씨는 자기도 모르게 불쑥 말이 터져나왔다.

"나두 돈은 있시유. 아쉽지 않을 만큼은유."

미스 서가 자리에서 발딱 일어섰다.

"그러니 어쩌자구요. 예? 빨리 돌아가세요."

"같은 돈 내구 차 마시는 손님을 이렇게 괄세해두 되는 건가유? 아까메께 보니까 높은 분헌티는 열령성이드만."

미스 서는 일어선 채로 빤히 고씨를 내려다보다가 매몰차게 한마디 던졌다.

"나, 진짜루 화나기 전에 얼른 가세요."

그리고는 휙 돌아서더니 카운터 쪽으로 가버렸다.

고씨는 야단맞은 강아지처럼 맥을 쓰지 못하고 한참 앉아 있다가 카운터로 가서 마담에게 어물어물 차값을 내고 다방 문을 나섰다.

눈앞이 캄캄했다. 어떤 이유로 그렇게 표나게 자기를 홀대하는지 알 수가 없었다.

시골 무지렁이라고 그게 날 우습게 본 거여. 되잖은 것. 웃음이나 팔러 다니는 주제에……

이렇게 생각해보려고도 했지만 미스 서가 자기를 바라보던 냉랭한 표정까지도 다시 보고 싶어 가슴에 사무치기만 했다.

어찌되었든 이런 기분으로는 집에 돌아갈 엄두가 나지 않았다. 고씨는 시장 근처 국밥집에 들어가 선지해장국을 한 그릇 시키고 잘 마시지도 못하는 소주 한 병을 청했다.

그러고 보니 마누라하고 티격태격하다가 점심도 거른 생각이 나서 새삼 배가 고파졌다. 소주병을 따서 한 잔을 따라 단숨에 들이키고 김치 한쪽을 집어드는데 자기도 모르게 목이 메어올랐다. 무언지 모르지만 너무 마음이 애닯고 슬퍼서 하염없이 울고만 싶었다.

고씨는 주인아주머니가 날라온 선지해장국밥을 건더기 섞어 퍼먹는데 그만 눈물이 툼벙 국그릇으로 떨어졌다. 다행히 국밥집 아주머니와 등지고 앉은 터수라 자기 몰골이 보이지는 않을 터였다.

소주 한 병을 더 시키자 안면이 아주 없지도 않은 주인아주머니가 걱정스러운 기색을 했다.

"낮술이 너무 과한 거 아녀유?"

하다가 고씨가 손짓으로 아무 말 말고 얼른 달라는 시늉을 하자 마지못한 듯 소주 한 병을 더 가지고 왔다.

고씨는 그날 그 집에 앉아서 소주 두 병을 혼자 다 마셨다. 그러고도 해걸음에 마누라를 볼 것이 성이 가셔 미적미적 자리에 앉아 있다가 국밥집을 나왔다. 아직도 해가 한걸음이나 되게 하늘에 남아 있었다.

고씨는 어디 가서 가슴이 터지도록 시원하게 울고 싶기만 했다. 전 같지 않아 당진차부 근처도 이즈막엔 번잡하기 그지없었다. 고려당 빵집, 서울다방, 켄터키 후라이 치킨, 뉴욕 란제리, 럭키 슈퍼 이런 가게 이름들을 생전 처음 보는 것처럼 하나씩 짚어가며 읽어나가다가 고씨는 움찔했다. 여관 간판이 갑자기 눈에 들어와서였다.

차부 바로 뒤켠으로 서 있는 이층 여관은 이름도 제법 점잖아서 고향여관이었다.

어쩐지 이름붙인 게 우리는 정말 고향에 오가는 사람들을 재워 보내려는 것뿐이지 다른 뜻은 추호도 없다고 선언하는 것만 같았다. 고씨는 앞뒤 생각없이 불쑥 여관 문을 열고 들어섰다.

내실이라고 써 있는 카운터 뒤쪽 방문이 열리더니 하관이 빠른 젊은 남자가 낮잠을 자던 중이었는지 하품 끝에 맺힌 눈물을 닦으며 얼굴을 내밀었다.

"혼자세요?"

"혼자믄 안되유?"

"아니, 그런 게 아니라…… 이곳 양반이 아닌가보네. 그럼 하루 묵으실 거예요?"

고씨는 정신이 번쩍 들었다.

어딘가 고향 무덤가 같은 데 가서 실컷 목을 놓고 울어보리라 싶어서 일단 들어선 길인데 주전자들이 늘어선 어둑신한 카운터며 길쭉하고 어두컴컴한 복도 모양새를 보니 분위기가 고향하고는 거리가 멀어도 한참 멀었다.

젊은 남자의 알깍쟁이 같은 서울말씨를 보니 당진 개발이니 뭐니 하는 바람에 묻어서 타관에서 내려온 인사가 틀림없었다. 어디에도 안면이 닿지 않는 낯선 사람이라고 생각하자 갑자기 고씨는 없던 용기가 나서 일전에 김씨에게 들은 소리가 자기도 모르게 새어나왔다.

"그것버덤두…… 보자. 머이냐. 그 왜 티켓인가 먼가……"

"아, 그럼 진작 그렇게 말씀을 하셔야지요."

젊은이가 분홍색 남방 윗단추를 채우면서 일어서 나오는데 얼굴에 지렁이처럼 징그러운 웃음이 기어지나갔다.

"그럼 약속은 하셨나요? 아니면 방에 올라가신 다음에……"

고씨는 아직도 무슨 다른 뜻이 자기에게 있는 건지 아닌지 긴가민가하기는 하였다. 그렇지만 젖 먹던 힘을 다해 용기를 내었다. 어차피 죽기 아니면 살기였다. 그 정신은 군대 가서 이미 터득한 터였다.

"임마, 넌 수류탄이 니 발 아래 떨어져도 오매, 웬 참외랴, 그러구 집어먹으려구 들 놈이야. 이 고문관 같은 놈아."

그리고 퍽, 들어오던 주먹.

"일어서, 임마. 군대 왔으면 까라면 까고 뽑으라면 뽑는 거여."

또 퍽 들어오던 주먹.

갑자기 이판에 왜 그 고참의 얼굴이 생각나는지 모를 일이었다. 고씨는 마른침을 삼키며 마음속에 든 수류탄을 과감하게 내던졌다.

"……그 초원다방에 미스 서라든가, 연락은 못했는디……"

젊은이는 잽싸게 알아듣는 기색이었다.

"염려 마시구 올라가 계십시오. 이리루 올라가서 죽 가시면 마지막 방이 209혼데요. 그냥 기십시오. 금방 대령하두룩 허지요. 맥주나 안주라두 좀 올릴까요?"

고씨는 그럴 필요 없다고 하고는 내라는 선불부터 어설프게 세어서 내었다. 그리고는 술에 취해 잘 걸리지도 않는 걸음으로 계단을 올라가서 이층 입구 화장실에서 오줌부터 누었다.

209호실에 들어간 고씨는 누가 절 어쩌기나 하자는지 잡혀온 시골처녀마냥 문부터 단단히 걸어잠그고 개켜놓은 꽃무늬 이불에 기대앉아 두 눈을 감았다.

미스 서가 정말 올까봐 두렵기도 하고 안 올까봐 까마득하기도 했다. 이러다가 정말 이 여자가 오면 어떻게 하나 하고 가슴이 두방망이질을 쳤다.

'지가 그룹게 잘난 척허구 수모를 줬으믄 저는 월매나 잘났는지 한번 봐줄 거구먼.'

취한 속에서도 고씨는 짐짓 이런 생각을 해보았다. 미스 서가 올지도 모른다고 생각하니까 뜬금없이 눈물이 자꾸 흘러내려 얼굴을 적셨다. 왜 이렇게 눈물이 쏟아지는지 모를 일이었다.

'미스 서야. 이런 데는 안되여. 이런 데 오믄 안되여.'

이러구 혼자 주절주절하며 울다가 깜빡 잠이 든 모양이었다.

얼마나 잤는지 갑자기 문에서 똑똑 노크 소리가 들렸다. 잠이 깬 고씨는 한동안 여기가 어딘지 정신을 차릴 수가 없었다.

"멋이여. 여기가 워딘겨……"

구시렁대던 고씨는 어둑어둑해진 방안에서 다시 방문 두드리는 소리를 들었다.

얼떨결에 문을 열던 맡으로 고씨는 분홍 보자기에 싼 차 쟁반을 들고 선 미스 서와 마주쳤다. 안으로 들어서던 미스 서가 대경실색을 하며 눈이 커다래졌다. 줄 달린 은빛 귀고리가 뺨에서 찰브락거렸다.

다음 순간 고씨는 자기도 모르게 미스 서의 뺨을 얼굴이 홱 돌아가도록 때렸다.

"어뜷게 이른 디 나타난디야. 어뜷게…… 이러믄 안되는 거여. 이러믄……"

미스 서는 얼결이라 그 자리에 그대로 주저앉은 채 울기 시작했다. 보자기에 싸인 채 엎어진 차 쟁반에서 커피가 스며 나오기 시작했다. 고씨는 황급히 차 쟁반을 바로 세워놓고는 어찌할 바를 몰라 우리에 갇힌 호랑이처럼 좁은 방안을 몇 바퀴나 돌았다.

미스 서는 갑자기 울다 말고 벌떡 일어나더니 커피물로 얼룩얼룩 젖은 차 보자기를 집어들고 문밖으로 뛰쳐나가려고 했다. 고씨는 엉겁결에 나가려는 미스 서를 뒤에서 두 팔을 벌려 안았다.

미스 서가 뿌리치려고 하자 점점 더 꼭 끌어안았다.

"가만있어유. 내 못된 짓 할려구 그러능 거 아니여. 그만 이대루 가만 있어봐유."

미스 서는 고씨에게 안긴 채 한참 흐느끼던 어깨가 점차로 가라앉았다.

"증말 어쩔려구 그러능 거 아니유. 그냥 너무나 한번만 보구 싶어서……"

고씨는 미스 서의 울음이 가라앉자 그만 자기가 울먹거렸다. 모든 게 엉망이 되어버렸다.

술에 자기가 취한 꼴이며 방바닥에 엎질러진 커피며. 거기다 무슨 결기로 따귀는 때리는가 말이다. 그것도 자기가 불러놓고 말이다.

신기한 건 미스 서가 이제 더이상 아무 소리도 하지 않고 뒤로 안긴 채 조용히 있는 점이었다. 고씨는 미스 서를 가만가만 달래서 자리에 앉혔다.

"미안해유. 허지만 기냥 가믄 혼나는 거 아니여유?"

고씨는 잠바 안주머니를 부스럭거리더니 만원짜리 남은 걸 다 내밀었다. 얼핏 눈어림으로도 한 십만원은 넘지 싶었다.

"이러실 필요 없어요."

미스 서가 눈물 자국을 손으로 닦으며 말했다. 눈화장이 번져 눈 아래가 꺼뭇꺼뭇했다.

고씨는 그 모습이 애처로워 가슴이 찢어지는 것만 같아 얼른 손에 잡히는 휴지를 들어 눈 아래를 닦아주려고 들었다. 미스 서는 얼굴을 피하며 지친 음성으로 말했다.

"그냥 갈게요."

고씨가 일어서는 미스 서 손을 잡고 꽉 쥔 주먹을 펴서 돈을 쥐어주었지만 미스 서는 한사코 돈을 받지 않았다.

억지로 쥐어주려고 드는 고씨와 미스 서가 실랑이하는 바람에 만원짜리 지폐는 뿔뿔이 흩어지면서 방바닥에 쏟아져내렸다.

"아니, 증말 이러믄 안되유."

고씨는 답답해서 울고 싶은 심정이었다.

"조금이락두 돈이 있어야, 이런 디 덜 나올 거 아니유."

고씨는 젖은 차 보자기 틈새로 방바닥을 헤매 주워모은 돈을 밀어 넣었다. 미스 서는 그 사실을 아는지 모르는지 그대로 문을 나서서 달아나듯이 사라져버렸다.

고씨는 그 자리에 그대로 한참 넋을 놓고 서 있었다.

지은 죄가 있어서 너무 늦어질까봐 급한 마음에 만원짜리 한 장 남은 돈으로 택시를 타고 집에 돌아오자 화가 풀렸는지 마누라도 더이상 악다구니를 치지는 않았다.

"저녁은 워쨌시유. 웬 술은 대낮버텀 마셨는개비네."

가타부타 대꾸가 없자 마누라가 상을 차려들고 들어왔다.

이 마누라가 마음을 어찌 먹었는지 돼지고기도 고추장 발라 굽고, 얼갈이 배추도 겉절이로 무쳐놓은 상 위에서 뚝배기에 담긴 된장찌개가 구수한 냄새를 내며 보글보글 끓고 있었다.

상을 받고 앉으니 새삼 허기도 지고 도깨비에 홀린 감도 들어 머쓱해지면서 마누라에게 미안한 감이 들었다.

"아까는 미안혀. 내가 공연스리 이리저리 빚 감당헐 생각을 허다가…… 그만."

"아니유. 지가 막소리 헌 게 미안허구만유."

두 사람 다 이런저런 생각에 잠겨 한동안 말없이 숟가락질을 했다.

"애덜은 다 워디 간겨."

"큰놈은 컴퓨터 게임인가 먼가 헌다구 읍내 지 친구덜 집에서 늦게

온다구 했슈. 순이는 저녁 먹구 친구네 집 갔구유."

"큰놈은 좀 일찍 오라구 다구치지 그랬어."

"컴퓨터 사주지도 않으믄서 놀지두 못허게 허느냐는 놈을 그럼 워떡해유."

그렇지 않아도 큰놈이 컴퓨터 헌거라도 하나 사내라고 지 에미를 조리질하듯 하는 걸 모르는 바는 아니었다.

그런 거라두 일찌감치 배워놓아야 이놈의 남는 거 없는 징헌 농사일에서 손을 떼고 번듯허니 살아볼 텐데…… 고씨는 새삼 앞날 일이 걱정이 되면서 호기롭게 돈을 들고 나가 다 써버린 것이 새삼 입맛이 썼다.

그렇지만 잠자리에 누워서 미스 서의 모습을 떠올려보자 저절로 입가에 웃음이 머금어졌다. 자기에게 뒤로 안긴 채 울고 있던 미스 서의 모습을 생각해보자 그만 오금이 다 저릿저릿했다. 그러더니 또 눈물이 핑 돌았다. 이건 도대체 뭐가 뭔지 갈피를 잡을 수가 없었다.

여러 가지 상황을 이리저리 맞추어보다가 혹시 그 여자도 자기를 좋아하는 게 아닌가 하는 생각이 들자 고씨는 화들짝 놀랐다. 자기 생각을 해서 다방에도 오지 말라고 한 것이고, 자기 생각을 해서 여관에서도 그악을 떨지 않고 혼자 울다가 간 것이 아닌가 하는, 관공서식 말루다가 하자면 상당히 긍정적인 생각이 들었던 것이다.

고씨는 옆자리의 마누라가 깰세라 조심스럽게 일어나 마루로 나와 찬장 서랍을 뒤져 플래시를 꺼냈다. 그리고 방문 바로 옆에 달린 거울에 얼굴을 플래시 빛으로 비추어보았다. 그러고 보니 자기 인물도 어디 내놓아도 꿀리지 않는 썩 괜찮은 인물이라는 생각이 들었다. 혹시 미스 서도 자기에게 반한 것이 아닐까 하고 생각하니 자기를 촌놈 취급하면서 깔보는 게 아닌가 하던 생각에서 갑자기 생각이 벙하고 뛰어올라 걷잡을 수 없이 가슴이 뛰었다.

"안 주무시구 멀 헌대유."

안에서 마누라가 잠에 취한 채 기척을 내자 껌틀 놀란 고씨는 마누라가 따라나올세라 얼른 플래시를 끄고 급하게 대꾸했다.

"암것두 아니여. 화장실 가는 참이여."

고씨는 댓돌 위에서 일부러 슬리퍼를 끌고 처덕처덕 소리를 내었다.

그러고 보니 소변도 마려웠다. 하지만 왠지 구중중한 화장실에 가는 게 내키지 않아서 문밖으로 나가 밭두둑에 서서 오줌을 누었다. 오늘따라 오줌발이 세차게 밭 가운데로 가서 박히는 것만 같았다.

오줌을 다 누고 나서도 고씨는 무언지 알 수 없는 희망과 절망에 번갈아 가슴을 쥐어뜯기면서 그 자리에 서 있었다.

머리에 털 나고 이런 기기묘묘한 감정은 처음이었다. 인간이라는 게 좋으려면 좋구 괴로우려면 괴롭구 그래야 하는 건데 이건 여우비 오는 날처럼 좋았다, 슬펐다, 걷잡을 수가 없었다.

"허어. 이 나이에 이게 무슨 꼴이람."

한탄을 하면서도 고씨는 이제 어떻게 해야 그 눈에 넣어도 아프지 않을 미스 서를 내돌리지 않고 혼자만 보호하고 좋아하며 돌볼 수 있을지 궁리를 해보며 사뭇 애가 타는 것이었다.

다음날도 그 다음날도 트랙터를 몰고 일은 하면서도 마음은 애시당초 초원다방이라는 콩밭에 가 있는 것을 내색하지 않으려니 보통 힘든 것이 아니었다.

그러다가 마침내 단단히 마음작정을 한 고씨는 임전무퇴의 정신으로 읍내로 향했다.

몇달 후 이장이 찾아올라와 들려준 소식을 듣고 김씨는 경천동지하게 놀랐다.

"아니, 지금 머라구 허셨슈? 그 순이 아범이 딴 살림을 차렸다 들통이 났다구유?"

"글쎄, 나두 긴가민가했는데 사실이라등만."

김씨는 그만 딱 낭패였다. 허둥지둥 자리에서 일어서는 김씨를 이장은 미심쩍은 눈으로 올려다보았다.

"장이 아범두 고씨헌티……?"

"하, 참 트랙터 한대 더 장만해서 아주 기업으루다가 해야겠는데 첫번 트랙터를 담보루다가 지게 잡힌다구 흰소리허문서 돈 삼백을 꾸어갔슈. 얼렁 가서 그 트랙터라두 빚갚음으루다가 받아와야지. 이러다가 돈을 생떼같이 짤리게 생겼슈."

"허, 그 참 일낼 사람이네. 동네 여기저기 연 걸리듯 빚을 얻어쓴 모양이등만."

"내 참, 읍이라믄 소식이 빤하다구 생각해왔는디 워찌 그토록 캄캄했으까 모르겄네."

김씨는 이장과 인사를 나누는 둥 마는 둥 내처 일어난 김에 고씨 집으로 자전거를 타고 달려갔다.

뜰에 들어서니 난리도 이런 난리가 없었다. 찌그러진 양은냄비며 솥단지, 고씨의 봄잠바며 하는 것들이 다 마당에 패대기쳐 있었고 그만 너 죽고 나 죽자고 고씨 마누라가 악장을 쳐대는 소리가 댓돌을 울리었다.

그 참에 황급히 쫓기듯 방문을 열고 나서던 고씨는 모로 눈을 뜨고 자전거를 끌며 문 안에 들어선 김씨를 보고 적지아니 당황스러운 모양이었다.

"워쩐 일루다가……"

"이 사람아. 내 소식 다 들었네. 원, 내가 그러게 머라등가. 그런디 드나들지 말라구 혔지. 좌우튼 나는 눈물나는 내 돈 받으러 왔네. 없으문 담보루다가 트랙터라두 몰구 갈라네."

김씨가 타고 온 자전거를 마당 한켠에 세워놓은 다음에 부득부득 문 앞에 세워놓은 트랙터 운전석에 올라타자 고씨가 마당에서 흙 묻은 잠바를 주어올려 팔을 꿰면서 다가왔다.

"그르지 마시구 그만 내리세유."

"아, 퍼런 돈다발 세 묶음을 가져와야 내릴 거 아니여."

"그기 아니라. 지가 보증으루다가 이걸 세웠으니 지가 갖다 드릴게유. 이젠 그냥 만사에 뜻이 없슈."

고씨가 눈을 슴벅거리며 풀죽은 음성으로 순하게 말을 이었다.

"경운기 겉지 않어 서투실 텐디 지가 장이 아버님 댁에까지 몰아다 드릴게유. 조수석으루다가 타셔유."

김씨가 어이없어하면서도 어쩌나 보자 하고 내리니까 고씨가 운전석에 올라탔다. 그리고는 미심쩍게 운전석 옆에 서서 자기를 보고 있는 김씨에게 오히려 채근을 했다.

"얼른 조수석에 타셔유. 빚돈 갈리기 전에 하나라두 지대로 잡아두셔야지유."

김씨가 긴가만가하면서도 올라타자 고씨는 트랙터를 몰기 시작했다. 내외를 하는지, 분을 삭이는 중인지 고씨 마누라는 내다보지도 않았다.

"이 사람아. 워찌된 일인겨. 자초지종을 말해봐."

"뭐, 할말이랄 게 읎시유. 마누라가 다방에 나타나서 미스 서 머리를 잡아채는 바람에 다 사단이 났시유."

"머시기, 듣자니 살림을 채렸대문서?"

"웬 살림은유. 지가 그저 그런 생활허는 게 누이처럼 마음에 짠해서 어떻게든 그런 짓 안허게 방두 하나 얻구, 사람답게 살게 도와줄려다가 그렇게 됐시유."

"그래, 그 아가씨는 지금……"

"그제 떠났시유. 연락처두 안 남기구유."

김씨가 곁눈질로 보니 트랙터를 운전하고 앉은 고씨의 커다란 눈에서 눈물이 툼벙툼벙 떨어졌다.

"……지가 첫사랑의 남자허구 똑같이 생겼대드먼유."

그런 여자들 하는 소리가 다 그런 거라구 하려다가 입바른 김씨도 울며 트랙터를 몰고 있는 이 덩치 큰 사내에게 그 소리가 나오지를 않았다.

"……우린 진정으루다가…… 사랑했어유."

고씨의 목이 꺽꺽 메었다.

"아, 이 사람아. 좁은 길인데 지대루다가 몰기나 혀. 또 꼴아박지나 말구……"

퉁을 주면서도 김씨의 늙어가는 가슴도 쌉싸름하게 아파왔다.

빚 감당하러 가는 트랙터는 초록빛 윤기 나는 모가 심긴 논두렁 사잇길로 도살장 가는 소처럼 비틀거리며 천천히 앞으로 나아갔다.

사고로 죽은 임씨는 이 마을의 자라지 않는

어린아이였다. 노상 입을 벌리고 웃는 얼굴을
하고 다니는 임씨가 살아생전 제일 기뻐할 때
는 자전거를 타고 나는 듯 다닐 때였다.
그날은 마을 제일 넓은 쪽 논갈이를 한다고

새벽부터 트랙터가 붕붕 소리를 내고 기세를

자전거

올리던 날이었다. 새벽부터 [illegible] 선중에 아래쪽
논갈이를 마치고 윗마을로 서둘러 가던 트랙터가

언덕길 위에서 자전거를 타고 앞뒤 거칠 것
없이 달려내려오던 임씨와 정면으로 충돌을

해버린 것이다. 이런 일은 촌로들이 기억하는

바로 마을이 생기고 처음이었다. 교통사고로

죽은 사람도 있고, 이래저래 액상을 당한 사람
들도 있었지만 한 마을 사람이 서로 수저질하는

꼴까지 번히 보이도록 문 열어놓고 마주보며

살다가 고의는 아니라고 하지만 서로 죽고

죽이는 일은 마을에서 처음 일어난 것이었다.

죽은 건 임씨지만 얼혼이 다 나가게 초죽음이

된 건 트랙터 두 대를 번갈아 몰며 한창철에
한몫을 올리려던 장씨네 형제였다.

자전거

그 사고가 나던 날 마을 사람들은 경악했다.

아무리 이런저런 일들을 많이 겪기는 했지만 생때같은 젊은 사람이 하루아침에 죽어 나자빠진다는 일은 흔한 일이 아니었기 때문이었다.

사고로 죽은 임씨는 이 마을의 자라지 않는 어린아이였다. 노상 입을 벌리고 웃는 얼굴을 하고 다니는 임씨가 살아생전 제일 기뻐할 때는 자전거를 타고 나는 듯 다닐 때였다.

외아들이 어딘가 모자라는 기미가 보인다고 어려서부터 끌탕을 하던 노모가 지극정성으로 돌보는 덕에 장가도 가고 이리저리 허물도 감춰가면서 삼십이 넘도록 살아온 임씨였다.

농사일이라는 게 그닥 머리를 필요로 하지 않는 거라고 하기는 하지만 세상일에 머리가 필요하지 않은 일이 있을 턱이 없었다. 그러니 시난고난 살아온 살림에 지지리 가난한 집 딸을 업어오듯 데려오기는 했지만 생전 피어보지를 못하고 살아온 처지였던 것이다.

그날은 마을 제일 넓은 쪽 논갈이를 한다고 새벽부터 트랙터가 붕붕 소리를 내고 기세를 올리던 날이었다. 새벽부터 오전중에 아래쪽 논갈이를 마치고 윗마을로 서둘러 가던 트랙터가 언덕길 위에서 자전거를 타고 앞뒤 가릴 것 없이 달려내려오던 임씨와 정면으로 충돌을 해버린 것이다.

이런 일은 촌로들이 기억하는 바로 마을이 생기고 처음이었다.

그거야 물론 교통사고로 죽은 사람도 있고, 이래저래 액상을 당한 사람들도 있었지만 한 마을 사람이 서로 수저질하는 꼴까지 번히 보이도록 문 열어놓고 마주 보며 살다가 고의는 아니라고 하지만 서로 죽고 죽이는 일은 마을에서 처음 일어난 것이었다.

첫날은 읍에서 경찰이 나오고 한동안 난리도 그런 난리가 없었다. 죽은 건 임씨지만 얼혼이 다 나가게 초죽음이 된 건 트랙터 두 대를 번갈아 몰며 한창철에 한몫을 올리려던 장씨네 형제였다.

이 일이 터지자마자 안도의 한숨을 내리쉰 사람은 고씨 마누라였다. 영농자금으로 트랙터를 샀다가 남편이 다방 여자한테 정신이 나가는 바람에 트랙터까지 다 날리고 이런저런 우여곡절 끝에 겨우 빚 감당을 해나가고 있던 고씨 마누라는 가슴을 다 내리쓸었다.

"증말, 내 순이 아범 때문에 속이 다 뒤집어질 뻔했지만 이건 정말 작은 일로 큰일을 막아부린 것이네. 우리가 이런 생사람 잡는 기막힌 일을 당했더면 그래 워쩔 뻔했시유."

고씨 마누라는 집에 들른 김씨네에게 이렇게 말하더라는 것이다.

그날 경찰서에서 나와 현장 상황을 살피고 있는 교통경찰에게 형 장씨가 놀라 벌렁거리는 가슴을 진정하지도 못한 채 답답한 사정을 하소연하기는 하였다.

"글쎄, 지들도 워쩔 수가 없었대니까유. 그냥 언덕길에서 벼락불 떨어지듯 자전거가 달겨드는데 전들 워쩝니까유. 슨다구 섰지만 속수무책이었구만유. 피헐 옆길두 없구유."

곁에 있던 동네 사람들 중에서 김씨가 참섭을 하고 끼여들었다.

"그건 맞는 말이구먼유. 그 임씨라는 이가 머 탓을 하자는 건 아니지만 애덜 자전거 타듯이 아무데나 살피지 않구 몰구 다녀서 뒤집어 엎어지기두 여러 번이유. 그래 동리 사람덜이 이제 이 길루다가 차덜이 연락부절루 다니구 그러는데 그렇게 조심성 읎이 자전거를 들이대다간 제 명에 못 죽는다구들 주의를 주구 그랬시유."

겁에 질려 있던 장씨 마누라도 평소에 말이 없던 사람이었지만 남편이 감옥소에라도 가게 될까봐 겁이 나는지 경황이 없는 중에도 한마디를 조심스럽게 떼었다.

"세상 떠난 이에게 이른 말하믄 안되겠지만 원래 그 냥반이 좀 덜되기는 했었슈."

장씨는 애꿎은 마누라에게 눈을 부라리었다.

"허, 그런 소리를 이참에 씰데읎이 머허러 허는가."

그러고는 경찰에게 얼른 태도를 바꾸어서 침통한 어조로 말했다.

"워쨌든 지가 있는 힘을 다해 보상을 해야지유. 일부러 그런 건 아니라구 해두 그 댁의 대를 끊어놨으니 이게 무신 악연인지 참……"

말끝에 장씨는 땅바닥이 꺼져내리도록 한숨을 쉬었다.

곁에 서서 이일 저일 참섭을 하던 김씨가 그래도 위로랍시고 말을 건넸다.

"그 사램이 마음은 천심이었지만 말은 바로 말이지, 올바른 사램은 아니었지. 자기 어머니가 늦게 나아서 그른다고 쉬쉬허기도 했지만 워낙 분별이 읎어서 학교두 지대루 댕기지 못했지 않았는감. 그 죄를 다 이켠에서 뒤집어쓰기는 억울한 것이여."

장씨는 눈을 내리깐 채 가타부타 말이 없었고 보험도 들어 있지 않았던 트랙터라 경찰도 뭐라 더 개입을 할 계제가 되지 못했다. 그래서 그냥저냥 합의가 되는 선에서 보상금을 장씨 형제가 알아서 주어 합의가 되면 더이상 추궁하지 않기로 하는 정도로 이야기가 진행되었다.

임씨네 노모가 실성을 하다시피 하는 터라 시신도 좁은 집 안에 모시지 못하고 마을회관에 병풍을 치고 모신 판이었다.

그 마을회관이라는 게 또 유래가 애매했다. 원래 낡은 단층집에 경로당이라는 이름을 붙여놓고 이집 저집에서 나무들을 모아다가 뜨끈하게 불을 때고는 촌로들이 바둑이나 장기를 두어가면서 막걸리도 들이키고 한담도 나누던 곳이었다. 그러다가 나라에서 보조를 해서 마을회관을 짓는다고 지어놓은 이층집이 겉으로는 그럴듯한데 난방이며 시설이 영 엉망이었다. 거기다 허술하게 아궁이라도 있어 불을 땐다면 또 모르겠는데 기름값 아낀다고 보일러도 때지 못하면서 장작불도 못 때는 형국이 되어버렸다. 이 통에 경로당은 어영부영 이층으로 옮기는 척 유명무실해지고 건물은 마을회관으로 둔갑을 하게 되어 무슨 경조사가 있게 되면 쓰는 장소로 변해버리고 말았던 것이다.

좁은 집에 시신을 들일 형편도 아닌데다가 노모가 아들이 죽은 게 아니라고 머리를 싸매고 누운 판이라 임시방편으로 병풍을 치고 임씨의 시신이 일단 그곳으로 들여지긴 했는데 위생이니 부검이니 뭐니 해서 그날 저녁으로 당진병원 영안실로 옮겨지게 되었다.

영안실에서 대충 치른 장례가 끝나고 임씨는 뒷산 자기 아버지 곁에 묻혔다. 그런대로 노모에게 위로가 되는 게 있다면 임씨가 초등학교에 막 들어간 아들 하나는 남기고 죽은 점이었다.

장례식장에 온 사람들마다 노모와 며느리를 위로하며 그래도 손자와 아들을 믿고 살아가야지 어떻게 하느냐고 이야기들을 건넸지만 노모는 넋이 다 나간 사람 같았고 임씨네는 우느라고 어떤 이야기도 귀에 들어오지 않는 것 같았다.

장례를 마치고 집으로 가는 야산 모퉁이에 접어들 때까지 김씨네와 박씨네, 그리고 천씨네 세 사람 다 아무 말이 없었다. 남정네들은 엉뚱하게 임씨네 집이 아닌 장씨네 집에 몰려가 조문도 하고 술치레도 한다고 뒤처진 참이었다. 노인네하고 며느리만 남은 임씨네서 술을 내거나 할 형편이 아니어서였다.

"아니, 왜 이렇게 사람이 이즈막에 죽어나간디야."

골똘히 생각에 잠겼던 박씨네가 나지막이 혼잣말처럼 말했다.

"머, 하기사 사람 사는데 죽는 것도 인생사 한 일이지유. 사십 넘으믄 가는데 순서가 정해진 거 아니라니까 우리두 이전 언제 갈지 모르는 판이구먼유."

얼굴에 수심이 섞인 김씨네가 한탄 섞어 받았다.

"아니, 그렇더라두 말이유. 벌써 일이년 새에 몇이나 죽어나가는 거유. 노인네야 명이 다해서 그렇다구나 하지만 저번 메께는 저 뒷동네 중학생이 길 건너다가 관광버스에 치여 죽더니 올해는 워쨌든 명색이 장정이 지 집 앞에서 그냥 죽어 꼬꾸라지니 이게 다 뭔 일이랴."

"시상이 하두 험해져서 그렇지유."

박씨네 말에 심성이 순한 천씨네가 대꾸했다.

"도대체 무어 태어나는 애기 소리두 들리구, 죽어가는 소리두 들리구 그래야 사람이 사는 마을이지, 이건 태어났다는 소리는 읎이 맨날 죽어간다는 소리만 들리니 이 골두 우리 명 다하믄 끝장날 것 같아 무섭구만유."

박씨네가 한탄조로 말하자 김씨네가 새삼 기운을 북돋우려는 듯한 가락을 넣었다.

"그러니까 선돌 어머니두 그렇게 일만 헐 게 아니라 우리 따라 여행두 다니구 놀러두 다니구 부엌두 개비허구 해야 해유. 허리가 휘게 일하다 죽으믄 누가 알아주기를 할 거유. 무슨 나라에서 공덕비를 세워줄 거유. 한세상 사는 낙을 조금이라두 보구 죽어야지유."

평소에 김씨네가 부엌을 개비하니, 여행을 가니, 뭐니 하면서 돈을 헤프게 쓴다고 충고를 곧잘 하던 박씨네는 되받아 하듯 하는 김씨네의 충고에 쓰다 달다 말이 없이 그저 서둘러 걷기만 했다. 그러면서 속으로는 이렇게 농사일이 밀리는 판에 남편이 또 술타령을 벌이고 하루를 날릴 생각을 하니 조급증이 나기만 했다.

"그러게 우리 선돌 아버지 말두 맞기는 허구만유. 농투산이덜이 하던 대로 기냥 농사를 짓지 트랙터니 머니 하믄서 분탕을 치더니 이 좁은 골에 이런 일꺼정 불러일으킨단 말이여유."

"그래도 시상이 다 바뀌는데 어떻게 안 따라가유. 장정이 한몫하는 일을 기계는 열배가 넘게 수월히 해내니 싫다구만 할 수두 없는 게지."

김씨네의 말에 박씨네는 코웃음을 쳤다.

"말은 바루 말이지, 그 고씨네두 트랙터 들여오는 바람에 돈푼이나 주무르는 줄 알고 계집질에 머에 그러다가 파토가 난 거 아니여유. 이번 장씨네 형제두 작년부터 이리저리 뛰어 을매나 벌었는지 모르지만 이번 보상금인지 먼지에 다 털어넣으믄 머가 남는 게 있겠시유. 이게 똑 여우에 홀린 꼴이지 뭐여."

갑자기 김씨네가 말소리를 낮추었다.

"그 집이 보상금을 얼마 주기로 했는지 알구 있슈?"

"모르지유. 아무렴 한두푼 거지구야 되겄어유? 한 보따리는 들어야 할 기유."

"그게 아마 육백을 주겠다고 했는데 임씨네서 거절을 한 모양이유."

동네 일을 다 꿰고 있는 남편 김씨 덕에 웬만한 일은 라디오 방송국 같이 잘 알고 있는 김씨네의 말에 박씨네와 천씨네는 화들짝 놀랐다.

"왜유? 돈 겉은 거 필요 읎다구유?"

천씨네가 조심스럽게 물었다.

"그게 아니라 적다구 그런 거지유."

박씨네가 걸음을 멈추고 김씨네를 쳐다보며 결기를 내었다.

"아니 시방 아들 죽었다구 곡기를 끊느니 머니 하는 노인네허구 마누래허구 죽은 송장값을 받아서 금시발복을 허겠다는 거유 머유?"

"그게 아니라 아들 하나 있는 게 이제 겨우 학교를 들어갔으니 그 애를 갈칠려믄 기본 깜냥은 있어야 하지 않겠는가 하는 거겠지유."

김씨네의 설명에 박씨네는 코웃음을 쳤다.

"원, 말이사 바로 말이지만 그 임씨가 사람이 부실해서 무신 살림에 공들인 게 있다구유. 오히려 한 사람 입을 덜은 형국이겠구먼."

"어쨌건 장정 하나 생목숨이 나간 거 아니여."

"그 사램이야 나이 든 아이였지유 뭐. 그려두 착헌 마누라가 들어와서 열령성으루다가 서방도 섬기구 논밭일을 돌보는 바람에 애들처럼 근심걱정 없이 자전거 타구 맨날 여기저기 놀러대니기만 했지 무어여. 그놈의 자전거 위험허다구 마을 사람덜이 그럴 때 아예 때려부수

든지 했다문 화근이 없었을 거구먼."

김씨네의 말에 박씨네가 대꾸했다.

"누가 그렇게 될 줄이야 알았나유. 애덜 장난감 가지구 노는 것처럼 인생의 낙이라군 그것밖에 없으니까 차마 뺏질 못헌 게 여기꺼정 이르구 만 거지유."

세 아낙은 시름없이 풀냄새가 날이 다르게 짙어지는 산모퉁이 길을 걸어 올라갔다.

마음 아프게 길러놓은 외아들을 잃은 노모는 장례를 치른 후 문을 닫아걸고 곡기를 끊었다. 심성이 착한 며느리가 울다 깨다 하면서도 미음을 쑤어 들이밀었지만 노모는 숟갈질조차 하지 않았다.

가끔씩 임씨 집 문밖으로 뼈를 저미는 노모의 탄식만 흘러나왔다.

"아이고. 내 아들아. 이게 웬일이란 말이여. 얼런 살아 돌아오너라. 사람덜 말은 다 거짓말인겨. 얼런 돌아오너라."

한번은 방문을 열어젖히고 며느리에게 얼른 나가서 아들 찾아오지 않는다고 온갖 욕설을 다 퍼붓기도 했다.

"오냐. 만약에 아들이 죽은 게 사실이라믄 내 죽인 놈덜을 기냥두지 않을겨. 무신 억하심정으루 꽃겉이 마음씨 고운 우리 아덜을 죽였단 말이냐."

이런 판이니 장씨네 형제는 밖에도 나가지 못하고 그 집에 사죄하러 가지도 못하고 방구석에 죄수처럼 갇혀 있는 형국이었다.

장씨 형제네 집들도 임씨네 집 못지않게 초상집 같았다.

어둑어둑해가는 형 장씨네 집안에서는 저녁 준비며 불을 켤 생각도 제대로 하지 못하고 식구들이 웅숭그리고 모여앉아 앞뒤로 한숨만 내쉬는 무거운 분위기였다. 목구멍이 포도청이라고 윗동서가 아랫동서를 채근해서 어두운 부엌에서 쌀을 씻고 된장국을 안쳤다.

"아무리 천방지축이래지만 해필이믄 그 찻길루다가 뽀르르 내려올 건 무어여."

형이 땅이 꺼지는 한숨 끝에 한탄을 내어놓자 나란히 곁에 집을 짓고 살아오던 동생도 한숨만 내리쉴 뿐이었다. 장씨 형제는 사이좋기로 인근에 소문이 나 있었다. 일찍 아버지를 여의고 형이 거의 아버지 노릇을 해가며 기르다시피 한 동생이었다.

장씨 형제는 작년에 여자 문제로 파토를 내고 만 고씨네 트랙터를 헐값에 물려받은데다 새 트랙터를 하나 더 들여올 때만 해도 금시발복을 할 것처럼 한껏 들떠 있던 참이었다. 그저 한동안 죽었다 셈 잡고 허리띠를 졸라매고 일을 하면 계산상으로는 금세 큰돈이 굴러들어올 것만 같아서였다. 논밭에 엎드려 땀범벅이 된 흙강아지꼴로 일년 내내 일을 해서 벌어들이는 돈보다 한철 트랙터를 몰고 벌어들이는 돈을 계산해보니까 몇배나 월등하던 것이었다.

"그나저나 형님, 보상금 문제두 그렇지만 인전 기운을 내셔야지유. 일어나버린 일을 워쩌겠시유. 죽은 사램은 가두 산 사램은 살아야지유. 지금 논갈이 밭갈이 약속이 줄줄이 얽혀 있는데 이참에 이러구 손을 놓구 있으믄 우리 집안은 빚감당에 뭐에 파토가 나게 생겼구먼유."

형은 동생의 간곡한 말에 대꾸도 하지 않았다.

장씨네가 잡곡밥을 짓고 얼갈이 배추로 된장국을 끓인 다음 김치만 달랑 놓은 허줄한 저녁상을 들여온 후에도 한동안 어른들도 아이들도 아무도 수저를 들지 않았다. 된장국 냄새가 허기를 돋우는 바람에 동생 장씨가 먼저 수저를 들고 다가앉자 모두들 한술씩 뜨기는 했다.

그 사건이 난 이후로 마을 전체가 음울한 분위기에 휩싸여 사람들마다 일손이 안 붙고 하도 흉한 일이라 서로 이야기가 나올세라 시선을 피해다니는 참이었다.

그래도 싹싹한 맛이 있는 김씨네가 임씨 노모 심정이 오죽할까 싶어 집에서 기르던 닭을 잡아 죽을 쑤고 커피를 보온병에 담아 임씨네 집을 찾았지만 방문도 열지 않는 노모에게 문전에서 거절을 당했다. 그냥 거절이나 했으면 좋았을 걸 입맛이 없으시면 그럼 커피라도 드시라고 간곡히 권한 게 화근이 되었다.

"자네야 원래 다방에서 휘돌았으니 무슨 일이 있으믄 다 그놈의 커피로 땜질허는 모냥인데 난 그렇게 뭇허네. 자식 잃은 년이 목구녕이 워디 있다구 거기다 아무거나 흘려넣는단 말이여."

이러자 싹싹한 김씨네도 그만 활딱 분이 서리게 된 판이었다.

"아니, 서러우신 건 알겠지만 남의 호의를 그런 식으루다가 말씀하시면서 내치시면 안되지유."

그렇지 않아도 이 산골마을에 재취로 들어와 이럭저럭 적응하며 살아가는 자신을 한껏 기특하게 여겨오던 김씨네는 새삼 설움이 복받쳐 올랐다.

그래도 온갖 사람을 많이 겪어 이력이 난 사람이라 김씨네는 그대로 보따리째 다 획 들고 오고 싶은 걸 참고 젊은 임씨 마누라에게 위로의 말을 건넸다. 그리고 한술이라도 어머님이 따뜻할 때 드시게 하라고 권하고는 휭하니 집으로 걸음을 옮겼다.

임씨는 살아 있을 때 마을 아이들의 공동 친구였다. 이 사람은 아이들이 노는 거라면 모르는 게 없었다. 버들가지를 잘라내 피리 만드는 거며, 대나무를 휘고 창호지를 발라서 연을 만드는 거며 할 것 없이 난당이었다.

다른 사람이 만든 버들피리는 소리가 잘 나지 않아도 임씨가 만든 버들피리는 유장하게 삘리리 소리가 났다. 가운데손가락만한 길이로 두 갈래가 갈라진 채 있는 단단한 참나무 가지를 구해 그 끄트머리에 튼튼한 고무줄을 매서 새총을 만드는 거며, 대소쿠리 밑에 쌀을 뿌려놓고 실을 맨 막대기로 소쿠리를 버티어놓았다가 쌀을 주워먹으러 오는 참새들을 잡는 건 다 임씨가 골목대장들을 거느리고 하는 일이었다.

겨울 날씨가 모처럼 쨍 소리가 나게 추워서 논이 얼어붙으면 철사를 밑에 댄 썰매며 나무팽이를 지치지도 않고 만들어내던 사람이었다. 마을 사람들이 추위에 치여서 뜨끈한 방안에만 있다가 마실을 나서보면 으레 얼어붙은 논가에서 아이들하고 썰매를 지치거나 팽이채로 팽이를 돌리는 임씨를 볼 수 있었다.

그러자니 집집마다 애들이 끼니때가 되어도 안 돌아오면 아이들 친구네 집보다 임씨네 집을 더 먼저 토파보는 게 마을 사람들의 버릇이었던 것이다.

장례도 끝나자 이제 마을 사람들은 자기 일에 묻혀들어가 밭일이며 논일에 정신이 팔려 있는 터였지만 장씨 형제만 죄인이 되어 얼굴을 들고 나서지를 못했다. 트랙터도 며칠 내내 세워두고 쓰지를 못했다. 이장이 형 장씨 집에 들러 좋은 말로 달래고 타이르고 한 연후에야 마음이 좀 동한 모양이었다.

“자네덜 심정이야 내 잘 알겄지만 그래두 워쩌겄는가. 마을을 위해서라두 마음을 다잡구 나서야지. 이러구 어영부영허다가는 다른 마을에 아주 뒤떨어져 농협 융자두, 영농자금 차례두 다 물 건너가는 거여. 내 고씨가 트랙터 갖다놓구 다른 일루 속을 썩일 적에두 아뿔싸

싶더니만 자네 형제들이 이 일을 맡아주어서 한시름 놓았는데 이게 무슨 횡액이여."

장씨네가 내온 차도 들지 않고 간곡히 말하는 이장의 이야기를 공손하게 듣고 있다가 형 장씨가 먼저 입을 열었다.

"이장님 말씀, 백번 잘 알아듣겄시유. 증말이지 맴으루다가만 헌다믄 저 트랙터를 마을 밖에 내어몰고 다시는 그 꼴을 보고 싶지 않구먼유. 허지만 한두살 난 애덜두 아니구 워쩌겄시유."

동생 장씨가 형의 말을 이었다.

"실상 지금 큰 문제는 보상금 문제구먼유. 그 집에서 그 액수 가지구는 안되겠다구 하는데 사실 따지구 보자면 우리 잘못이랄 것두 읎는 거거든유. 그 철없는 사램이 그냥 언덕 위에서부터 브레익두 밟지 않구 들이닥치는데 무신 수루다가 그걸 막아내느냐구유. 그 사램이 사실 따지자믄 애 한가지 아니였시유. 그런데 우리가 성의껏 제시한 보상금을 못 받겠다구 허니까 참 저희들두 난감허기만 허네유. 일어난 일은 일어난 일이래두 그거라두 해결이 되어야 밖에라두 나간다든가 워쩌든가 허지유."

이장은 고개를 주억거리면서 깊이 한숨을 내리쉬었다.

"알겄네. 내 양쪽 집안을 다 아는 처지에 증말루다가 맴이 괴롭구먼. 그래 그 집에서는 얼마를 내라든감?"

동생 장씨의 대꾸에 열기가 실렸다.

"기두 안 맥혀유. 이천은 내야 된다는 거 아니겠시유. 거 참 그렇게 안 보았는데 독한 집입디다유. 정 이렇게 되믄 우리두 법대루다가 허자는 소리가 안 나올 수가 없시유."

"그래 얼마꺼정 준다구 했는감."

이장이 침착하게 묻자 형 장씨가 나서서 대답했다.

"첨에는 오백 이야기를 했다가 육백으루 되었는디 막무가내여유. 사램이 돈독이 올르믄 이렇게 치사해지는 건지 모르겄네유. 그 돈이라믄 우리가 한 철을 땀두 못 닦구 옳게 먹구 자지두 못허믄서 모아두 안되는 돈인걸유."

미상불 장씨 형제의 이야기를 듣고 보니 딱한 일이었다.

이 일을 처리할 방법을 궁리궁리해가면서 이장이 다른 때처럼 중재에 나서게 되었다.

이러구저러구 소소한 불화며 말썽들은 있었지만 이번처럼 사람이 죽어나가구 흉칙스럽게 그 목숨값이 논의되고 그러는 건 이즈막에 정말 없던 일이었다.

이장이 언덕바지에 자리잡은 임씨네 집을 찾자 며느리는 일을 나가서 집에 없고 늙은 노모만 방문을 열어젖힌 채 넋 나간 사람처럼 밖을 내다보고 있었다. 저 아래서부터 이장이 올라오는 걸 분명히 보았겠건만 아무것도 눈에 들어오지 않는 모양이었다.

"그래, 월매나 상심이 크셔유."

이장이 인사를 건네며 노파가 내다보는 방 앞 툇마루에 들고 온 과일봉투를 내려놓자 노파는 거칠게 튼 손으로 앞머리를 걷어올리며 겨우 인사를 받았다.

"내가 먼저 가야만 허는 걸 아덜을 앞세우니 눈앞이 캄캄헌 게 곧 죽어야 한다는 생각만 드는 거여."

이장은 툇마루 끝에 궁둥이 한쪽만 애매하게 걸치고 앉으며 고개를 주억거렸다.

"워째 안 그러시겄어유. 허지만 산 사람은 살아야지유."

노파는 오장육부를 다 끌어올릴 것처럼 한이 서린 한숨을 내쉬었다.

"내 그룧지 않아두 올해 들어 그 자전거를 볼 적마다 맴에 걸리구 이상한 생각이 들어 왜 그럴까, 왜 그럴까 허는 생각이 들었었는데 증말 이런 일이 터지리라구는 상상이나 했겠능가. 맨날 여기저기 자빠지구 코가 깨지구 했지만 누구래두 자전거 타다가 죽었다는 소리는 금시초문이여."

노파는 새삼 설움이 복받치는지 꾀죄죄한 치마를 들어올려 코를 풀었다.

"그러니 이제락두 얼런 수습을 허시구 손자녀석을 올곧게 키우셔야지유."

"내 그렇지 않아두 한이 맺히는 게 우리 아들은 얼띠구 잘 말도 하지 못하구 그럴 때 그 장씨네 에미가 잘난 아덜 형제를 앞세우구 월매나 유세를 허였는지 아는가? "

노파가 결기를 내자 이장은 웃는 얼굴로 눙쳤다.

"그러실 리가 있었겠습니까? 그 집 어무니가 이젠 돌아가셨지만 애덜 아부지 읎이 길르느라구 굳굳헌 티를 냈을진 몰러두 속이 좁은 분은 아니셨지유."

노파는 갑자기 언성을 높이었다.

"이거 누구 앞에서 누구 편을 드는 거여. 내 우리 아덜놈 길르믄서 속이 다 타버린 건 말루 다 못혀. 이제 영감은 죽었지만 착헌 며느리 얻어 다리 뻗고 사나보다 하는 판에 워째 이런 일이 생기는 거여. 이게 다 그 장씨놈의 형제들이 지 에미 닮아서 잘난 척허구 그 애물단지 겉은 괴상헌 차들을 끌어들여서 일어난 일인 거여. 내 이대루는 두들 않을겨."

이장은 노파가 감정이 격해질수록 난감해졌다. 보상금 이야기를 꺼내기가 어려울 것 같아서였다.

"그러시겠지유. 워낙 감당 못헐 일을 당허셨으니께유."

"내 이장이 무신 생각으루다가 여기 왔는지는 모르지만 혹여라두 보상금 문제 때문에 온 거라믄 헛일인 거여."

일변 넋이 나간 것 같은 노파가 정확히 넘겨짚는 것을 보고 이장은 속으로 좀 뜨끔하기는 했다.

"아닌게아니라 장씨 집두 초상집 진배 읎시유."

이야기를 다잡아보려고 건넨 이야기가 그만 불에 기름을 부은 격이 되어 노파의 목소리가 분으로 떨려나왔다.

"워떻게 진배가 읎는가? 그 집 형제 다 눈 곱다랗게 뜨구 살아 있는데 워떻게 진배가 읎다는 거여? 말 겉지두 않은 소리 허려거든 얼런 썩 집으루다 가는 게 좋을 거여."

당황해하는 이장 앞에서 노파는 갑자기 생짜로 통곡을 뽑으며 사설을 늘어놓았다.

"아이구, 이놈아. 워딜 간겨. 아무리 기다려두 밥 먹으려두 안 들어오구, 뭐 만들려구두 안 들어오니 워찌된 겨. 아이구. 내가 북망산천에 가믄 무슨 낯으루다가 영감을 만난단 말인가."

이장은 그 기세에 밀려 엉거주춤 툇마루에서 일어섰다.

"아무튼 마음을 잘 다스리셔야지유. 일어난 일은 워쩔수 읎으니께유."

"하이구. 바루 그늚의 일이 워쩔 수 없으니께 내가 속에서 천불이 나는 거여. 천불이 나길. 워쩔 수 있는 일이믄 내가 이렇게 허구 있겄는가."

갑자기 노파의 어조가 약오른 붉은 고추처럼 독해졌다.

"이장 어른이 무신 소리를 들었는지는 모르지만 내 돈 욕심이 나서 그러능 거 아니여. 내가 돈을 왕창 달라고 해서 그놈의 괴상한 요물단지를 팔아치우게 할려는 거여. 그걸 팔아야 돈이 나오겄지."

이장은 그제서야 노파의 속셈을 알아차리고는 달래는 어조를 내어놓았다.

"그 사람들한테는 그게 목숨줄인데 그것을 놓으면 멀 허구 워찌 살라구유."

"그기 다 무신 소린가. 내 아덜은 진짜루다가 목숨줄을 놓았는데 지덜은 목숨을 잃는 건 아니잖여. 그리구다가 내가 그 돈을 꼭 받아내서 우리 손자 하나만은 아덜처럼 모자란다는 소리 안 듣게 꼭대기꺼정 다 가르칠 거네."

이장은 난감했다. 이러다가 일이 더 비퉁그러지게 생겨서였다.

"바라시는 건 알겠지만 합의가 얼런 안 들어가믄 그 집두 굶어죽을 판이구만유."

"장정이 둘이나 되는데 굶어죽긴 워째 굶어죽는가. 땅을 파두 등짐을 져두 먹을 거야 생기제. 시방 굶어죽게 생긴 건 우리 식구들이구먼."

이장이 잘 구슬리려는 마음으로 말을 조심스럽게 이었다.

"이건 아니 드릴 말씀이지만 임씨가 살아 있을 때도 올바르게 일을 거들었던 건 아니지 않습니까."

"그려. 말씀 한번 유식허게 잘하시느먼. 나도 며늘애도 억척겉이 일허기는 했지만 그래도 다 그게 그애를 바라보니까 기운두 나구 해서 움직인 거지, 이제 그 아이두 없는데 머헐러 먹구 머헐러 움직이나. 에구, 에구 내 팔자야."

노파의 통곡소리가 커지자 이장도 더 어쩔 수가 없어 황급히 인사를 건네고는 그 집을 떠나는 수밖에 없었다.

이장의 전언을 듣고 장씨 형제 얼굴은 사색이 되었다.

"그런 생각인 줄은 몰랐구먼유. 이제 그렇게 엇나가게 되면 합의도 어렵구 여러 가지 어려운 일이 많은데유. 이 노릇을 워찌케 한데여."

장씨 형제 아낙들은 뒤켠에 선 채로 우두망찰하고 있을 뿐이었다.

"내가 보기에 시간을 좀더 벌 수밖에 읎네. 외아덜을 잃었으니 아니 그러기두 어렵지 무엔가."

이장이 다음날 저녁 무렵 이 딱한 사정을 김씨네 집에 들러 하소연하자 술상을 보러 부엌으로 들어가려던 김씨네가 냉큼 나섰다.

"그 할머니가 이번 일에 딱한 건 알겠지만 원래 심짜가 고운 사램은 아니였시유. 말이야 바로 말이지, 그동안 저를 타지에서 왔다구 이리저리 하세하던 생각을 허믄…… 원래 옛말에두 마음이 곱지 않으믄 부실헌 자식을 둔다구덜 하지 않던감유."

김씨가 못마땅한 안색으로 마누라의 말을 막았다.

"허어, 거 참. 어려운 일 당헌 사람헌티다가 그릏게 말 막하는 거 아니여."

"이번 참에두 지가 닭죽허구 커피를 가지구 갔더니 고맙다는 말은 고사허구 다방에서 일허든 인종은 커피만 주면 다 되는 줄 아느냐구 비아냥이더라니까유."

김씨가 마누라 말에 대적하지 않고 이장에게 직접 물었다.

"이 사람 말은 다 지 혼자 생각이구먼유. 그래, 워째 보믄 좋을까유?"

"내 솔찌거니 말이지만 두 손 두 발 다 들었네. 이건 남정네 겉으면 술이라두 한잔 권한다든가 허믄서 말을 풀어보겠는데 워디 한군데 말이 들어갈 틈이 있어야제."

"지가 한번 가서 잘 말을 해볼까유?"

김씨가 말하자 이장은 두 손을 홰홰 내저었다.

"장이 아범이 내가 설설 기던 꼴을 못 보아서 그러는구먼. 삶은 무에 이도 안 들어갈 소리여."

"그렇지만 한 동네 일인데 잘못허믄 장정 둘 인생이 나가게 생겼는디 그 노인네 휘질르는 데루다가 가만있을 수는 읎지 않습니까. 아닐 말루다가 그 노인네 말이 부당허다구 우리가 탄원서를 내든가. 자초지종을 잘 알아듣게 마을 대표들이 모여서 경찰서에 연명을 한다든가……"

"아서, 그룷게 하믄 분쟁만 더 일어나지. 그리구 한 마을에 사는 아들 잃은 노인네가 거기다 더 한을 품구 살게 허믄 안되는 거여."

"그럼 워떻게 허실 매련이라두 있으세유?"

"글쎄, 서로 마음이 잘 풀려야 이 일두 해결이 날 터인데……"

김씨네가 집에서 담근 앵두술이라며 소반에 주전자를 놓고 김치하고 봄나물을 받쳐 내오자 두 사람은 술잔을 건네면서 답답한 심정을 서로 나누었다.

"지가 한 가지 생각이 있는데유."

김씨네가 소반을 내려놓고 곁에 서 있다가 불쑥 의견을 내었다.

"무어여? 새삼스리……"

김씨는 혹여 마누라가 새퉁맞은 소리를 할까 미리 경계를 하였다.

"그기 아니라 그 할머니를 잘 달래보는 거지유."

김씨네의 말을 이장이 맞받았다.

"저두 깜냥에는 달랜다구 달래보았는디 요지부동이더라구유."

"그러니까…… 일테믄유."

김씨네가 생각에 잠긴 눈빛으로 천천히 말했다.

"만약에 그 임씨가 살아 있다믄 자기 어머니가 워떻게 허기를 바랄 건지 한번 물어보는 거지유. 그러니까 그 마음 착하든 아들이 정말 죽어서두 어머니가 그렇게 나오는 걸 좋아할 것인지 잘 물어본단 말이지유."

이장은 술잔을 들다 말구 김씨를 건너다보았다. 어쩐지 말이 안되는 것 같으면서도 한편으로는 일리가 있는 것처럼 들려서였다.

김씨가 벌쭉 웃었다. 깜냥엔 그런 신통한 의견을 내는 마누라가 자랑스러운 모양이었다.

"그건 한번 말해볼 만허긴 허구만유. 약발이 들을랑가는 모르겄지만……"

이장은 술을 단숨에 들이키고는 곰곰이 생각에 잠겼다. 그러고는 주섬주섬 일어설 채비를 하자 김씨가 만류했다.

"이제 한참 술맛이 오르는데 중도에 워딜 가실려구 허신대유?"

"그기 아녀. 소뿔두 단김에 빼랬다구 내 이제 어둡기 전에 임씨네 다녀서 집에 가야 하겄구먼."

문을 나서는 이장을 배웅하고 들어오면서 김씨네는 김씨에게 한마디 했다.

"참말이지, 그 할머니가 이장님 이야기를 잘 새겨들어 주었으면 좋겄구먼유. 그나저나 저렇게 진실하구 참된 이장님은 이즈막에 보기 힘들지유."

"그런 분은 증말 읎지, 읎어. 말허자믄 인격자인 거여."

"아, 당신두 같이 술 대작허믄 그런 거나 새록새록 잘 배우시유. 인격 말이유."

김씨네가 눈을 흘기며 한마디 하자 김씨는 다른 때처럼 까탈을 부리지 않고 순순히 대꾸했다.

"그기 머 배우자구 덤빈다구 배워지는 겐감."

"정말이지 어떤 때는 내 이런 시골 마을에 뭐허러 부진부진 기어들어왔을까 허는 비관이 들다가두 저런 분을 뵈믄 보람이 있다니까유."

"알었어. 그 인격인가 먼가 나두 배워볼 테니까 얼른 저녁이나 내여."

김씨 말이 떨어지기 무섭게 마누라는 술상을 대강 챙겨들고 부엌으로 들어갔다. 이럴 때는 김씨도 말이 바로바로 튀어나오는 마누라가 거슬리지 않고 흐뭇했다.

이장은 김씨 집을 나오던 맡으로 임씨 집이 있는 언덕길로 발걸음을 재촉했다.

노파는 며느리하고 둘이서 마당에 깐 멍석에 앉아 이야기를 나누고 있던 모양이었다.

이장이 들어서자 며느리는 황급히 자리에서 일어서고 노파는 앉은 채 맞이했다.

"저녁 무렵인데 오셨구먼."

어조가 어제보다는 순한 것 같아 일변 마음이 놓였지만 어떻게 말을 꺼내야 할지 몰라 이장은 엉거주춤 서 있기만 했다.

"이짝으루 앉으시지유."

며느리가 권했다.

이장이 노파에게서 한 걸음쯤 떨어진 멍석 위에 조심스럽게 앉자 노파가 먼저 말을 꺼냈다.

"내, 그렇지 않아두 이장님께 우리 아이를 보낼까 했구먼."

"무신 일이라두 있으셨시유?"

이장이 조심스럽게 입을 떼었다.

"그보담두 이장님이 어렵게 마을을 위해 일허시는데 이 노인네가 너머 맘대로만 해댄 것 같어서……"

이장은 두 손을 다 내저었다.

"그런 말씀은 혹여 꿈에라두 마셔유. 지금 속이 워떠실지 알구 지가 조심을 해드려야만 허는 것인데 사정이 딱한 바람에 그만……"

"아니여."

노파의 시선이 저 언덕 아래 길가로 가 머무르는데 시름이 없어 보였다.

"실상은 어젯밤 꿈에 아들놈을 보았구먼."

"예에……"

"그눔이……"

노파의 목이 메었다.

"그눔이 워디서 구했는지 금빛 나는 자전거를 타구 나는 듯이 달려오는 거여. 벙글벙글 웃으면서 달려오는디. 아구 야야, 아구 야야. 그저 이 말밖에는 못했구먼. 나두 못 알아보구 그냥 지나쳐서 신나게 달려가더라니께."

"………"

"꿈을 깨구 보니 하두 생생해서 똑 생시 겉기만 헌데 식은땀이 다

나더만."

"암만…… 그러셨겠지유."

노파는 들일에 거칠어진 손을 들어 재물재물하는 눈가를 훔쳤다.

"그려서 내가 하루 온종일 곰곰이 생각을 해보았구먼. 그릏기 아이 겉은 천심으로 살다간 아들인데 내가 워째서 이르구 있는가 허구 말이여."

이장은 잘 달래볼 준비를 해오기는 했지만 갑자기 숨이 죽어지면서 무어라 말을 꺼낼 수가 없어 애꿎은 멍석 끄트머리만 쥐어뜯었다.

한참 후에 노파가 말을 이었다.

"내 며느리허구두 이야기혔어. 그 아이가 남 잘못되는 거 원할 아이가 아니라는 걸 말이여. 이장님이 그 장씨네 집에 가세서 내가 한 말은 다 잊어달라구 하슈. 생목숨을 워찌 돈허구 계량해서 바꾸겄능가. 그 합의선가 먼가 기냥 해드리겠다구 허시여."

"……그건."

이장이 뭐라고 말하려고 하자 노파가 손사래를 쳤다.

"빨리 가서 그릏게 전하는 거여. 할망구 맴이 또 원제 변할지 모르니께 얼렁 서두르라구 하구 낼이락두 다 해달라는 대로 해드릴 게라구……"

"증말이지…… 이렇게 헤아려주시니."

이장은 일어선 자리에서 몇번이나 머리를 조아렸다.

이장의 전언을 들은 장씨 형제는 그 길로 달려와 멍석도 깔리지 않은 맨땅바닥 위에 엎드려 용서를 빌었다.

노파도 울고 며느리도 울었다. 장씨 형제도 울고 곁에 섰던 이장도 울었다. 임씨네 어린 아들만 영문을 모르는 멀뚱한 얼굴로 지 에미의

치마꼬리를 휘감고 돌았다.

"지덜이 증말루다가 죄인이여유. 죽어두 시원찮은 죄인이구먼유."

"아니여. 아니여. 지 명이 그뿐인 걸 워쩌겠능가. 그 천방지축이던 걸 내 삼십년을 길르믄서 내내 불안했등만……"

임씨네 노파는 돈 한푼 안 받겠다고 하고 합의서에 동의해주었지만 그래도 그럴 수는 없다고 장씨 형제는 다음날로 임씨네 아들 이름으로 통장을 만들어서 칠백만원을 입금했다.

다음날 저녁 무렵에 들른 장씨 형제는 그런 거 필요 없다는 노파와 며느리의 사양을 무릅쓰고 억지로 아이 손에 도장과 통장을 쥐어주고 내빼다시피 그 집을 떠났다.

이제 좀 밤에라도 다리 뻗고 잘 수 있을 것 같은 기분이었다.

"그려두 그 임씨가 금빛 자전거를 타구 나타났대니 좋은 디 가긴 간 모냥이여."

애써 기운을 내려는 장씨의 말에 동생 장씨가 성심껏 대꾸했다.

"그렇겄지유. 그렇게 천심이던 사램이었으니 나쁜 데 갔을 리가 읎지유."

"낼버텀이라두 밀린 일에 번차례루 나서야지. 돈을 벌어야 임씨네 아덜을 낭종에락두 우리가 도와줄 수 있지."

"얼런 집에 가서 약조 표버텀 다 대조허구 어둔 새벽부터 나서자구유, 형님."

언덕길을 걸어내려가는 장씨 형제의 뒤로 금빛 노을이 밀어닥쳤다.

임씨가 꿈에 타고 나타났다는 자전거 빛깔이 바로 그럴 터였다.

정씨는 평소에는 그런대로 괜찮은 사람이지만

워낙에 주사가 있어서 술이 들어갔다 하면

무서울 게 없는 사람으로 소문이 나 있었다.
게다가 걸핏하면 마누라를 팬다는 소문이
있었지만 모두들 점잖은 척하느라고 모르쇠

해서 그 집안 일로만 치부를 해왔던

그런데 그 인구조산가 뭔가 [illegible] 다녔던

[illegible]의 사회복지사가 [illegible]씨가 되었다.

대화

마침 그 복지사가 들르던 날 정씨네가 전날밤
얻어맞고 누워 있던 장면을 보인 것이다.
전문대학을 갓 졸업해 통통한 볼의 살이 아직

다 빠지지도 않은 앳된 복지사는 정씨네를

간곡하게 책에서 배운 대로 설득하였던 것이다.

이렇게 맞고 살아서는 안되며 이렇게 맞고
때리고 사는 것은 인간이 할 짓이 아니라고

말이다. 정씨네도 한솥밥을 먹고사는 사람을

신고하라는 게 처음에는 말 같지 않은 소리라고

생각했는데 생각하면 할수록 이대로는 살 수

없다는 생각이 들었다.

대화

"워뗳게 이런 일이 있을 수가 있는 거여."

정씨가 경찰서에 불려가게 된 걸 알고 마을 사람들은 눈이 딱부리처럼 커졌다.

"어허. 증말 말세여. 말세."

노인네들은 마을회관 이층에 있는 경로당에 모여앉아 혀를 찼다.

"이건 증말루다가 온 마을이 우세스러워서 못 살겄구먼."

"그 마누래가 참든 끝을 볼 일이지, 이게 뭔 일이여."

"아니, 워치케 허여서 아낙이 남정네를 시체말루다가 고소를 허능가 말이여."

"그게 고소가 아니라 고발이라고 허든걸."

"아니여. 고발이 아니구 신고라드먼."

"무신 간첩이라도 나타났는가. 신고는 무슨 신고여. 마주 앉아 한솥밥을 먹던 사램을 워쩌자구 신고를 허는가 말이여. 그 머이냐. 쌈질두

시초에 교회 때문에 났다등만. 교횐가 먼가 들어선 댐부터 왜 이렇게 뒤숭숭한 일덜이 많은지 몰러."

설왕설래를 하다가 노인네들은 마침내 결론을 지었다. 주사가 심해 걸핏하면 마누라를 쥐어패던 정씨도 잘못이지만 그걸 어떻게 좀 잘 다스리지 못하고 쥐어맞았다고 경찰에 신고한 마누라야말로 더 큰 잘못이라는 결론에 도달한 것이다.

명심보감에 의거해서 세상의 도리며 남녀차별을 찾는 노인들로서는 어쩌면 당연한 결론일지도 몰랐다.

"이럴 때는 글줄이나 훤히 알던 김주사가 있으믄 시원시럽게 선은 이릏고 후는 이릏다, 이렇게 잘 알아듣게 끝을 맺겠구마는……"

아랫마을 노인이 한탄을 했다. 전에는 희떠운 소리나 하는 사람 치부를 하더니 막상 서울로 김주사가 떠난 다음에는 아쉬운 소리를 하는 사람이 하나 둘이 아니었다. 이 마을에 이런저런 새로운 일들이 일어나기는 하지만 아무튼 이런 일은 또 처음이었다.

정씨는 평소에는 그런대로 괜찮은 사람이지만 워낙에 주사가 있어서 술이 들어갔다 하면 무서울 게 없는 사람으로 소문이 나 있었다. 게다가 걸핏하면 마누라를 팬다는 소문이 있었지만 모두들 점잖은 척하느라고 모르쇠해서 그 집안 일로만 치부를 해왔던 터였다.

그런데 그 인구조산가 뭔가를 하러 나왔던 군청의 사회복지사가 불씨가 되었다. 마침 그 복지사가 들르던 날 정씨네가 전날 밤 얻어맞고 누워 있던 장면을 보인 것이다. 처음에는 그저 병이 난 줄만 알고 가족들은 몇인지 무얼 하는지 하는 것만 묻던 복지사가 돌아누울 때마다 죽는소리를 하며 끙끙거리는 정씨네보고 캐물어서 그날도 남편에게 얻어맞고 누운 것을 알게 된 것이었다.

전문대학을 갓 졸업해 통통한 볼의 살이 아직 다 빠지지도 않은 앳된 복지사는 정씨네를 간곡하게 책에서 배운 대로 설득하였던 것이다. 이렇게 맞고 살아서는 안되며 이렇게 맞고 때리고 사는 것은 인간이 할 짓이 아니라고 말이다.

허리가 결리고 어깨에 멍이 들어 누워 있던 정씨네는 그 경황중에도 픽 웃었다.

"내 결혼 안한 아가씬지, 결혼한 색씬지 모르겄지만 우리나라는 시집이라구 한번 가믄 인간대접을 받는 건 그만 종치구 마는 거유."

"그렇지 않아요. 우리 여성들도 자기를 지켜야 해요. 이제 법이 변해서 때리는 버릇이 있는 남편을 잘 교육시키게 되어 있어요. 감옥이나 그런 데 가두고 처벌하는 게 아니구요."

처벌하는 것이 아니라 교육을 시킨다는 바람에 누워 있던 정씨네의 귀가 솔깃해졌다.

"애덜두 아닌 다 큰 어런들을 무신 수루다가 교육을 시킨단 말이어유?"

"그게요. 심정적으로 충동을 조절하지 못해 일어나는 일이기 때문에 모여서 공부를 하고 나면 그런 버릇이 떨어진다는 거예요."

정씨네는 그러면 그렇지 하는 표정으로 코웃음을 쳤다.

"그렇게 해서 떨어질 버릇이라문 내가 이날 이때꺼정 이런 꼴을 보구 살았겠시유?"

정씨네는 땅이 꺼져라 한숨을 내쉬면서 한탄을 했다.

"사는 게 하두 사는 것 같지 않아서 그 윗마을께 교회를 몇번 나간게 또 화근이 되었지 머유. 괴로운 사람덜에게 구원인가 먼가 있다구 해서 가보았더니 온통 머가 먼지 모를 노래만 불러제끼더니 또 눈감구 기도하라구 해쌓구……"

"어머나. 교회에 나가세요?"

독실한 신자라는 복지사가 반색을 하자 정씨네는 도리머리를 흔들었다.

"나가는 게 아니구 이번 참에도 사단이 난 게 바루 그 교회 때문이었슈. 왜 그런 데 드나드느냐구 하두 종주먹을 대길래 나두 오기가 나서 당신이 바로 사탄이라고 했드니 어디메선가 사탄이 뭔지 듣구 와서 시비 끝에 또 그 드런 버릇이 나오구 말았슈. 내가 사탄이믄 사탄 마누라 이름은 대체 머이냐구 난리를 하믄서유."

정씨네는 말하면서도 허리께가 결리는지 손으로 바른쪽 허리를 짚으면서 찡그렸다.

"에그. 옛말에두 전생에 웬수가 부부가 된다기두 하구, 부모자식이 된다구들두 하더만 이게 웬수가 따루 없네."

복지사는 간곡하게 다음에 또 이런 일이 있으면 반드시 읍에 나와서 신고를 하든지 자기에게 전화를 하라고 전화번호를 남겨놓고 갔던 것이다.

정씨네도 한솥밥을 먹고사는 사람을 신고하라는 게 처음에는 말 같지 않은 소리라고 생각했는데 생각하면 할수록 이대로는 살 수 없다는 생각이 들었다. 그렇지 않아도 이제 사십이 넘어 주워들은 말로 하자면 갱년기니 뭐니 하는 나이를 그저 넘어가기두 힘겨운 판에 가끔씩 이렇게 매타작을 당하다가는 환갑을 넘기기도 전에 제 명을 놓겠구나 싶어서였다.

곰곰이 생각해보면 자식 기르고 농사짓느라고 일에 치여 허리 한번 못 펴고 살아온 반평생이었다. 그래도 남정네들은 술이라도 먹고 좀 마음이라도 풀 기회가 있지 않은가 말이다. 그 술 먹은 다음에 싫은 소리라도 한두 마디 하면 그냥 주먹이 날아오는 이따위 인생은 사는 것도 아니었다.

교회에서 들은 이야기도 하나님은 모든 인간을 다 똑같이 사랑하신다는 이야기가 아니었던가. 마을 노인네들 말 짝으로 남자는 하늘이고 여자는 땅이라고 하는 것도 다 좋았다. 하늘과 땅이 각자 따로 할 일이 있는 판인데 그놈의 하늘이 땅을 복날 개 패듯 패대기치기 시작하면 대체 무슨 좋은 일이 있겠는가 말이다.

복지사가 간 다음 하루종일 누워서 앓으며 곪으며 생각에 잠겨 있던 정씨네는 답답한 마음을 이길 수가 없었다. 그래 학교에서 돌아온 아이들 저녁을 대강 먹여놓고 김씨네 집으로 마실을 나섰다. 김씨 댁 큰집이 제사라 오늘 마을 남정네들이 집을 비운다는 걸 알고 있어서였다. 김씨네는 그래도 제법 도회지 물이라는 걸 먹어본 사람이라니까 이런저런 답답한 속이야기를 나누어보고 싶어서였다.

김씨네는 그렇지 않아도 적적하던 참이라고 반색을 하면서 정씨네를 맞아들였다. 그러면서 일변 호박 부침개를 내오고 아침에 끓인 것이라며 미역국에 나물을 받친 밥상을 들여오는데 정씨네는 고마운 마음에 어쩔 줄을 몰랐다.

"모처름 쉬시는디 지가 방해를 놓는구만유."

"아이구. 그런 소리 말구 국에다 말아 얼른 한술 뜨시유. 내 이런저런 짐작 다 하구 있어유. 얼마나 고달프세유."

그러고도 정씨네가 얼른 수저를 들지 못하자 김씨네는 친구삼아 젓갈을 들고 마주 앉아 부침개를 자기도 집어먹으며 이것저것 권면을 했다.

아무것도 못 먹을 것만 같더니 구수한 미역국 냄새가 코에 닿으니까 식욕이 동해 주춤주춤 수저질을 시작한 게 밥그릇을 반 남아 비웠다.

"마저 드시유. 내 살아보니까 그저 서러울 땐 든든히 먹어두어야 견딜 힘두 나더라구유. 그렇지 않아두 내일쯤은 국이라두 한 냄비 들구 아래께 선돌 엄마하구 한번 들러볼려구 했어유."

정씨네는 동네 사람들이 다 자기 일을 알고 있는 것 같아 부끄럽기만 했다.

"증말 우세스럽구만유. 다른 집덜은 다 오순도순 살아가는 것 같드만 워째 이녁의 팔자만 이른지 몰러유."

"그런 소리 마셔유."

김씨네는 손을 다 내저었다.

"집집마다 문제덜은 다르겠지만 우리나라 남정네덜이라는 게 꼭 다 큰 애덜이유, 애덜. 그저 잘해주구 추켜주면 그럴싸해서 가만 있는 거지유. 올바른 소리 허구 그 권리라든가 먼가 하는 거 내세웠다가는 내 보기에 그거 받아줄 위인은 이 마을에 한 사람두 없시유."

정씨네는 수저를 놓고 입바르게 말하는 김씨네를 멍하니 바라보았다.

자기는 남편을 애들 취급한 적도 없고 그저 받들어 모시려고만 했는데도 이런 일이 생기는 것이 너무 불공평하게만 느껴져서였다.

김씨네가 곁으로 다가와 젓가락을 손에 다시 들려주며 권했다.

"이 어리굴젓이 딸네가 서산에서 보내준 건데 맛이 끝내주느만유. 얼른 드시유. 남은 밥을 물에 말아서 시원하게 젓갈하구 드시면 막힌 속이 확 뚫릴 거유."

김씨네가 이렇게 살갑게 권하며 일변 밥에도 마구잡이로 물을 붓자 정씨네는 고마운 마음에 가슴이 다 찌르르했다.

"장이 어머님은 낭종에 이 집에 들어오셨어두 이른 일 저른 일 다 감당하시믄서 잘 지내시는데 지는 이게 꼴이 머래유."

"그런 소리 말어유. 내 가슴에 쌓인 숯검댕이두 죄다 꺼내놓는다믄 한 겨울철 내내 밥이며 국이며 다 끓여대구두 남는 양이구먼유."

밖에서 신발 끄는 소리와 함께 인기척이 들렸다.

"지시유?"

김씨네가 반색을 하면서 일어섰다.

"아랫집 선돌네구먼. 어서 들어오시유."

박씨네는 들어서는 참으로 정씨네를 보고 반갑게 인사를 했다.

"마침 여기 와 지시느먼유. 오랜만이어유."

그러면서 하늘색 보자기로 씌운 작은 소쿠리를 내밀었다.

"저녁에 감자전을 부쳤는디 그런대루 꼬숩어서 몇개 들구 왔시유."

"고맙구먼유. 마침 선이 어머니두 왔는데 노나 먹자구유."

김씨네가 일변 감자전을 받아 내려놓으면서 의견을 내놓았다.

"우리 동동주 한잔씩들 하면 어때유?"

박씨네가 웃으면서 좋다고 하자 정씨네는 황망히 두 손을 내저었다.

"아이구. 저는 술이라믄 자다가두 깨게 웬수 겉구먼유."

김씨네가 웃음띤 기색으로 말을 받았다.

"남이 마시니까 웬수지, 마셔보면 꽉 막힌 가슴이 스르르 풀린다니까유. 거 머이냐, 교회에서두 웬수를 사랑허라구 그런다면서유. 잠깐만 지둘르시유."

김씨네는 냉큼 나가서 막사발 세개 하고 주전자를 쟁반에 받쳐들고 들어왔다.

정씨네는 한사코 거절하다가 맞아서 독 오른 데는 술이 약이라고 김씨네가 권해서 반 사발쯤 마시게 되었다. 박씨네는 일에 지쳐 안 아픈 데가 없는 몸에 보약삼아 먹는다면서 한 사발을 수월하게 마시고 감자전을 한쪽 손으로 집어올렸다.

"그래, 마셔보니까 워떠슈?"

박씨네가 술 마신 뒤에 진저리를 치고 얼른 감자전을 집어먹는 정씨네를 보고 물었다.

"이상허구먼유. 너무 쓰기두 허구유."

조금 있더니 정씨네가 한마디 보탰다.

"얼레, 가슴속이 알딸딸헌 게 나쁘지 않구먼유. 이 맛에 남정네덜이 술을 먹는가 보네유."

그러더니 사발에 반나마 남은 술을 마저 마셨다.

김씨네나 박씨네도 한 사발 가웃 이상은 마시지 못했다.

그런데 어찌된 셈인지 늦게 배운 도둑이 날 새는 줄 모른다고 정씨네는 두 사발이나 거푸 마셨다.

"내 시상 떠난 김주사네 할머니가 워째서 그렇게 술을 마시구 돌아치는지 못마땅허게 생각하기두 했었는데 다 일리가 있었구먼유. 괴로운 사람덜은 술 무게루다가 서러움을 꾹꾹 눌러서 가라앉히는 모냥이유."

정씨네는 하루종일 굶은 속에 밥은 들어갔지만 속이 허해 몇잔 술을 이기지 못하는 모양이었다. 저절로 말이 많아졌다.

"내 두 분 형님들께 이제니 말이지만 그동안 몇차례나 죽구 싶었시유. 우물에 그만 빠져죽을까, 큰 나무에 목을 맬까, 저수지에 뛰어들을까, 정말이지, 얻어맞구 나믄 워떤 때는 그 인간두 죽이구 나두 죽구 싶을 때가 한두번이 아니었시유. 그러다가두 자는 애덜 보구서는 눈물이 쏟아져서 그려, 내 한 몸 죽이구, 마음두 죽이구 새끼덜을 살려야지, 살려야지 허구 이를 악물구 살아왔구먼유."

박씨네가 끼여들었다.

"에휴, 그눔의 자석새끼덜 때미 우리가 너나읎이 다 성질 죽이구 살지유."

"이제 애덜두 크구 허니까 그 버릇이 좀 나아져야 허는데 술을 퍼마시기만 허믄 지 본색이 그대루 나오는 거여유. 어제만 해두 별다른 일두 아니었시유. 지가 이제 나이두 사십이 넘는디 그렇게 개 도야지 취급만 받구 살 수는 없거든유. 그래서 구원이 있다는 교회에 가본 게 또 트집이 된 거구만유. 가지 말라는디 말대답헌다구 순식간에 여기 퍽, 저기 퍽, 참 장난이 아니였슈."

김씨네와 박씨네가 함께 분개를 했다. 성미가 곧은 박씨네가 더 참지를 못했다.

"아니, 워디서 그런 인사가 있는 거여. 아낙덜이 낮에는 논밭일에 휘지지, 밤에는 애덜에 살림에 휘지지, 그래갖구선 온 삭신이 다 물러져나가는 걸 보믄서두 워째서 자기만 위하라구 그런 행태를 헌디야, 허기를…… 하여튼 남정네덜은 전부 다 수용소에 한참 처넣어서 교육을 받게 해두 시원치 않다니께……"

정씨네가 교육이란 말에 눈이 번쩍 띄어서 실토정을 했다.

"맞어유. 바루 그 교육 말이어유. 오늘 낮에 집에 왔던 군청 각시가 그러더라구유. 그런 버릇을 가진 인사는 신고만 하믄 나라에서 무료루다가 교육을 시켜준다구유."

김씨네와 박씨네는 동시에 눈이 휘둥그레졌다.

"무신 교육을 말이유?"

"그 머라나유. 먼가를 억제해준다나유. 말허자믄 사람을 보는 눈을 바꾸어준다지유, 아마?"

김씨네와 박씨네는 서로 마주 보고 반신반의하는 기색이다가 박씨네가 입을 떼었다.

"아, 그른 교육이 있다믄 월매나 좋겠시유. 우리 동네에두 거기 가야 할 인사가 한 트럭하구두 두 명은 남아서 걸어가겠구먼……"

정씨네는 주눅이 든 표정으로 목을 움츠렸다.

"그른데 그게 지가 맞은 다음에 즉시 경찰에 신고만 허믄 즉각 출동을 해서 그 교육인가 먼가를 강제루다가 받게 허는 거라드만유."

"그거 좋은 얘기유."

성미 괄괄한 박씨네가 나섰다. 워낙 정의파라 힘이 약한 사람이 피해당하는 꼴을 못 보는 성격이었다.

"적극적으루다가 그럼 신고를 해보자구유."

"허지만 워떻게 함께 살든 사램을 그 신곤가 먼가를……"

정씨네는 당황스러운 기색이었다.

김씨네가 끼여들었다.

"그저 때리는 버릇은 초장에 장작불에 데듯 뜨거운 맛을 봐야만 떨어지는 것인데 때가 늦긴 했지만 이제라두 도리가 있다면 해보는 것이 좋지유. 아닐 말루다가 뭐가 그리 살 만한 세상이라구 맞아가믄서까지 살아유."

"너무 무선 생각두 들구유. 한편으루는 그 버릇을 좀 떼두룩 해보는 게 워쩔까 허는 생각두 들구유. 그래 의논삼아 오늘 여길 올라왔시유."

주섬주섬 말을 내어놓은 정씨네는 색 바랜 남빛 블라우스의 한쪽 어깨를 잡아당겨 갈색과 퍼런색으로 아이 손바닥만하게 멍이 든 상처를 보여주고 치마끈을 늦추어 허리 아래로 내려서 왼쪽 엉치 위쪽에 커다란 고구마만하게 벌겋게 상처난 부분을 보여주었다.

그걸 보면서 새삼 박씨네는 분기탱천했다.

"워딜 팰 디가 있다구, 우리보덤두 몸피가 가는 선이 어머니를…… 하여튼 인간두 아니여. 짐승이제. 하여튼 아녀자를 패는 놈덜은 그저 그냥덜 두믄 안되는 거여. 교육이 다 무어여. 그저 워디다 짐승 우리를 설치허구다가 거기다 그냥 콱 처박아두믄서 깻묵이나 비지나 던져주고 다시는 안 그르겠다구 손이 발이 되게 빌어야 내놓아야 한대니께……"

박씨네는 얼굴이 다 벌겋게 되도록 성을 내었다. 박씨가 자기 마누라가 성낼 때 보면 똑 장비 한가지라고 하는 말이 헛말이 아니었다.

"워찌 그걸 참구 살았디야. 참, 선이 어멈두 참을 걸 참아야지유. 소문을 듣긴 했지만 그 정도인 줄은 몰랐시유. 당장 낼이라두 그 신곤가 먼가를 하러 갑시다. 내가 증인을 선다니까유."

정씨네는 당황스러워하며 옷매무새를 바로잡았다.

"그릏지만 애덜두 있구, 남의 이목두 있구 그저 나 하나만 참으믄 모든 게 조용하지, 이러구다가 살았지유."

김씨네가 그래도 이런저런 세상일에 치어난 사람이라 도리를 내어놓았다.

"가만 가만, 일은 순리대루 풀어야지. 사램덜마다 다 몫몫이 입장이라는 게 있으니까유. 우리 워떻게 해야 선이 어멈에게 제일 좋을지 일의 순서를 잡아보자구유."

"순서를 지덜이 안 잡는 마구잡이 겉은 놈덜허구 무신 순서를 잡는단 말이어유. 그런 놈덜은 감옥에 칵 처넣어서 콩밥을 찬 방에서 먹어봐야만 자기 마누라 귀헌 것덜을 알게 되지유."

정씨네가 좀 언짢은 얼굴을 했다.

"그려두 우리 아이덜 아버지인디 이놈 저놈 허는 언사는 좀 심허시구먼유."

박씨네가 조금 머쓱한 표정이 되었다.

"내가 하두 결김에 허는 말이라 그리 됐시유. 나버텀이라두 참구 양보허니까 그룷지, 조금만 내 주장을 내세우믄 원제 손이 날라올지 모른다는 생각을 헐 때두 종종 있슈. 워찌케 된 게 남정네들만 시상이 변한 걸 몰르구 여자덜을 우습게 아니…… 그러니까 아무두 농촌으루 시집을 안 올려구덜 허지유."

김씨네가 끼여들었다.

"그려두 선돌 아버지는 무던한 편이여. 우리 장이 아범 까탈시러울 때 보믄 참 내 아니헐 말루다가 저 성질을 못 견디구 먼저 마누라가 가버렸구나 허는 생각이 들 때두 다 있다니깐."

정씨네는 눈을 휘둥그렇게 떴다.

"정말루 그럴 때가 있시유? 지는 그저 다른 이덜은 다 사이좋게 지내는디 저만 이런가 허는 생각에 무얼 내가 잘못해서 그른가 허구 반성두 많이 해봤시유."

박씨네가 열이 뻗치는지 손까지 다 내저으면서 말했다.

"그 반성 겉은 소리 좀 그만 허시유. 얻어맞은 인간이 무신 반성을 한단 말이유. 옛말에두 이르기를 때린 놈은 다리 못 뻗구 자두 맞은 놈은 다리 뻗구 잔다구 하잖아유."

김씨네가 끼여들었다.

"우리 이렇게 하지유. 일단 선이 아버지에게 한번 경고를 하는 거지유. 한번만 더 이른 일이 있으믄 그때는 경찰에 신고를 허겠다구유."

정씨네는 고개를 주억거리기는 했지만 아직 얼굴에 반신반의하는 기색이 가신 건 아니었다.

"그 냥반이 주사가 있어서 그러기는 허지만 술을 안 마셨을 때는 전혀 안 그래유. 어떤 때는 월매나 잘해준다구유. 상처에 붙일 고약두 사다주구 또 미안하다구 보듬어주기두 하구유."

"그르니까 우리집 누렁이처럼 발로 걷어차면 마루구석에 들어가 눈치만 보구 있다가 고깃점이라두 던져주믄 나와서 꼬리 흔들구 그렇게 살다가 죽겠다는 거유, 시방?"

박씨네가 성급하게 나서자 김씨네가 만류했다.

"그렇게 말할 건 아니구먼. 지금 이런저런 일이 겁이 나서 그런 게지. 우리가 말하자믄 빽이 되어드릴 테니께 힘을 합해서 하여튼 그런 버릇은 떼어야지유. 그런 일이 또 일어나믄 즉시 연락을 해서 함께 의논을 해보자구유."

정씨네는 고개를 주억거렸다.

"암튼 이제 이렇거구는 못 살것시유."

이게 일의 발단이었다. 원래 일의 발단은 애초에 정씨가 아내를 구타한 데서부터겠지만 그 다음날 경찰서 신고 이야기가 나오면서 술김에 한대 더 때리자 정씨네가 더이상 참지 못하고 군청의 복지사에게 신고해달라고 한 것이었다.

어쨌든 경찰이 전화를 받고 찾아오고 정씨네는 진단서를 떼고 정씨가 함께 경찰서로 가게 되고 하면서 일은 커지게 된 것이었다.

정씨의 입장에서 보자면 정말이지 이건 머리털 나고 처음 보는 해괴한 꼴이었다. 물론 자기가 잘못한 것일지도 몰랐다. 그렇지만 어떻게 아낙이 제 남편을 신고하는가 말이다. 정씨의 입에서 저절로 말세여, 말세 하는 탄식이 터져나오지 않을 수가 없는 연유가 여기 있었다.

우여곡절 끝에 당진읍의 사회복지사와 상담을 거쳐서 집단상담을 받게 된 정씨의 심정은 말이 아니었다. 마음 같아서는 이 여편네를 길바닥에 패대기를 치고 싶었지만 만약에 한번만 더 그런 일이 일어나면 이번에는 깔축없이 감옥에 가게 된다는 사회복지사의 말이 귀에 쟁쟁해서 나가려던 손이 그만 멎고는 했다.

한주일에 한번씩 사회복지관에 와서 비슷한 처지의 다른 사람들과 함께 교육을 받는다는 이야기는 그만 정씨의 모골을 송연하게 했다. 이 창피스러운 일을 어쩌면 좋을까 싶어서였다.

거기다 더 끔찍스러운 일은 첫날 가르친다고 들어선 강사가 나이도 들어 보이고 전문가라고는 하지만 여자라는 점이었다. 집에서 여자가 앙앙거리는 것도 지겨운데 여기까지 와서 다른 여자가 앙앙거리는 소리를 들을 생각을 하니 눈앞이 다 캄캄했다.

다른 사람들도 다 서산, 당진 근처 사람들일 텐데 첫날은 한 여섯명이 모였다. 낯선 얼굴들인데 모두들 심란한 표정들이었다.

어쨌든 전부 의자가 놓인 대로 둥그렇게 둘러앉자 강사가 돌아가면서 자기 소개며 이야기를 하자고 제안을 하였다. 그것도 좀 의외이기는 했다. 정씨가 아는 한 교육이라는 것은 선생은 앞에서 가르치고 다른 사람은 그저 죽었습니다 하고 앉아서 듣는 것이기 때문이었다.

강사 바로 옆자리에 앉은 남자는 삼십 안팎 되어 보이는 비교적 젊은 사람이었다. 이 사람은 헤어진 전처를 찾아가서 구타한 경력 때문에 이곳에 오게 되었다고 했다. 애도 있고 해서 어떻게든 화해를 해보려고 하다가 전처가 하도 모욕적인 언사를 퍼부어서 그만 손찌검을 하게 되었다는 것이다. 자기는 너무 외롭고 불우한 어린 시절을 보냈기 때문에 결혼하면 다정하게 사는 게 꿈이었다고 하면서 어떻게 된 일인지 자기도 이해가 안 가는 것 같은 멍한 표정이었다.

그 옆에 머리를 올백으로 넘긴 한 오십 되어 보이는 남자는 여자와 실수한 과거 때문에 아내가 너무 종주먹을 대어서 그렇게 되었다고 하면서 뉘우치고 있다는 소리를 여러번 했다. 초록색 세무 잠바를 입은 것 하며 윤이 나게 닦아 신은 구두를 보면 바람깨나 피우게 생긴 남자였다.

기름때 묻은 밤색 잠바를 입은 한 사십 되어 보이는 남자는 읍에서 차 정비업소를 차리고 있는데 마누라가 손님이 있거나 없거나 사사건건이 너무나 잔소리가 그칠 새 없어서 홧김에 그렇게 되었다고 했다. 그날도 다른 일이 아니라 고등어 구어놓았는데 빨리 먹지 않는다고 느려터진 성격을 비난하더라는 것이다. 이제 나사만 조이고 먹는다고 했더니 고등어는 식으면 비린내나서 못 먹는다고 하도 짱알거리길래 언제부터 그렇게 내 입맛에 신경을 썼느냐고 했다가 남자 구실도 못하면서 성격까지 비틀어졌다고 길길이 뛰는 바람에 그만 볼치를 쥐어질렀더니 아내가 그냥 신고를 해버렸다는 것이다. 그는 지친 표정으로 만약에 교육을 한 사람만 받아야 한다면 교육을 받을 사람은 자기가 아니라 아내라고 말했다. 그 사람의 말이 사실이라면 미상불 딱한 노릇이었다.

그 다음에 한 삼십 넘어 보이는 몸이 마른 남자는 아내가 낭비가 심하고 한번 나가면 찜질방에 가네, 동창을 만났네, 어쩌네 하면서 밤 열두시를 넘기기가 예사라 그날도 잘 말로 타일러보려고 했는데 하도 발악을 하고 덤벼서 그저 꿀밤을 한 개 머리에 주었는데 이 여편네가 경찰에 뽀르르 신고를 했다는 것이다.

정씨 옆에 앉은 점잖게 보이는 사십대 중반의 한 남자는 밥상을 받고 있는데 문 앞에 마누라가 서서 하도 같잖은 소리를 하길래 홧김에 밥 먹던 젓가락을 벽에다 던졌는데 마누라가 바로 그 순간에 그 벽 앞을 지나가는 바람에 젓가락에 얼굴이 맞아 이렇게 되었다고 했다. 마누라가 서커스 단원인 것도 아니고 도통 말발이 서지 않는 이야기였다.

신기한 일은 강사가 사람들이 이야기하는 동안 한번도 가로막지도 않고 거짓말 말라고도 하지 않고 열심히 듣는다는 점이었다. 하다못해 정씨가 나서서 거짓말을 가려내며 교통정리를 해주고 싶은 마음이 다 들 지경이었다.

정씨는 속으로 생각했다.

'그거 봐. 아무리 공부를 했다고 혀도 여자덜이란 남정네들의 속을 모르는 거여. 저 뻔한 거짓말을 듣고도 속는 걸 보믄. 나는 저따위 거짓말을 하느니 차라리 입을 다물고 말 거여.'

그래서 자기가 말할 차례가 되자 정씨는 그저 아무 말도 하고 싶지 않다고 했다.

이런 생각을 아는지 모르는지 간단하게라도 이야기해줄 수 없느냐고 강사가 부드럽게 다시 청하자 그만 정씨는 눌러두었던 열이 치밀어올라오는 것만 같았다. 그래도 다른 사람들이 무슨 이야기를 해도 야단을 치지 않는 데 좀 용기를 내서 밭은기침을 한 연후에 말을 꺼냈다.

"물으시니까 말씀인디 그거야말루 바루 지가 알구 싶은 일이유. 워째서 내가 여기 오게 되었는가 허는 이유 말이지유. 우리 마누라허구 지는 그동안 의초좋게 잘 살아왔다 이겁니다. 선상님두 결혼하셨으믄 아시겄지만 부부라는 게 찌그렁거릴 때두 있구 좋을 때두 있구 허믄서 한시상을 살아가는 거 아닌가유? 헌데 내 참 이 신고라나 머라나 허는 걸 당했다구 처음에 들었을 때는 말은 바루 말이지 피가 콱 머리 위로 솟구칩디다. 증말이지 그건 지가 묻구 싶은 말이유. 워쩌다가 이곳에 오게 되었는가 허는 것을유."

강사는 잠자코 듣기만 하다가 정씨의 말이 끝나자 말했다.

"제가 알기에는 아내가 도저히 이렇게 구타당하고는 살 수 없다고 신고를 한 것으로 알고 있는데요."

정씨는 뒷머리를 득득 긁었다.

"지두 손이 나갔을 때는 도저히 이렇게는 살 수 없는 심정이었을 때였시유. 이게 농사구 머구 다 빚 좋은 개살구지, 돼지 길르면 구제역이니 머니 허구 걸리지유. 파끔이 좋다구 해서 심어놓으믄 값을 조절한다구 갈아엎으라구를 안 그러나, 김장배추를 길러놓으믄 차비두 못 뽑아서 땡땡히 선 자리에서 얼어죽게 만들지를 않나, 증말이지 덧정이 읎시유. 집 나서다가 배추가 줄을 서가지구 허여텅텅허게 얼어서 서 있는 걸 보믄 증말이지 한잔 허지 않구는 그 뒤집어지는 속을 감당헐 길이 읎슈."

"그 마을의 다른 사람들도 사정이 비슷할 텐데 아내를 다 그렇게 대

하나요?"

정씨는 꿀 먹은 벙어리처럼 묵묵부답이 되었다. 속으로만 뇌었다.

'말은 참 교양적으루다가 허십니다만 당신두 이런 일을 당해부아. 앙앙거리는 마누라 안 팰 수 있는가.'

질문을 받고도 대답을 안하고 가만히 있다가 보니 모두 다 정씨만 바라보고 있었다.

그래 어쨌거나 대답을 안하기도 난감한 입장이 되어버렸다.

"그 사람덜이야 다 잘나서들 그렇겄지유. 지는 그렇지 못하구유. 예."

비틀그러지는 정씨의 대답을 듣고 모두들 왁자하니 웃음을 터뜨렸다. 강사도 따라 웃었다. 정씨도 모처럼 맞는 답인가 싶어 비죽이 입가에 웃음이 실렸다.

"이렇게 된 데는 아내의 탓이 크다고 보십니까?"

강사의 질문에 정씨는 그 와중에도 고개를 저었다.

"그렇지는 않어유. 시집이라구 와서 고생만 지지리두 헌 게 미안허기는 허지유."

"아내가 그럴 때 어떻게 해주었으면 좋으시겠어요?"

강사가 차근차근 부드럽게 물으니까 대답이 저절로 나왔다.

"지발 지가 속이 뒤집어질 때 가만히 내버려두었시면 좋겄시유."

강사는 고개를 끄덕이고는 다시 물었다.

"아내는 정선생님이 어떻게 해주기를 바라는 것 같습니까?"

"거야 한두 가지가 아니겄지유."

"그중에 제일 먼저 바라는 것은 무엇일까요?"

"………"

"짐작이 안 가세요?"

"그건 지가 몰르지유. 우린 그런 말해본 적이 읎으니께유."

강사는 잠시 생각에 잠긴 것 같았다. 그러다가 사람들을 향해 제안을 내어놓았다.

"그럼 우리 이렇게 해보면 어떨까요. 여러분들이 다음에 오실 때 아내가 제일 바라는 게 뭔지 대화를 해보고 그 대답을 들어오기로요."

사람들은 이제 이 정도로 놓여나는 게 안심이 되는지 기지개를 켜기도 하고 옆사람과 이야기를 나누기도 하면서 집에 갈 채비들을 차렸다.

일단 참석해보니 생각했던 것보다 더 나쁜 기분은 아니었다. 그렇지만 다음주에 와서 대답을 하려면 아내가 자기에게 바라는 게 뭔지 물어보기는 해야겠는데 그것이 정씨의 제일 큰 걱정거리였다. 이 우세를 시키는 웬수 같은 마누라하고 이야기를 하다가 잘못해서 또 손이라도 나가면 어떻게 할지 걱정이 태산 같았다.

마누라가 신고한 후 정씨 내외는 벙어리 부부같이 서로 한 집에서 밥을 지어주고 받아먹으면서도 말은 나누지 않고 있었다. 그 다음주에 두번째 교육을 받으러 읍내로 나갈 준비를 하느라 양말을 신으면서 정씨는 양말 쪽에만 시선을 둔 채 불퉁거리는 어조로 물었다.

"도대체 임자가 내게 바라는 게 뭐여?"

정씨네는 겁먹은 표정으로 힐끗 정씨를 바라보았다.

"지가 바라긴유, 멀."

"아니 그러들 말구 솔찌거니 말해부아. 다른 놈으루다가 서방을 얻구 싶은 거여?"

정씨네의 목소리가 떨려 나왔다.

"무신 말씀을 그룹게 허신대유. 듣기 무서서 가슴이 다 떨리네유."

"그럼 머여? 나 감옥에 처넣은 다음에 딴 눔허구 놀아나구 싶은 게 아니라믄 대체 이 지경을 만들어놓구 바라는 게 무어여."

억지소리에 마누라는 입을 착 다물더니 더 말을 하지 않았다.

"아, 얼런 말을 해보아."

"………"

"하이구, 이 소 죽은 귀신 같은 마누라 보소. 내 또 성질이 팍 오르느먼. 아, 지금 젤루다가 바라는 게 머냐구, 그기 이번주 숙제란 말이여. 그거 물어오는 기……"

"그 교육 머라나 허는 디서유?"

정씨네의 말문이 열렸다.

"그려, 자네가 보내준 그 잘난 교육인가 먼가 하는 디서 말이여. 공부깨나 했다는 여자선생이 나타나서 갈칠 생각은 않구 죽덜 물어보기만 허더만. 실력이 부쳐서 그러는지 남자들이 겁이 나서 그러는지 모르겠지만 내가 듣기에두 다덜 말짱 거짓말에다가 말이 안되는 소리들만 하등만 야단두 치지 않고 그저 가만히 내버려두는 거여. 참 살다가 별꼴을 다 본다니께."

"그 선상님이 지가 바라는 게 먼지 알아오라구 하셔유?"

"아, 글씨 그렇다니께……"

"지가 바라는 거는유……"

정씨네는 말끝을 더듬었다.

"딴 거 바라는 거 없슈. 그저 지발 선이 아버지 성미 좀 가라안쳐서 남들처럼 오순도순 살아보는 게 소원이구만유. 지발 손찌검 좀 허지 말구유. 예? 선이 아버지…… 지가 선이 아버지를 괴롭힐려구 이러는 건 증말이지 아니구만유."

정씨네의 말끝은 반이 울음이었다.

정씨는 끙 소리를 내며 양말을 다 신고 자리에서 일어났다.

"그 선상님은 대화니 머니 그게 중요허다구 마누라허구 이약을 많이 나누라등만 이 마누라는 무슨 이야기만 허문 울음끝부터 내놓으니 난들 그눔의 대환지 먼지를 워쩌케 시작하겄는가 말이여."

정씨네는 문밖까지 따라나섰다.

"이번 일은 증말 지두 미안허구만유. 허지만 기왕 간 거니께 부디 대핵교 입학시험 보드끼 성심성의껏 공부를 해보셔유. 선이 아버지 본래 맴이 못되지 않은 거는 지두 잘 알구 있구만유. 지가 바라는 건 제발 그눔의 손찌검허는 버릇이 떨어지는 거지유. 그렇게만 되믄 가난허믄 가난헌 대루 천국겉이 살겠구먼유."

마누라가 울며 쏟아놓는 말에 정씨는 이상하게 마음이 찌르르했지만 내색을 하지는 않았다.

"허어. 또 수도꼭지 트는구먼. 수도꼭지…… 이러니 당최 대화가 안되여. 대화가……"

정씨는 쯧쯧 혀를 차며 일어서서 읍으로 향했다.

길에서 만나는 마을 사람들마다 자기를 비웃는 것 같아 고개를 수굿이 하고 읍으로 향하면서 정씨의 마음은 착잡하기 그지없었다.

그러면서도 정말 그 선생이 자기 더러운 성미를 고쳐줄 수 있다면 이 기회에 새로운 사람이 될 수 있을까 하는 기대나 희망도 은근히 생기기는 하였다.

발걸음이 교육장소 대신에 대폿집으로 가려고 발사심을 하는 걸 참고 모임장소에 들어간 정씨는 아연실색을 하였다. 시간이 다 되었건만 아무도 아직 오지 않아서였다. 강사만 혼자 칠판 앞 탁자에 앉아 있다가 반색을 하였다.

"일찍 오셨네요. 일주일 동안 잘 지내셨어요?"

정씨는 엉거주춤 허리를 꺾으며 인사를 하고 자기가 앉았던 자리에 가서 앉았다. 의자를 둥그렇게 모아놓고 칠판을 향해 여러 명이 앉게 된 배치였지만 어쩐지 한번 앉았던 자리가 편해서였다.

한동안 잠자코 있던 강사가 말을 꺼냈다.

"그래, 애기 엄마가 제일 바라는 건 무어라고 해요?"

"바라는 거 아무것두 없다는군유."

"정말루요?"

강사가 눈을 동그랗게 떴다.

"……그러니까 풀어서 말하자믄 그저 지가 새사람이 되는 걸 바란대유."

강사는 그저 고개를 끄덕였다.

정씨는 다른 사람들이 오기 전에 속에 있던 말을 얼른 해야겠다는 생각이 들어서 밭은기침을 하고 말을 이었다.

"진실루다 말씀드린다믄 지두 마누라를 패구 싶지는 않어유. 근디 워떤 순간에 참지를 못하고 그런 일이 생기구 마는구먼유. 속으루다가는 지두 참으로 민망허구 다시 안 그러겠다구 다짐두 수차례 허는디유. 또 그렇기 되고 말거든유."

"그러실 거예요. 정선생님은 숨은 심성이 참 따뜻해 보이세요. 그렇게 되실 수 있으실 거예요. 꾸준히 여기 나오시면요."

정씨는 때아닌 칭찬에 부끄럽기도 하고 멋쩍기도 해서 뒷머리를 긁으며 히죽 웃었다.

"지 겉은 경우 많이 보셨지유? 그러다가 안 때리게 되는 사램덜두 있는감유?"

강사는 정씨를 바라보면서 가만히 고개를 끄덕이었다.

정씨가 한두 가지 더 물어보려고 하는데 한 사람 두 사람 남정네들이 들어와 앉는 바람에 더 이야기를 하지는 못했다.

서로 그동안 어떻게 지냈는지 모두들 돌아가면서 말한 다음에 자기 아내가 원하는 것에 대해 말하기 시작했다.

젓가락을 던져 아내의 얼굴에 상처를 입혔다는 남자가 자기 차례가 오자 마누라가 바라는 것을 말하기 전에 퉁명스럽게 말했다.

"우리 남편덜은 뭐 원허는 게 없어서 이러구 앉아 있는 거 아닙니다유."

강사는 고개를 끄덕였다.

"그럼, 이 이야기가 끝난 다음에 우리가 원하는 것에 대해 이야기를 나누기로 하지요."

아내가 자기에게 바라는 것은 과연 무엇인가, 내가 아내에게 바라는 것은 과연 무엇인가에 관해 이야기를 나누는 모임이 끝나고 집으로 돌아가는 길에 정씨는 곰곰이 생각에 잠겼다.

어려서부터 술 취한 아버지에게 야단맞고 매타작을 당하며 자란 정씨는 누군가가 자기 이야기를 비난하지 않고 들어주고 성심껏 대답을 해준다는 게 너무 신기했다. 마을 노인네들이야 뭐라고 하던 간에 교육받으러 가기를 참 잘했다는 생각이 들기 시작하는 참이었다.

이제 이 마을에 마누라를 패지 않는 새사람 정씨가 나타날지, 여전히 두들겨패는 헌사람 정씨가 나타날지는 마을 사람 모두가 두고 지켜볼 일이다.

"하, 선상님두 똑 우리 마누래 얘기허듯 허시느만. 인간이 머 편리허구 깨끗헐라구 사남유. 그 머이냐, 좀 구수허기두 허구 푸근허기두 허구, 머 이런 점

귀가

이 있어야지. 아닌 [illegible] 근허는 회사

원두 아닌 터수에 농투산이가 문 앞에서 맨[illegible]

마누라 잔소리 피해 흙 털기 바쁘니 서뿌른 신식 집에 사는 게 웃기는 일이구먼유." 김씨는 애기 손바닥만하게 동그랗게 부쳐 한두 입에 들어가게 생긴 부침개를 집어들면서

말을 이었다. "말허자믄 그래유. 침 이쁘구 곱다란 건 좋지만 예전엔 부침개 하나를 부쳐두 소댕 뚜껑을 거꾸루 걸구 큼지막허니 멍석만허게 부쳐서 하나만 뜯어먹어두 장정 한 끼니 식사가 다 되었단

말이지유. 전에 장이 어멈은 참 손두 크구

까탈스럽게 유난을 떨지두 않았지만 속이 짚은

사램이었지유."

귀가

"지슈? 선상님 지슈?"

문밖에서 부르는 소리가 들렸다. 김씨의 음성 같았다. 심선생은 글을 쓰고 있던 만년필을 내려놓고 방문을 열었다. 툇마루 앞에 대바구니를 들고 김씨가 서 있었다.

"아, 들어오십시오."

심선생은 반색을 했다.

"혹여 글 쓰시는 데 방해가 되지 않을까 염려 되네유. 마침 저번에 누룩을 띄운 술이 마치맞게 잘 익어서유. 방해가 되신다믄 그냥 술만 떨쳐놓구 가구유."

"그렇지 않아도 출출하던 참인데 잘되었습니다. 들어오세요. 아직 봄바람이 차니까 툇마루보다는 방이 나으실 겁니다."

김씨는 조금 망설이는 기색이면서도 진흙 묻은 운동화를 댓돌 위에 벗어놓고 바구니를 든 채 방안으로 들어섰다.

심선생이 방 옆에 있는 마룻방에서 작은 소반 위에 막사발 두개하고 햄 깡통 하나, 그리고 나무젓갈을 놓아서 들고 들어오자 김씨가 미안한 기색으로 자리에서 반쯤 일어섰다.

"시방 지가 귀찮게 해드리구 마는구먼유."

이러면서도 바구니에서 주섬주섬 술주전자와 부침개 접시를 꺼내 소반에 올려놓았다.

심선생이 먼저 김씨에게 한 잔을 따르자 김씨는 사양하다가 잔을 받은 연후에 심선생에게 한 잔을 가득 따랐다. 밥알이 뜨는 약주의 맑은 호박빛과 어울리는 알싸한 술냄새가 방안에 퍼졌다.

"거 술맛 한번 기가 막힌데요."

잔에서 입을 떼며 심선생이 탄복을 했다.

"이번엔 유달리 술이 잘 익었구만유. 한잔 그냥 자작을 헐려다가 선상님이 마침 내려와 기신 것이 생각이 나서…… 이 부침개 한쪽 식기 전에 얼런 들어보시지유."

심선생이 젓가락으로 부침개 한쪽을 들어 입에 넣자 부추와 깻잎의 향기가 호박 씹히는 맛에 함께 섞여 입안에 착 붙었다.

"애들 말마따나 이거 정말 끝내주는 맛인데요. 정말 음식 맛깔스럽게 하는 건 알아드려야 해요. 저두 어쩌다가 얻어먹으면 감탄이 되는 게, 맛도 그렇지만 바쁜 중에도 음식 모양새까지 다듬는 그 정성스러운 마음입니다."

"그 사램이 좀 그렇긴 허지유."

김씨는 쑥스러우면서도 그런대로 마누라가 자랑스러운 기색이었다.

"첨엔 마당에 꽃 길르는 거며 부엌을 노다지 쓸고 닦고 음식 모양새

내고 그러는 게 단작스러워 보이기도 하더만 참, 사램이 자기 주변에 정성을 들이는 건 보기 좋은 일이라는 생각이 들기두 허지유."

말끝에 김씨는 시름 깊은 한숨을 내쉬었다.

"이즈음에 사실 이리저리 심란헌 일덜이 많아서 잠두 잘 오지 않느먼유."

"왜, 무슨 일이 생겼습니까?"

김씨는 술잔을 들어 단숨에 마시더니 심선생이 따놓은 햄 깡통 안에 젓가락을 넣어 햄 한귀퉁이를 잘라 입안에 넣었다.

"머, 새삼스러운 일이 생겼다기보덤두…… 이건 증말 누구한티다 말거래를 건네보지두 뭇헌 일인디……"

심선생이 말을 잇기를 망설이는 김씨의 빈잔에 술을 따랐다.

"조립식 주택이라는 게 겉보기는 번지르허지만 이건 사램 살 집이 아니유. 지붕에다 새파란 칠을 요사스럽게 해대고 벽은 허여니 발라 놓은 데까지는 그런대루 참아볼 수가 있는디…… 이건 여름엔 찜통처럼 쪄대구 겨울이면 칼바램이 지붕을 노냥 두들겨대는 판이유. 워디 하나 푸근허니 맴 부칠 디가 없구먼유. 전에 집 같으면 들어서는 말으루다가 대청마루에 척허니 앉아서 일변 숨두 돌리구, 수돗가에서 발두 씻구, 급할 때는 마루에 앉은 참으루 점심두 대강 쌈 싸먹구 다시 일허러 나가구 그랬는디…… 이눔의 집은 문 열믄 신 벗구, 벗은 댐에 또 유리문 열고 들어서구…… 거기다 앞에는 유리문으로 꽉 맥혀 있는 게 워떤 땐 숨이 다 턱 차오르는구먼유."

심선생은 자작으로 자기 잔에다 술을 따르며 대꾸했다.

"그래두 편리하신 점두 있지 않으십니까? 부엌이나 화장실두 편리하구 깨끗하기도 하구."

"하, 선상님두 똑 우리 마누래 얘기허듯 허시느만. 인간이 머 편리허구 깨끗헐라구 사남유. 그 머이냐. 좀 구수허기두 허구 푸근허기두 허구, 머 이런 점이 있어야지. 아닐 말루다가 지가 출퇴근허는 회사원두 아닌 터수에 농투산이가 문앞에서 맨날 마누라 잔소리 피해 흙 털기 바쁘니 서뿌른 신식 집에 사는 게 웃기는 일이구먼유."

김씨는 애기 손바닥만하게 동그랗게 부쳐 한두 입에 들어가게 생긴 부침개를 집어들면서 말을 이었다.

"말허자믄 그래유. 침 이쁘구 곱다란 건 좋지만 예전엔 부침개 하나를 부쳐두 소댕 뚜껑을 거꾸루 걸구 큼지막허니 멍석만허게 부쳐서 하나만 뜯어먹어두 장정 한 끼니 식사가 다 되었단 말이지유. 전에 장이 어멈은 참 손두 크구 까탈스럽게 유난을 떨지두 않았지만 속이 짚은 사램이었지유."

심선생은 속으로 김씨가 뭔가 또 찌그닥거리는 부부싸움을 했구나 하는 짐작을 했다.

"선상님, 지난해 큰 홍수에 우리집 산사태 났을 때, 기억나시지유?"

"그럼요. 기억하구말구요. 그때 참 큰일 겪으셨지요."

작년 여름에 비가 천지를 덮도록 몇날 며칠을 퍼부어 곳곳에 물이 나고 산사태가 나던 때였다. 이곳은 그래도 야트막한 야산자락이라 물이 나가는 길이 그런대로 잘 닦여 있어 웬만한 비에도 물이 들거나 사태가 나는 일은 없었다고 하던 곳이었다.

그런데 작년에 하늘이 안 보이게 비가 퍼붓던 날 밤 뒤쪽 산자락이 밀고 내려와 김씨 집을 덮친 것이었다. 마침 그날 김씨네는 안산 언니네 집에 다니러 가고 없었고 김씨만 안방에서 찌더분한 날씨라 속옷만 입고 홑이불까지 차 댕기고 빗소리를 자장가삼아 코를 불고 자던 판이라고 했다.

"말씀두 마셔유. 내 십년 감수라는 말이 괜헌 소린 줄 알었드니만 갑자기 우르릉 꽝당 소리가 나서 눈을 떠보니까 몸이 반실이나 흙더미 속에 파묻혀버렸슈. 월매나 놀랬든지 내가 안헐 소리루다가 대소변을 다 지리구 만 것 같어유. 그 길루다가 젖먹든 힘을 다해서 뛰쳐나온 다음에 빗속을 냅다 달려서 박씨네로 갔지유. 지금 생각허믄 말두 안되는 이얘기라 웃음이 나오지만, 지시유? 이렇게 말한다는 게 나두 몰르게끔 저절루다가 사람 살려유. 사람 살려유. 이런 비명소리만 터져나오드라니께유."

김씨가 실쭉 웃으면서 하는 말에 심선생도 껄껄 웃었다.

"거 참 남의 일이라믄 볼 만했실 것이유. 오십이 넘은 중늙은이가 속옷바람이 남 부끄런 줄두 몰르구 달리기는 손기정처럼 달려가지구 진흙으루다가 범벅을 허구 나타났으니 나래두 꿈에 볼까 무선 몰골이었을 거유."

그 이야기는 심선생도 여러 차례 들은 적이 있었다. 김씨에게서도 듣고 김씨네에게도 듣고 박씨 내외에게서도 들었다.

작년에 심선생이 들렀을 때는 산사태가 난 지 나흘 후였다. 그때는 이미 비가 그쳐 하늘이 언제 비를 내렸느냐는 듯이 시치미를 떼고 파란 얼굴을 생뚱스럽게 내밀고 있었다.

올라가본 김씨네 집은 문자 그대로 난가였다. 안방 지붕과 벽을 함께 허물면서 들이닥친 흙은 우선 안방 천장에 대자로 하늘 구멍부터 내어놓고 방안이 가득 차게 산처럼 밀려든 것도 모자라 마루까지 흙밭을 만들어놓은 판이었다.

김씨가 얼결에 뛰쳐나오지 않았다면 그대로 생매장을 당할 뻔했던 것이다. 그 흙더미 밑으로 삐죽 내어밀고 있는 분홍색 꽃무늬 홑이불의 한귀퉁이가 흙물에 젖어 있는 것이 생급스러웠다. 지금도 심선생은 그 이불 한귀퉁이가 죽은 시신의 옷자락처럼 보여 섬뜩하던 기억이 났다.

김씨 자신은 한동안 막무가내로 그 집에 올라가보려 들지 않았다. 생각만 해도 몸이 다 덜덜 떨린다면서 다시 그 장면을 맞대면하고 싶어하지 않는 것 같았다.

갈 곳이 없어진 김씨 내외는 박씨네 아들이 쓰는 건넌방에서 옹색한 대로 며칠 묵었다. 그러다가 심선생이 그러지 말고 자기 집은 비어 있으니까 허물어진 집을 손보는 동안 와 계시라고 간곡히 당부해서 근 한달간을 심선생 집 툇마루에 느런히 부엌 세간을 벌여놓고 살았던 것이다. 그러고는 바로 심선생 집 앞에 밭이 있던 자리에 조립식 주택을 지었던 참이었다.

"허, 참 읍내 놈덜이 평소에 허는 일덜이 없기 땜엔지 집 짓는 동안 따라다니면서 콩이네 팥이네 허구 온갖 참섭을 다 하는데 그만 덧정이 떨어지더먼유. 내 수재 복구비루다가 몇백을 받긴 했시유. 새루 짓는 거믄 상당히 돈이 나오구 무너진 집을 고치는 거문 몇푼 안 나온다길래 새루 짓겠다구 그랬지유. 집은 낭종에라구 고치믄 되겠거니 허구유. 헌데 새집 짓는 돈을 받았기 땜에 절대루 먼저 집을 고쳐 쓰문 안된다는 거유. 먼가 무신 법엔가 걸린다나. 그래 반실은 멀쩡한 집을 고치지두 못허구 헛간겉이 곡석이나 쌓아두는 데 쓰구 있으니 무신 그런 법이 다 있는 거여. 그때야 그 집이라문 징그럽구 뵈기도 싫어서 조립식 주택을 지은 댐에 그냥 살문 되지 이룽게 생각했는디 그게 아니더라구유."

김씨는 말하면서 점점 열이 나기 시작하는지 희끗희끗한 앞머리를 쓸어넘기며 거품을 뿜을 듯이 말을 이었다.

"안방 쪽 벽하고 지붕이며 마루 뒤켠까지 허물어지긴 했지만 그 집이 그려두 뼈대가 있는 집인데 이즈막에 올라가볼 적마다 기가 막히구 울화가 뻗치느먼유. 늙으막에 편안히 살다가 거기서 숨을 거둘 작정으루다가 집두 짓구 벽에다 무늬까지 넣었등만. 마누래는 먼저 저세상으루 떠나버리구 새사램 얻어다가 사는 것만두 모지락스러운디 집꺼정 이런디 살다가 죽어야 되나 싶으니께 그만 멋 때미 사는지 모르겄시유."

"그래두 지금 아주머니는 조립식인 그 집을 좋아하시지 않습니까?"

"그 사램이야 시상 만났지유. 노상 불편한 일이 있을 때마다 안산에 사는 지 언니네 아파트 얘기를 광복절 애국가 부르듯 하더만 반 소원성취는 한 셈이지유. 화장실 수세식이지, 부엌이 집 안에다가 떠억 붙어 있지, 그저 입을 못 다물더니만, 요기조기 화분 들여놓고 털고 닦고…… 아닐 말루다가 집 허물어진 게 잘됐시유 소리 나올까봐 내 조마조마허대니깐유."

심선생은 어렴풋이 짐작이 가기는 했다. 농사일에 잔뼈가 굵은 김씨와 객지를 떠돌다가 재취로 새로 만난 마누라가 한껏 사이가 좋은 양 보이다가도 어느 부분에서 서로 비틍그러지면 약속이나 한 듯이 번차례로 술주전자를 들고 심선생에게 겨끔나게 드나들던 터수였기 때문이다. 말하자면 심선생이 중신아비 노릇을 애당초 한 셈이라 두 사람의 하소연을 안 들어줄 수도 없는 입장이었다. 그래 이번에도 은근히 농담으로 눙쳐보려고 했다.

"그래도 중신 잘하면 술이 석 잔이라는데 장이 아버님이 이렇게 술을 들고 찾아와주신 거 보믄 다 알 일 아닙니까. 뺨 석 대를 때리러 오신 게 아니라믄 작은일로 티각태각하는 거야 다 사랑싸움이지요."

김씨는 콧잔등을 긁으며 픽 하고 웃었다.

"선상님두. 오십이 다 넘어서 사랑싸움은 무신 사랑싸움이겄시유? 이제 이런저런 기력두 없어지구 살든 습관이나 같어야 어영부영 고비를 넘어갈 텐디 이렇기 서루 다르니 더 늙으믄 어쩔까 근심두 됐다가 단념두 됐다가 그러는 판이지유."

말끝으로 김씨는 창호지 바른 한쪽 미닫이를 열어젖혔다.

"술기운이 오르는지 좀 덥구만유, 워디. 인제 달이 보일라나……"

심선생도 김씨를 따라 밖을 내다보았다. 방문을 열어놓으니까 새삼 개구리 우는 소리만 더 크게 들릴 뿐 앞에 작은 산등성이가 윤곽만 어렴풋이 보일 정도라 아직 달은 떠오르지 않은 것 같았다.

"오늘이 보름 전날이니 달이 뜨믄 천지가 눈 덮인 것마냥 환해지겄구먼."

김씨의 목소리가 웬일인지 서글프게 느껴졌다.

"벌써 보름이 되어 오는가요?"

심선생이 묻자 김씨는 고개를 내밀어 허물어진 자기 집이 있던 자리로 멀리 시선을 주었다. 그 집 자리는 칠흑처럼 어둡고 그 아래 서 있는 조립식 주택에서만 불빛이 반짝반짝 빛나고 있었다.

내다보면 가슴이 다 시원해지던 전망을 가로막고 조립식 주택이 집 앞에 서자 심선생도 내심 좀 심란하기는 했었다. 자기가 좀 유다르다 싶은 생각은 하면서도 자연의 빛깔과 흐름을 따라가지 못하게 가로막은 파란 지붕의 날림집을 거쳐야만 산이며 나무를 바라볼 수 있게 된 건 상당히 유감스러운 노릇이기는 했다. 하기야 자기는 관상용 경치를 말할 뿐이고 이 사람들에게는 생존이 달린 문제라 이렇다 저렇다 하는 게 오히려 면구스러운 노릇일지도 몰랐다. 아닌게아니라 바로 자기 집 앞에다가 조립식 주택을 세울 줄 미리 알았더라면 조금만 곁으로 비껴 세울 수 없느냐고 청원이라도 해볼 수 있었을지도 몰랐다.

김씨가 심선생 집에서 살던 한달 동안 내려와보지 못하다가 그 조립식 주택이 거의 골격을 이루며 집 앞쪽에 버티고 선 것을 처음 봤을 때 가슴이 철렁 내려앉았던 것은 사실이었다. 무슨 은둔거사처럼 자연만 바라보이는 곳에 살 수는 없겠지만 여기 와서도 싸구려 날림집을 보아야만 하는 게 싫어서였다.

“저 마누래 아직두 안 자능만. 불빛이 꺼지지 않은 걸 보믄.”

윗집 최노인이며 박씨네 집은 인기척도 없고 불빛도 없었다.

김씨는 새삼 방바닥을 가라앉힐 만한 깊은 한숨을 내어놓았다.

“사실은 내일이 그 사램 제사구먼유.”

“그 사램이라니? 장이 어머님이…… 정말 그렇군요.”

심선생은 새삼 지난 일들이 떠올랐다.

“그때가 정말 보름이어서 마을이 다 환했었지요. 돌아가실 때……”

“증말 선상님은 사모님 잘 위하세서 이른 일 겪으믄 안되유. 생각해 보시유. 보름달은 하늘에 잔치 등불처럼 걸려 있는데 마누라는 죽어 나자빠지니 하늘이 다 캄캄하더라구유. 근디 이렇기 살아남아 새장개 두 가구, 흙 속에 묻혀 죽을 뻔허다가 살아나서 성냥통 겉은 걸 집이라구 짓구 이러구러하다가 나두 죽겠구나 하는 생각을 허니께 참 산다는 게 허망하다는 생각이 드느먼유.”

밖을 내다보는 김씨는 시름이 없어 보였다. 심선생이 따라놓은 술을 더 마실 생각도 하지 않고 잔에 손만 걸쳐놓고 앉아 있다가 똑바로 심선생을 바라보았다.

"선상님. 증말루다가 사램이 스트레슨가 먼가를 받으믄 병이 들게 되어 있남유?"

심선생은 의외의 질문에 당황스러웠다.

"그거야 뭐, 이런저런 이야기들이 있지요. 스트레스라는 말도 사실 애매한 말이구요."

"이거 모자란 이야기루다 들릴지두 모르지만 그때 장이 어머니 진찰한 의사가 암이라구 허길래 대체 왜 그런 병에 걸리냐구 다구치니까 그건 한마디루다 말하긴 어렵지만 스트레스가 쌓여서 그렇게 되는 수도 있다고 하더만유. 그게 머냐구 꼬치꼬치 물어보니까 먼가 밖에 털어놓지 못헌 속상헌 사연이라구 헌 것 겉은디…… 지금두 내가 맴이 쓰라린 건 내 정말이지 각시 때부터 살갑질 못했거든유. 그게 지금두 문득문득 생각나믄 가슴을 나무 꼬챙이루다가 쿡 허구 한번 쑤시는 것만 겉애유."

"우리나라 부부들이 다 그렇지요. 뭐 저두 그렇구, 그냥저냥 믿거라 하구 사는 거지 머 그렇게 테레비 드라마겉이 다정다감하게들 사는 건 아니지요."

"그렇지두 않은 것 같애유. 지금 이 사램하구는 티격태격할 때두 있지만 재미있게 서로 지낼 때두 있지유. 그런데 그를 때마다 말허자믄 양심의 가책이 불쑥 든단 말이지유."

심씨가 아무 대꾸가 없자 김씨는 손만 걸쳐놓았던 잔을 들어 쭉 들이마셨다.

"아닐 말루다가 새사램인들 또 무신 죄가 있겄슈. 이리저리 떠돌다가 지친 육신 하나를 의지할 데가 없어 이 골짜구니까지 들어온 것인데 잘해줘야지 허다가두…… 이룷게 제삿날이 닥치거나 보름달이 뜨거나 하믄 답답병이 도지는 게 탈이라믄 탈이지유."

"그러시겠지요. 그래도 곁에 있는 사람들한테 우선 잘하셔야지, 세상 떠난 댐엔 다 헛일이지요."

김씨가 무슨 말을 하려다가 막히는지 밭은 헛기침을 했다.

"이건 웃으실 일이라구 생각은 되믄서두 한 말씀 드리자믄…… 그때 집이 산사태루다가 무너진 게 죽은 마누래가 성을 낸 것이 아닌가 허는 생각이 자꾸만 드는구만유. 자기가 손이 갈퀴가 되도록 일구어 놓은 집에서 다른 여자하구 사는 게 원통해서유. 증말 웃으실 일이지만 해필이믄 새사램이 집을 비운 사이에 그른 일이 생긴 거 보믄 꼭 나만 델구 갈려구 그런 것 겉애유."

심선생은 아연실색을 해서 들던 주전자를 다시 내려놓았다.

"아니, 그런 생각을 작년부터 하셨단 말씀이십니까?"

"그렇지유. 이건 부끄러서 어디다 내놓을 소리두 아니지만 바쁘믄 한시름 잊구 있다가두 다시 온갖 잡생각이 다 들믄서…… 아시지유? 우리집 위쪽에 마누래 묘소 있는 거……"

"물론이지요. 그때 저두 그 자리에 있었는걸요."

"그룷지. 내 정신 좀 부아. 이즈막에는 손에 들고 있는 물건두 내둥 찾으러 대닌다니까. 그르니 심선상님이 이 몇년 새 지 인생의 말허자믄 산 증인이신데 워떻게 생각허시는지 궁금하구먼유."

"무얼 말씀이십니까?"

"지가 워디서버텀 잘못헌 것인가유? 지는 사느라구 뼈빠지게 수걱수걱 살아온 죄밖에 없는데 워째 이런저런 못 겪을 일들을 겪게 되는 것인감유?"

"그런 말씀을 왜 하십니까? 그래도 꿋꿋이 농사를 지으면서 자식들도 다 여의고 하셨잖습니까. 그리고 장이 어머님 일은 마음 아프시겠지만은 인명은 재천인 걸 장이 아버님인들 어떻게 하시겠습니까."

"증말이지, 선상님. 천지가 낮같이 환한 보름달 아래 마누라 죽어자빠뜨려보지 뭇헌 사램은 지 맴을 몰러유. 좀더 잘해줄걸, 이렇게 허지 말걸, 이런 후회허구 서름이 가슴을 파구드는 것만 겉애유."

"바루 그런 마음이 귀한 거지요. 그리구 장이 아버님은 또 아들딸 잘 길러서 다 제몫을 하구 있지 않습니까?"

김씨 목소리가 갑자기 흥분된 어조를 띠었다.

"그것두 큰 문제지유. 큰 녀석은 지가 새루 사램 얻은 걸 뜨악한 눈으루다가 보구 이 핑계 저 핑계루다가 집에두 잘 올려구 들지 않는디…… 조립식 주택 지은 댐버텀은 거의 낯짝배기를 보기가 어렵구먼유. 딸덜두 제사니 명절이니 되문 오긴 오먼서두 서루다 서먹허기가 짝이 읎어유. 이른 게 다 제사다 생일이다 허구 무신 일이 닥치믄 지 맴이 편안치 않은 까닭이지유."

"그러니 어쩌겠습니까. 산다는 게 겪을 일은 겪구 넘어가야지, 어디 도망칠 수도 없구요."

"참 인제서야 산다는 게 말짱 주머니 속에 들은 쥐 신세라는 걸 알겠구먼유. 그 안에 들은 나락부스러기나 쪼아먹고는 왼쪽 바른쪽으로 몸부림이나 쳐보다가 그만 가버리는 게 아닌가 싶은 비관적인 생각이 다 드느만유."

심선생이 분위기를 바꾸려는 듯 농담조로 이야기를 받았다.

"그래두 장이 아버님은 다른 주머니에도 들어가서 살아본 셈이 아닙니까. 장가도 다시 가보시구. 원래 옛말에 상처하믄 몰래 웃느라구 촛불도 못 끈다는 이야기도 있지 않습니까?"

김씨는 실쭉이 웃었다.

"그거 다 마누래 잃어보지 뭇헌 놈덜이 말짱 지어낸 말이지유. 촛불을 못 끈대문 너무 낙담해서 기운이 진해 못 끄는 거지 좋아서 그러는 게 절대루 아녀유. 닥쳐보지 않은 사램은 죽을 때꺼정 그런 사램 심정은 모른대니까유."

달이 서서히 올라오는지 주변 경관이 부유스름하게 밝아오기 시작했다. 앞산 나무들이 하나씩 그 모습을 드러내고 집앞 논의 녹색 벼들이 하나씩 모양을 지니고 살아나기 시작했다. 개구리 소리는 점점 더 기승을 부리고 왁왁 들려왔다.

김씨가 주전자를 들자 휘청 가볍게 들려 올라왔다.

"이런, 술이 다 떨어졌나부네유. 지가 건너가서 조금 더……"

김씨의 말에 심선생이 만류했다.

"이제 됐습니다. 건너가보셔야지요. 어쨌든 내일이 제산데 이리저리 준비하실 일두 많으실 게구유."

"하긴 그래야지유."

일어서다가 김씨는 휘청했다.

"그눔의 술이 은근히 독허긴 허네유. 늙느라구 그른지 까짓 노나먹은 한 주전자 술에 발이 꼬이느먼유."

선 채로 옷매무새를 주섬주섬 만지면서 김씨가 물었다.

"내일 안 떠나시믄 우리 장이 어머니 제사에 오실 수 있으시겄시유? 미진한 술 회포두 풀어내보게유."

"제가 글이 되는 걸 봐서 내일이나 모레 올라갈려구 허는데 될 수 있으면 참례를 해보두룩 하지요."

김씨는 취한 중에도 대바구니에 빈 술주전자를 담더니 몇쪽 남은 부침개 쪼가리를 햄 깡통 위에 덜어놓고 빈 접시를 바구니에 담아서 들고 툇마루를 지나 툇돌로 내려섰다.

“심선상님 말씀마따나 새사람이라두 마음 덜 상허게 헐래믄 우선 살림버텀 잘 챙겨야지. 워디 가서 그릇 놓구 오는 건 질색을 하는구먼유.”

심선생은 툇마루에 서서 초로에 접어든 김씨가 상체가 앞으로 약간 굽은 모습으로 논을 지나고 담배밭을 지나서 조립식 주택 문앞에 다다르는 것을 지켜보았다.

심선생도 김씨네 아들딸이 은근히 새로 들어온 김씨네를 마땅치 않게 여기는 기색을 대충은 짐작하고 있었다. 혈기도 사라지고 희망도 사라져 피가 식어가는 나이에 누구하고라도 비비대며 몸의 온기를 유지해야 하는데 짝을 읽고 혼자 남게 되는 중늙은이의 쓸쓸함을 젊은 이들이 다 알기는 어려울 터였다.

심선생은 밤이 깊도록 누워서 이 생각 저 생각에 잠을 이루지 못하다가 잘 생각을 단념하고 일어나 앉아 글을 쓰기 시작했다. 컴퓨터로 작업하지 못하고 만년필로 원고지에 써내려가는 버릇은 원로들의 흉내를 내는 것이냐던 출판사 사장의 비아냥 소리도 다 들어본 터였다. 하지만 컴퓨터로 글을 쓰기가 너무 어려워서 여러번 시도하다가 아주 단념해버렸다. 컴퓨터 앞에서 윙윙거리는 소리를 듣고 앉아 있노라면 나오던 생각까지도 다 사라져버리는 것만 같아서였다.

아내도 편한 게 좋은 거 아니냐며 최신 성능의 컴퓨터를 사들이고 여러 가지 기능을 깔아놓았다고 했지만 심선생은 조용한 밤에 일어나 앉아 펜으로 글을 쓰는 게 제일 편했다.

오늘 저녁에 찾아왔던 김씨와 이야기를 나누면서 그의 마음속에 이야기의 매듭이 모양새를 이루고 잡혀갔다. 그대로 글을 써내려가다가 새벽에야 겨우 눈을 붙여 늦은 아침에 일어난 심선생은 샘터에서 세수를 하고 앞마당을 대강 쓴 후 집을 나섰다. 산등성이 쪽으로 김씨 아내의 묘가 있던 생각이 나서 집에 있던 소주 한 병하고 잔을 들고 성묘를 나서보려는 참이었다. 마침 이번에 서울서 들고 내려왔던 북어포를 들고 그쪽으로 방향을 잡아 뒷산을 올랐다.

필시 김씨가 손질했으리라 싶게 묘는 잘 손질되어 산중턱에 단정한 모습으로 자리잡고 있었다. 산소 앞에 놓인 비석과 상석도 김씨 형편으로는 과하다 싶을 만큼 호사를 부린 자태였다. 심선생은 술을 따르고 그 자리에 엎드려 절을 했다. 고단한 삶을 성심껏 살고 간 한 여인의 묘소 앞에서 그는 한동안 깊은 생각에 잠겨 앉아 있었다.

이제 김씨의 아내는 허물어질 집 걱정이 없는 어디에선가 안식을 얻고 있을 터였다.

산소 위에 내리쪼이는 햇볕이 유달리 따뜻했다.

문득 심선생은 그 무던하던 아낙의 음성을 들은 듯이 느꼈다.

'우리 쓸쓸한 영감님 잘 돌봐주세서 고맙구만유.'

심선생은 일어서서 산 아래를 내려다보았다. 저만치 아래 아직도 벗겨져 있는 지붕 때문에 보기 흉하게 천장의 칸살을 드러내놓고 있는 김씨의 집이 내려다보였다. 그리고 그 아래쪽으로 눈이 아리게 파란 지붕의 조립식 주택이 시선을 끌었다. 산소에서 얼마 떨어지지 않은 곳에서부터는 산이 무너져내렸던 자리가 벌건 흙을 생채기처럼 드러내놓고 있었다. 이웃 사람들이라 내놓고 분쟁을 일으키지는 않았지만 윗집 최노인이 그 근처에 버섯을 재배한다고 큰 나무들을 마구 베어버려 산사태가 났다고 김씨가 은근히 구시렁거리던 소리가 기억났다.

과연 이렇게 높은 곳에서 내려다보니까 흙이 밀려내려간 쪽 산기슭에 큰 나무 몇그루가 여무지게 버티고 있었다면 그닥 흙이 밀려내려가지는 않았을 수도 있겠다는 생각도 들었다.

오후 늦게까지 글 쓰던 마무리 작업을 마치고 심선생이 김씨의 조립식 주택을 찾았을 때는 이미 날이 어둑어둑 기울고 있었다.

김씨네 아들딸들이 아이들을 다 데리고 왔는지 아이 우는 소리며 분주히 오가는 기척들 사이로 고소한 기름 냄새며 고깃국 냄새가 열어놓은 문 밖으로 흘러나왔다. 문밖에 선 채로 안쪽을 들여다보자 김씨네가 반갑게 웃으며 달려나와 심선생의 팔을 끌다시피 해서 안으로 모셔들였다.

"증말이지, 친정아부님이 오신 것만 같구먼유."

김씨네가 농담삼아 웃으며 던지는 말에 심선생도 슬그머니 따라 웃었다.

제사상 채비를 하고 있던 김씨도 손을 부비며 반색을 하고 심선생을 맞아들였다.

"오널 안 올라가시구 내일 가시기루 했구먼유. 잘하셨시유. 우리 이 사램두 반가워할 거구먼유."

평소 말이 없고 뚱한 김씨 큰아들도 심선생에게 목례를 보내고 두 딸들도 천방지축으로 돌아다니는 아이들을 일변 잡으려고 애쓰면서도 깍듯이 인사를 보내왔다.

제사상에는 벌써 산적이며 전여, 과일이며 떡들이 괴어져 놓여 있었다.

사위 둘은 어딘지 어색해하면서 엉거주춤 앉은 자리에서 일어나 인사를 했다. 제상 앞에 놓은 놋쇠 촛대 두 개에 꽂힌 양초에 불을 밝히고 향을 피워올리면서 제사가 시작되었다.

조용한 가운데 제사가 진행되었다. 가끔 아이들이 칭얼거리는 소리가 섞이면 아이 어미들이 아이들을 거두어 방구석으로 데리고 들어가는 기척이었다.

김씨와 아들딸들이 차례로 술을 부어 올리고 절을 마친 다음에 이제 김씨네와 심선생만 남게 되었다.

"선상님두 절 한번 올리시겠시유?"

김씨의 물음에 심선생은 눈짓으로 김씨네에게 먼저 의사를 물었다.

김씨네는 뒤를 보며 큰아들의 눈치를 보는 모양이었다.

"먼저 그럼 하시지유."

큰아들이 덥석 던지듯이 말했다.

김씨네는 조금 떨리는 손으로 향합에서 향 하나를 꺼내들더니 촛불 위에 오래 들고 향에 불을 붙였다. 향을 향로에 꽂은 후 김씨네는 공손히 엎드렸다. 엎드린 채 김씨네는 한동안 움직이지 않았다. 두번째 절을 할 때에도 엎드린 채 오래 있었다. 만감이 교차하는 모양이었다. 반절을 마치고 김씨네가 뒤로 물러난 다음 심선생이 마지막으로 절을 올렸다.

그리고 국을 물리고는 정갈한 냉수를 떠오게 해서 바꾸어놓고 방으로 자리를 비웠던 식구들이 다시 거실로 나와 전부 절을 올린 다음에 제사를 마쳤다.

제사상을 옆으로 밀고 상을 차리느라고 며느리며 딸들이 분주히 왔다갔다하는 동안에 김씨와 심선생, 큰아들과 사위 둘은 교자상을 가운데 놓고 둘러앉았다.

"제사법이 선상님 댁허구 많이 틀리지유?"

김씨가 마주 앉은 심선생 앞으로 수저를 밀어놓으며 물었다.

"제사야 다 집안마다 조금씩은 다르니까요."

"그려두 우린 개화혔시유. 딸덜두 다 절을 허구 허니까는……"

"이즈음엔 많은 집들이 그렇게 하던걸요."

산적을 썰고 나물들도 다시 덥히고 조기도 다시 지져서 올리면서 제법 푸짐한 상이 차려졌다. 상에 앉은 사람들은 서로 사양하고 권하고 하면서 술을 마셨다. 술이 몇순배 돌자 큰딸이 상으로 덤벼드는 어린놈을 뒤로 안아들면서 조심스럽게 물었다.

"아부지, 인제 진지 올릴까유?"

김씨는 머리를 저으며 큰 소리로 말했다.

"아니여, 그보덤두 안주 삼게 국부터 좀 가져오너라."

큼지막하게 잘려진 푹 익은 무가 고기 사이에 섞여 담긴 국그릇들이 쟁반에 담겨 나오자 김씨가 먼저 한 숟가락을 떴다.

"거 참. 시원허구먼. .심선상님두 어서 드시지유. 이렇게 무신 일이 있을 적이믄 번번이 참예허시니까 아니헐 말루 선상님이 우리 친척붙이 겉은 생각이 다 드느먼유."

"가까운 데 사는 벗이 먼 데 사는 친척보다 더 가깝다구들 하지 않습니까."

국을 시원하게 마시며 심선생이 말을 받았다.

큰아들이 조심스럽게 심선생 잔에 술을 따랐다.

"한잔 받으시지유. 노다지 아버님을 돌보아주시는디 지가 불찰이라 인사두 지대루 여쭙지 뭇허구유."

"아니, 원 별말을 다. 그저 빈집을 오다가다 들리시면서 아버님이 내 앞을 더 많이 가려주시구 있지요."

심선생이 사양의 말을 하자 김씨가 나섰다.

"거 빈집에 지가 손보아드린 것두 별루 읎지유, 머, 생각허믄 면구스럽지유. 이런 산골짜기를 찾아주시는 것만두 고마운디 이런저런 마을 대소사를 다 챙겨주시군 허니까……"

"다 제가 좋아서 하는 일인걸요. 여기 올 때면 정말 내 집에 오는 구나 하는 편하고 푸근한 마음이 듭니다. 이상한 일이지요."

한동안 아무도 대꾸하지 않고 조용해졌다.

집이 허물어져 조립식 주택으로 온 김씨가 노상 여기를 자기 집으로 여기지 않고 있는 생각들을 해서인 것 같았다.

갑자기 침묵을 깨며 김씨가 아명으로 큰아들을 불렀다.

"야. 장이야."

"예."

큰아들이 당황스러운 어조로 대답했다.

"내 아무리 생각해두 안되겄다. 저 위 우리집을 워찌됐든 손을 봐서 거기서 살아야 내 답답헌 가슴이 풀릴 것만 같어. 니가 좀 성가시더래두 읍내 친구도 대리놓구 그래서 이 아비 집 고치는 거 좀 거들어줄 수 있는 거여?"

"저야, 뭐, 아버님이 원허신대믄, 헌데……"

아들의 시선이 얼핏 부엌에서 전여를 지지고 있는 김씨네에게 가서 멎었다.

"헌데, 멀?"

김씨네도 뒷모습이 긴장되어 보이는 게 이쪽에 귀가 쏠린 기색이었다.

"아무래두 불편하실 텐디……"

"불편하긴 누가 말이여?"

"저기, 거시기……"

"저기, 거시기 머여?"

"……새어머님이 말여유."

새어머니고 헌어머니고 어머님 소리를 한번도 입밖에 내지 않던 큰아들의 입에서 새어머님 소리가 굴러나오자 움찔했던 김씨네 뒤어깨가 잠시 후 그대로 가라앉았다.

"그려, 그려. 헌데 그건 걱정감이 아니여. 부엌이며 이런 부대시설은 다 여기서 뜯어가믄 되구 그런 건 다 타협이 되었으니께."

심선생도 놀라서 김씨네의 뒷모습을 바라보았다.

어제 집에 돌아와서 의논을 놓았던 것일까?

김씨네는 가타부타 말이 없이 국을 담뿍 퍼서 큰아들의 자리에 놓아주었다.

"허어, 어무님 소리가 좋긴 허네. 내 국보다 두배는 되겄구먼."

김씨가 흐뭇한 얼굴로 눙쳤다.

"아이구. 두배는유."

김씨네가 얼굴이 붉어지며 펄쩍 뛰었다.

큰아들이 김씨네에게 뚜벅 말을 던졌다.

"증말 저 집을 새루 고치는 데 아부님허구 동의허셨시유?"

"동의는 무신…… 원래 거기 죽어두 안 들어가겄다고 허신 분은 사실은 아버님이셨어. 오늘 아침에 그런 이야기를 내시길래 어찌 되든 나는 좋다구 했구먼."

김씨는 말을 더 보태지도 않고 그저 고개만 주억거렸다.

"그러시다믄 저허구 매제들허구 집 고치는 허가 문제니 이런 것덜을 다 의논을 모아서 아버님을 도와드려야지유. 솔찌거니 말해서 지두 그 집에 아이들 데리구 가구 싶지, 여기는 당최 우리집이란 생각이 안 드느먼유."

전에 듣기로는 목수 경력이 상당히 있었는데 장사로 돌아섰다는 큰 매제가 거들었다.

"지가 보기엔 그리 큰 작업은 아니구만유. 뼈대는 그대루 남아 있기 땜에 벽을 다시 올리고 지붕을 덮구 하믄 오히려 여기 조립식 짓는 것보다 더 수월헌 일이지유. 조심헐 게 있다믄 뒷산에 나무두 심고 돌두 쌓아 단단히 방비를 해야 되는 일이지유."

김씨는 술기운이 올라 불콰해진 얼굴로 심선생을 보며 고개를 끄덕였다.

"선상님 말씀이 맞기는 맞는 것 겉으네유. 지가 참 자석 농사를 잘 지었구먼유. 그 덕에 이제 겁내지 말구 내 몸에 맞는 옷 겉은 내 집에 돌아가게 되겄네유."

김씨의 어조는 담담했다.

김씨네가 아까 남편이 한 말을 기억했던지 뜨거운 국을 한 그릇 더 들고와 김씨의 식은 국그릇과 바꾸어 갔다.

"아들헌티 나버덤 많이 준다고 했던 건 농이여."

김씨는 마누라를 실쭉 웃으며 올려다보다가 심선생에게로 시선을 건넸다.

"이만허문 그려두 성공헌 인생이지유?"

물어놓고도 대답은 기대하지도 않는다는 듯이 윗몸을 일으킨 김씨는 자기 국그릇을 들어 심선생의 자리에 놓아주며 권했다.

"뜨걸 때 속이 확 풀리게 더 드시유."

그러고는 혼잣말처럼 중얼거렸다.

"이제 여생에 육신을 눕힐 집은 그런대루다가 작정이 되었구먼."

얼핏 그의 눈에 물기가 비쳐드는 것처럼 느껴진 건 심선생 혼자만의 생각인지도 몰랐다.

부박한 삶을 비춰보는 거울

황광수

우애령의 두 장편소설 가운데 뒤에 나온 『행방』의 마지막 소제목은 '귀향'이다. 근대적 삶의 특성이 도시화에 따른 이농현상으로 지적되거나 '고향상실' 또는 "그대 다시는 고향에 돌아가지 못하리"라는 다소 비감어린 말들로 표출되어온 것을 떠올리면, '귀향'이란 말은 이제 너무 낡아서 낯설어 보이기까지 한다. 그러나 이 작가가 마음에 두고 있는 것은 젊어서 넓은 세상을 떠돌다가 노년의 몸을 이끌고 고향으로 돌아가는 이의 낭만과 모험이 깃들인 삶의 마무리와는 거리가 멀다. 『갇혀 있는 뜰』의 명희나 『행방』의 준서가 조국을 떠났던 것은 분단으로 찢긴 가족과 정상적인 자기실현이 불가능한 조건에서 이루어졌기에, 이들은 끈질기게 따라붙는 뿌리깊은 상실감을 떨쳐버릴 수 없었다. 특히, 준서의 떠남과 돌아옴 사이에는 월북 화가인 아버지의 선택과 자신의 삶에 대한 치열한 성찰이 있었다. 그런 까닭에 준서의 귀향은 운명과 맞서면서 화해해가는 자의 진지한 모색과 결단의 귀결로 보인다.

'귀향'이라는 은유에 담긴 고향은 태어나서 자란 곳이면서 동시에 새로운 삶의 터전으로 선택된 것이다(이러한 선택의 연장선상에서 펼치고 있는 『당진 김씨』 연작들의 무대는 이 작가가 나서 자란 서울이 아니라 당진에서 가까운 농촌이다). 그러나 이곳 사람들에게 이 마을은 선택된 것이 아니라 운명적으로 주어진 유기적인 생활공간이다. 이 마을은 농촌 특유의 생활양식과 농민적 사고방식을 한눈에 들여다볼 수 있을 만큼 작고 오붓해서 민족지(民族誌)의 대상으로 맞춤해 보이기도 한다. 그러나 우애령의 시선은 고향을 새롭게 발견한 이의 긴장감을 유지하면서도 이 마을 사람들을 객체화하지 않는다. 이러한 이중적 함축성은 아마도 긍정-부정, 부정-긍정을 넘나들며 더 나은 삶의 가능성을 열어가고자 하는 마음에서 비롯되었을 것이다. 그의 작가적 관심에는 비판적 날카로움과 함께 깊은 애정이 배어 있는 것이다. 이것이 같음과 다름의 결합으로 이루어진 은유의 효과이다.

농촌은 더딘 변화로 인해 관행적인 삶이 지배적인 사회이다. 그래서 도회지 같은 데에서 낯선 사람이 들어오면 우리 몸속의 항체처럼 반응하기도 한다. 이러한 경향은 「자두」에서 박씨네가 김씨의 새마누라에게 보이는 태도에서도 선명히 드러나고 있다. 아내가 죽은 지 열 달 만에 김씨가 재취하자 마을 부인네들은 쑥덕거리고, 죽은 김씨네와 가까이 지냈던 박씨네와 천씨네는 분개한다. 박씨네는 김씨의 새마누라가 데려온 낯선 개에게까지 심사가 뒤틀려 한마디 내뱉고 만다. "이 동리메께는 그런 종자가 없는디 으디서 독이 올러두 참 많이 올런 개 겉구먼유." 그리고 중매선 작가 심선생을 대하는 태도도 달라진다. "글만 잘 쓰시는 줄 알었더니 끼일 데 아닌 중신두 여벌나게 스시느먼유." 그러나 인간은 항체가 아니기에 삶을 공유하면서 갈등의 모서리는 무디어지고 이해의 폭은 넓어진다. 말하자면 이질성이 동질화되는 과정을 거치는 것이다. 박씨네는 김씨의 새마누라와 말할 기회가 늘어가면서 "제법 괜찮은 사람을 공연스리 미워했다는 자책감"을 지니게 되고, 박씨네가 감싸면서 동네사람들의 눈길도 부드러워진다.

이 소설집에 담긴 연작단편들은 극적인 사건들보다는 농촌생활의 구조적 관행과 전통적 사고방식의 자장 안에서 일어나는 일상사에 초점을 맞추고 있다. 삶의 관행은 장구한 시간 속에서 자연스럽게 이루어진 것이기에 그 자체로서 당연시되지만, 그 견고한 틀 속에는 해방되지 못한 욕망과 치명적인 독이 똬리를 틀고 있게 마련이다. 그리고 그 독소는 주로 여성의 몸속에 둥지를 튼다. 예컨대, 「당진 김씨」의 김씨네가 남편보다 먼저 세상을 뜬 것도 젊은 시절 부부간의 다툼 끝에 남편이 던진 한마디 때문이다. "생기기도 못생겨가지고…" 이 한마디에서 빚어진 응어리가 쉽게 풀리지 않고 이십여년 동안 암으로까지 발전할 수밖에 없었던 것도 따지고 보면 그 사회를 지배하는 남성중심적 관행 탓이 크다. 그러나 김씨의 입에서 튀어나온 그 말 한마디에도 무너진 꿈의 상처가 엉겨붙어 있다. "전쟁통에 고아가 되어 큰집에서 얹혀서 자란 김씨는 어머니나 누이의 애틋한 손길을 받지 못해서 그랬던지 얼른 돈을 벌어 예쁘고 다정한 각시와 사는 것이 꿈이었다." 그러나 스무살이 넘어서면서 그는 꿈과 현실 사이의 메울 수 없는 거리를 알게 되고 "예쁜 각시는 돈 많고 배운 것 많은 도시사람들에게나 합당한 것"이라는 생각에 이른다. 농촌을 벗어나자고 꼬드겼던 친구 덕칠과는 달리 그는 "따뜻한 삶의 온기"를 주는 땅을 저버릴 수도 없었다. "예쁜 각시는 고사하고 여자라는 걸 보듬고 자보기도 다 틀렸"다고 체념할 무렵 인물은 없지만 튼튼하고 마음씨 무던한 김씨네를 얻게 되었다. 부지런하고 남편을 "영등같이 받드는" 김씨네를 두고 마을에는 "마누라 하나는 잘 얻었다"는 소문이 자자했지만, 당사자인 김씨는 '속 모르넌 소리덜 허지 마시유……'를 되뇌다가 '못생겼다'는 말을 터뜨리고 만 것이다. 김씨네가 위암 말기 진단을 받고 수술실로 들어갈 때에야 가슴에 박힌 못이 비로소 뽑힌다. "더 늦기 전에 이쁜 각시 얻어 조금이라두 재미있게 살아봐유." 김씨는 마누라를 한번도 살뜰하게 대해주지 못한 것을 후회하면서도 이렇게 두덜거려본다. "다덜 그렇기 사는디 무얼…… 나만 그런감……"

사실 이런 정도라면 우리 사회의 일반적인 수준을 넘어서는 것은 아니다. 그러나 「학자」의 김주사는 꽤 유별나다. 『논어』『주역』『삼국유사』 등을 끼고 살다시피 하는 그는 입을 열기만 하면 하늘의 이치나 인간의 도리를 쏟아낸다. 가뭄까지도 "시상이 이토록 어지러우니 하늘도 노염을 타신" 것으로 해석한다. 이런 남편을 김주사네는 한평생 하늘처럼 섬겨왔지만, 노년에 이르러 오줌소태가 나 몸을 움직이기 어려워지자 "손이 북두갈고리가 되게 살아온" 한평생을 억울하게 생각한다. 마을사람들도 한때는 김주사가 동네를 빛낼 터전이라도 닦을 것으로 기대했으나 텔레비전이 들어오면서부터는 "방귀 새는 핫바지 정도로밖에" 여기지 않았고, "시대가 악할 때는 기(氣)와 이(理)를 인간이 지배하고 조종하려구" 든다거나 "근래 들어 사람덜이 여간 불경해"지지 않았다거나 하는 말들도 "파계한 중의 헛염불 정도로밖에" 들지 않았다. 며칠씩 이 동네에 들어와 글을 쓰는 심선생은 그에게서 마지막 선비정신을 보기도 했지만, 병든 몸으로 혼자 고생하는 김주사네를 떠올리며 불쑥 말을 꺼낸다.

"할머니 안색이 몹시 안 좋으시던데요. 근력도 달려 보이시고요."

김주사는 원대한 세상이치를 전파하던 말이 중간에 끊겨 좀 언짢은 기색이었다.

"그 사램이 원래 진득허니 한 자리에 붙어 있들 뭇허구 이일 저일 좀 나대는 편이여."

"제가 보기에는 일이 워낙 많아서 한 자리에 붙어 있을 틈이 없어 보이던데요."

김주사는 깊은 한숨을 내쉬었다.

"그 사램이 원래 교장선생님 따님이구 집안이 학자 집안이었지. 내 그 점이 마음에 들어 다른 조건을 다 접어두구 그 사램을 받아들였거든. 그런데 살다보니까 학문허구는 워낙 거리가 먼 사람이구…… 아무리 여자라지만 도무지 깊은 이치를 따져볼 생각이 읎는 사램이라…… 고생두 많았지만 워낙 나허구는 이상이 맞지를 뭇했지유."

김씨가 아내의 못생김을 타박한 것이나 김주사가 아내와 학문적 이상이 맞지 않다고 푸념하는 것은 자신들이 몸담고 살아가는 시대와는 동떨어진 것이지만, 아직 남성중심적 전통이 숙어들지 않는 농촌현실에서 보면 그다지 이상한 것은 아니다. 이 두 농촌 남성은 한평생 다른 여성에게 눈길을 한번 주거나 도시의 삶을 선망한 적이 없다. 김씨는 읍내에 사는 아들이 가게라도 냈으면 좋겠다고 운을 떼자 "도대체

제 손으로 하루종일 돈을 만지고 돈 소리 절렁절렁 내고 다니넌 놈덜 중에 혼백이 지대루 백인 눔은 별반 본 일이 읎으니께…… 그렇게 헹편이 어려우면 아주 군청 일을 작파허구 들어와 농사짓구 함께 사는 것이여" 하고 퉁을 준다. 그런가 하면, 김주사는 군자는 어려움을 겪어도 사리에 어긋나는 일은 하지 않는다는 일념으로 한평생 숨은 학자 노릇을 해왔다. 우리가 선뜻 부정하기 어려운 무게와 긍지가 서려 있다. 걸핏하면 아내를 두들겨팼던 「대화」의 정씨도 계기만 주어지면 얼마든지 달라질 수 있는 심성을 보여준다.

이 마을 사람들에게는 가난이나 악습에서조차 일종의 자긍심이 지펴온다. 이것은 농촌사회의 건강한 정체성을 유지하는 힘으로 작용할 터이지만, 한편으로는 도시적 삶의 부박함을 돌올하게 드러내는 거울처럼 느껴지기도 한다. 그러나 관행과 신념이 지배하는 농촌에도 거스를 수 없는 변화의 물결이 밀어닥치고 때로는 보존되어야 할 소중한 가치들이 농락당하기도 한다. 텔레비전이 쏟아내는 프로그램들은 제3세계의 오지에 스며드는 선교사들의 힘보다 강력하다. 그런가 하면, 멀지 않은 곳에 아파트가 들어서고, 다방 · 음식점 · 러브호텔이 두팔을 벌리고 이들을 유혹하거나 비위를 상하게 한다. 그리고 이 모든 유혹과 혼란에는 돈이 개입되어 있다.

돈 앞에서는 효심도 빛을 잃고 변색된다. 「수의」의 박씨네는, 죽을 때를 놓치고 "내려야 할 정거장을 잊어버린 시골 처녀처럼 갈 바를 모르고 공중에 붕 떠버"렸던 어머니의 말년과 슬픔이 증발해버린 장례를 떠올리며 가슴 아파한다. 박씨네 어머니 서산댁은 땅 판 돈 때문에 두 아들 사이에서 마음고생을 했고, 상처한 큰아들 대신 둘째아들 집에 말년을 의탁했다. 중환자실에서 퇴원하는 어머니를 보고 못마땅한 표정을 노골적으로 드러냈던 둘째올케는 당연히 시어머니의 죽음을 슬퍼하지 않는다. 박씨네의 뒤틀린 심사는 주로 마음속의 독백으로만 표출된다. 예컨대, 박씨네는 근엄한 표정으로 효도를 강조하는 남정네들을 보며 속으로만 군시렁거린다. '효도라는 것두 다 여자들 등 후려가믄서 허는 게지, 지덜이 밥 한 끄니를 따뜻이 지어바치기를 하나, 오줌똥 수발을 한번이라두 들어보길 허나.' 남정네들이 말하는 "효도라는 것이 이십사시간 부려먹을 여자들이 있으니까 허는 소리덜"이라는 것이다. 그녀는 결국 '효도라는 게 증말루 이즘 시상에도 할 수 있는 건지……' 깊은 회의에 빠지게 되고, 자기 대에는 법이 바뀌어 고려장을 해야 한다는 극단적인 생각까지 해본다.

사랑도 돈 앞에서는 놀림감이 되어버린다. 「첫사랑」의 고씨는 트랙터를 들여온 턱을 내기 위해 마을 어른들을 다방으로 모셨다. 그런데 그의 마음을 온통 빼앗아버린 다방 아가씨를 두고 "티켓인가 먼가 사믄 그냥 따라와서 그러구저러구 허는 여자덜이여" 하는 말이 나오자 자신이 모욕당한 듯 펄쩍 뛴다. 그는 초원다방 미스 서와 딴살림을 차렸다가 들통이 나게 되고 생계수단인 트랙터까지 날려버린다. 동네사람들의 웃음거리가 될 법도 하지만 정작 고씨 자신은 미스 서와 진실한 사랑을 나누었다고 생각한다. 그러나 "……지가 첫사랑의 남자허구 똑같이 생겼대드먼유. (…) 우린 진정으루다가…… 사랑했어유" 하며 목이 꺽꺽 메는 고씨를 누군들 비웃을 수 있을까.

그런가 하면, 목돈을 마련하려다 건강과 신망만 잃어버린 사람도 있다. 「문지기」의 최씨는 아내의 만류를 무릅쓰고 아파트 경비로 나선다. 고정수입으로 목돈을 마련하여 농협의 빚도 갚고 자식의 혼사도 치를 셈이었다. 그러나 경비일과 농사일로 몸이 망가지고, 마을에서 일어난 절도사건이 경비를 잘못 서서 일어났다고 하여 이장으로 얻은 신망은 물론 일자리까지 잃어버린다. 도난당한 것은 돌절구와 소여물통이었다. 김주사네 마나님인 할머니 말은, 한 주일 전에 농사꾼 티를 채 덜 벗은 낯선 사내 둘이 나타나 그 물건들을 오십만원에 팔라고 흥정을 했었는 것이다. 마을의 도난사건은 자기 책임이 아니라는 최씨의 항변에 부딪치자, 화가 난 할머니는 아파트에 대한 불편한 심기를 터뜨리고 만다.

> "하이고, 이눔의 아빠또 들어스더니만 동네 인심이 사납기가 무섭네그려. 아, 워디다 두 눈을 똑바로 뜨는가 말이여, 시방. 마을 문턱 산모퉁이에 이따위 산떠미 겉은 집을 지어놓고 인심을 사납게 할 량이면 여기 지키는 사람이 바루 마을 문지기여야 허는 거 아닌가 말이여. (…) 아빠뜬가 세빠뜬가를 지어놓은 댐부터 온갖 인종들덜이 여기저기 마을 안을 기웃거리구 다녀두 워디 가서 하소연할 데두 읎으니까 이런 일두 생기는 게 아닌가 말이여. 그럼 그눔의 소여물통은 송아지 시집갈 때 혼수루 쓸라구 소란 놈이 감추었다는 거여, 뭐여. 어디 설명을 한번 해보라니께."

이 할머니의 푸념은 이 동네에 밀어닥친 변화에 대한 구세대의 반응을 그대로 요약하고 있다. 이러한 변화의 물결에도 불구하고 이 마을은 그 나름의 건강성을 보호하는 항체들을 지니고 있다. 그것은 다름아닌 농민적 감수성 또는 순결한 마음이다. 이러한 감성은 박씨네가 그랬던 것처럼 낯선 사람들에 대한 텃세로 작용하기도 하지만, 「당진 김씨」-「자두」-「귀가」로 이어지는 김씨 일가의 변화에서 보이듯

대체로 건강한 동화작용의 기초가 된다——김씨의 새마누라는 동네사람들의 이해를 얻어가면서 농촌생활에 적응해가고, 아버지가 재취한 후 발길을 끊었던 자식들도 새어머니와 화해를 이루어간다.

이 마을에서 가장 건강한 농민정신을 이어가고 있는 사람은 「가로등」의 박씨이다. 그는 담뱃잎을 따며 흐뭇해하는 아내에게 “목돈을 좀 만져볼 수 있으니께 담배농사를 짓기는 하지만 담배라는 게 사실 사램 몸에 좋은 것두 아니잖여” 하고 말할 만큼의 선한 마음을 지니고 있다. 그렇지만 농작물에 대한 애착에서만큼은 양보가 없다. 그는 김씨가 밤길을 무서워하는 새마누라를 위해 군청에 힘을 써서 동네 안에 세우게 한 가로등을 김씨가 없는 사이에 기사들을 속여 마을 초입의 개울가에 세운다. “사램이구 짐생이구 간에 밤이 되면 엎어져 자야” 한다는 게 그렇게 한 이유이다. 그러니, 김씨가 마음 먹었던 곳으로 가로등을 옮겨보려고 주민들의 연명으로 군청에 탄원서를 제출하려 하지만, 박씨는 막무가내로 반대한다. 이런 그가 김씨의 눈에 “소 죽은 귀신”으로 보이는 것은 당연한 것이다. 이장이 마련한 술자리에서 어색한 김에 만취해버린 박씨는 횡설수설 자기의 생각을 털어놓는다. “미안해유, 다덜…… 촌눔 곁에 사는 바람에 밝은 꼴 뭇 보게 해서 미안허게들 됐시유. 허지만 말유. (…) 난 곡석덜이 자석덜 매한가지유. 고것들이 자구 깨는 새새덕거리는 소리가 내 귀엔 들린단 말유. 아시겄슈?” 그러고는 귀가길에 전주를 어루만지며 선거가 끝날 때까지만 버텨보라고 중얼거린다.

이 마을에는 좀 모자라지만 아이 같은 천심으로 살다간 사람이 있었다. 「자전거」의 임씨이다. 그는 소학교 다니는 아들까지 두었지만 아이들과 놀기를 좋아했고, 자전거 타기를 유난히 즐겼다. 그러던 그가 자전거를 타고 산비탈을 달려내려오다 트랙터에 치여 비명에 세상을 떠버렸다. 하나밖에 없는 아들을 잃고 곡기를 끊어버린 임씨의 노모는 트랙터 두 대를 번갈아 부리는 장씨 형제들로서는 도저히 들어줄 수 없는 액수의 위자료를 요구한다. 그러나 노모의 무리한 요구는 돈 때문이 아니었다. "……내가 돈을 왕창 달라고 해서 그놈의 괴상한 요물단지를 팔아치우게 할려는 거여. 그걸 팔아야 돈이 나오겄지." 그러나 꿈속에 금빛 자전거를 타고 웃으며 달려가는 아들을 본 할머니는 "천심으로 살다간 아들"을 생각하여 장씨 형제의 뜻대로 합의를 해준다. 그녀가 말하는 '천심'은 티없이 맑은 아이들의 마음과 다른 것이 아니다. 박씨의 도저한 농민정신과 임씨의 '천심' 같은 게 살아 있기에, 이 작은 농촌은 건강을 잃지 않고 있다.

우애령은 자신이 나고 자란 곳도 아닌 농촌마을을 배경으로 도시인들의 부박한 삶을 비춰볼 수 있는 맑은 거울을 우리 앞에 내놓았다. 그러나 이 소설집에 담긴 문학적 의미는 앞에서 살펴본 주제들을 효과적으로 드러낸 데에서 끝나지 않는다. 농민들의 삶에서 잉태되어 장구한 세월을 그들과 함께해온 언어가 자재롭게 구사되고 있는 것도 근간에는 쉽게 볼 수 없었던 문학적 성취임이 분명하다. 그들의 생각과 혼이 담겨 있는 그들의 언어는 삶과 따로 떼어놓을 수 없는 것이다. 그러니, 우리가 흔히들 농민 특유의 말을 토속어나 사투리 또는 방언이라 일컫는 것은 그들의 말에 대한 모독일 수밖에 없다. 우애령이 구사하는 농민적 속담이나 비유는 상투성의 때를 벗겨내기 위해 스스로 창작한 부분이 많다. 이러한 작업은 일찍이 이문구가 토착어법을 예술의 경지로까지 끌어올린 것을 연상시킨다. 둘 사이에 다른 것이 있다면, 이문구가 언어의 유희적 속성까지 마음껏 풀어놓은 데 비해 우애령은 아직 탐구자적 진지성 때문인지 아직은 말의 힘이 흘러넘치게 할 정도로까지는 나아가지 않고 있다는 점이다. 그러나 이런 것은 어디까지나 작가의 개성에 속하는 문제일 따름이다.

黃光穗/문학평론가